U0476742

人性的证明

[日] 森村诚一 著

丁国祯 等译

群众出版社
·北京·

图书在版编目（CIP）数据

人性的证明／（日）森村诚一著；丁国祯等译 .—北京：群众出版社，2022.3
ISBN 978-7-5014-6201-8

Ⅰ.①人… Ⅱ.①森… ②丁… Ⅲ.①侦探小说—日本—现代 Ⅳ.①I313.45

中国版本图书馆 CIP 数据核字（2022）第 009490 号

人性的证明

[日] 森村诚一 著

丁国祯　徐京宁　邵延丰　李耘耕　于　伟　译

出版发行：群众出版社
地　　址：北京市丰台区方庄芳星园三区 15 号楼
邮政编码：100078
经　　销：新华书店
印　　刷：北京市科星印刷有限责任公司
版　　次：2022 年 3 月第 1 版
印　　次：2022 年 3 月第 1 次
印　　张：10.375
开　　本：880 毫米×1230 毫米　1/32
字　　数：268 千字
书　　号：ISBN 978-7-5014-6201-8
定　　价：45.00 元
网　　址：www.qzcbs.com
电子邮箱：qzcbs@sohu.com

营销中心电话：010-83903991
读者服务部电话（门市）：010-83903257
警官读者俱乐部电话（网购、邮购）：010-83901775
文艺分社电话：010-83903973

本社图书出现印装质量问题，由本社负责退换
版权所有　侵权必究

目 录

第一章 客死异邦 / 1

第二章 仇恨烙印 / 21

第三章 揭谜关键 / 38

第四章 偷情疑踪 / 64

第五章 逃离苦海 / 89

第六章 娇妻失踪 / 108

第七章 飞车横祸 / 127

第八章 往事之桥 / 139

第九章 夜宿深山 / 153

第十章　叛逆之子 / 184

第十一章　寻母遇害 / 207

第十二章　遥远山镇 / 221

第十三章　车库取证 / 243

第十四章　畏罪潜逃 / 257

第十五章　杀子灭口 / 278

第十六章　水落石出 / 289

第十七章　人性证明 / 302

第一章　客死异邦

一

　　当那个男人走进电梯时，谁也没有去注意他。这个地方聚集了来自世界各地的形形色色的人，所以即使他是个外国人，也并不太引人注目。

　　他是个黑人，但肤色要稍浅一些，近似于褐色。他长着一头黑色的直发，脸形在某些方面看上去与东洋人很相似。作为一个黑人来说，他的个头有些偏低。他年龄约莫二十来岁，体格十分精壮强悍。但他却将几乎整个身子都缩在一件长长的伯贝里风衣内。在这个季节就穿这样的衣服，似乎为时尚早了些。

　　他好像什么地方有些不舒服，拖着沉重的脚步，跟在一群等电梯的人之后，走进了电梯。

　　这是一部直达大厦顶楼"空中餐厅"的快速电梯，如果中间不停的话，只用二十八秒钟就可以上到四十二层楼一百五十米的高度。这部电梯在二十层以下是不停的；到了二十层以上，则根据客人的要求才停。

　　"请各位将您要去的楼层告诉我。Call your floor please."身穿箭状花纹布和服的漂亮的电梯小姐用日语和英语两种语言向乘客们打着招呼。电梯在垂直的空间无声无息地移动着。电梯内的地板上铺着长绒地毯，使人产生了一种柔和的与世隔绝之感。

　　似乎所有乘客都是要到"空中餐厅"去，电梯不停地往上升。电梯里面站了约七成的乘客，其中大部分是外国人，大家都默不作声地盯着不停变换数字的楼层指示器。这些人大概都有的是金钱和闲工夫，是专门前来享受今宵的豪华晚宴的。只有一个人除外……

电梯稳稳当当地开到了顶楼,几乎没有让乘客们感到什么震动。电梯的门开了,身穿晚礼服、打着蝴蝶领结的餐厅经理笔直地站在门前,恭恭敬敬地鞠着躬表示欢迎。

"让各位久等了,'空中餐厅'到了。"

电梯小姐用优美动听的语调告诉大家,并将乘客们送出了电梯。乘客们看到餐厅的豪华景象,个个都抖擞起了精神,从电梯内鱼贯而出。

能够在这个地方用餐的人,都是些非同寻常的人。他们一顿饭的花销,大概可以养活上百个吃不饱肚子的人。但是,却没有人去考虑这个问题。这里要求的是与豪华饮食相称的服装、风度和付款能力,至于客人们是饿着肚子还是吃饱了饭,根本就不是问题。

饮食越是豪华,就越脱离吃食物的本来目的。可是人们却根本没有发觉这个矛盾。

电梯空了。不,还有一个人留在里面。他靠着电梯的内壁,丝毫没有要出来的意思。他就是那个最后进电梯的穿着伯贝里风衣的黑人。他紧闭着双眼。

"先生!"

电梯小姐叫了他一声,可是那个人还是一动不动。电梯小姐本以为他是站着睡着了,可是突然又感到不是那么回事。因为这个人刚才一直藏在其他乘客的身后,所以情况不太清楚。但是,他那副样子却不怎么对头。由于他的皮肤是褐色的,所以脸色好坏看不出来,但是他的面孔上却没有丝毫的表情。他的脸上并不是那种故作一本正经、令人莫测高深的神态,而是仿佛笼罩着一层死神的阴影。

直到此时,电梯小姐才意识到,这个男人肯定是走错地方了。他身上那件伯贝里风衣脏得乌黑发亮,袖口和下摆都被磨破了,起了毛边,上面到处沾着泥浆似的东西。他那剪成寸头的头发上也满是灰尘,那没有经过任何修饰的浓密胡须在干巴巴的皮肤上格外引人注目。他用手按着心口处，好像在保护着那个地方似的。

他那副样子根本不像是来享受高雅晚餐的。

电梯小姐猜想，他一定是上错电梯了。

因为这地方聚集了各种各样的人，这种人能混进来也不足为奇。也许这个男人已经发现他自己弄错了地方，正准备再回到楼下去吧！

电梯小姐头脑里闪着这样的念头，正准备招呼在餐厅前的门厅里等候电梯的客人们下楼。

就在这时，那个穿伯贝里风衣的男人有了动静。他背靠着电梯内壁慢慢地屈膝下滑，然后一屁股坐在电梯内的地板上，上身猛地朝前扑倒下来。

看到那个人突然倒在自己的脚下，电梯小姐轻轻地惊叫了一声，连忙躲向一旁。但是，她又马上想到了自己的职责，于是便凑上前去问道："先生，您怎么啦？"并准备扶他起来。直到这个时候，她还以为这个男人可能是由于暂时的脑缺血而昏迷的。因为这部电梯只用短短的二十八秒钟就上升一百五十米，所以经常有乘客出现这种症状。

但是，她没能把话说完。就在她刚要搀扶那个男人的一刹那，那人一直被风衣遮掩着的胸口突然映入了她的眼帘。顿时，她感到好像有一团红色的东西在眼前炸开了。同时，她还发现在那个男人刚才站立过的地方，米黄色的地毯已经被染成了红黑色。

电梯小姐这次终于无法抑制地发出了撕心裂肺的惊叫，一下子从电梯里蹿了出来。门厅里的客人们都大吃一惊，餐厅经理和男服务员连忙跑了过来。那个男人已经死去，一把小刀正插在他的胸前，剩下一截刀把露在外边。由于插在那里的小刀起了盖子的作用，伤口流血缓慢。那个人之所以能坚持，也许就是因为没有将小刀拔出来的缘故。

顶楼乱成了一锅粥，立即有人报了警。

坐落在千代田区平河町的东京皇家饭店的"空中餐厅"里，发现了一具被刺杀的外国人的尸体。这一紧急报警通过"110"匪警电话传到了警视厅通信指挥部。指挥部马上与正在现场附近巡逻的巡逻车和负责那一带治安的麴町警察署取得了联系。

因为麴町警察署和皇家饭店仅相隔咫尺之遥，所以警察署的警员几乎和巡逻车同时到达了现场。现场位于第四十二层楼的"空中餐厅"，这里也是该酒店最大的招牌。时间虽然已经过了晚上九点，却正是客人多起来的时候。

这个以三高（离地面最高、价格最高、饭菜档次最高）而著称，并且被皇家饭店引以为荣的超豪华餐厅里，在黄金时间突然出现了一具浑身是血的尸体，酒店方面的惊慌失措简直无法言表。

像捅了马蜂窝似的，顾客们乱作一团。正在大嚼着鲜嫩牛排的奢侈的客人们听说有一具胸口插着刀、浑身是血的尸体闯了进来，差一点儿就要把刚才吃进胃里去的美味佳肴全部吐出来。

女士们争先恐后地往外跑，但跑到电梯前，却发现那具惨不忍睹的尸体挡住了去路。孩子们被吓得哇哇大哭。有些大人受到了感染，也情不自禁地抽泣起来。这哪里还谈得上什么高雅的晚餐！

匆匆赶来的警察们丝毫不理会客人们的惊慌失措，他们冷静、细致、有条不紊地进行着勘验工作。然而，这种勘验与传统的现场勘验相比，情况是有所不同的。

根据电梯小姐和当时同乘一部电梯的乘客们所提供的证词，可以断定，被害人是从其他地方到这里来的。从其受伤的部位以及刀是隔着衣服直接扎进去的这一情况来看，不能认定他是自杀。再从其伤势来判断，他也不会是在电梯内被刺的。那么，被害人肯定是在别的什么地方被人在胸部捅了刀子。

那个地点究竟是哪儿呢？

搜查人员留下验尸官，然后兵分两路，一方面搜寻作案现场，一方面追查被害人的行迹。

从被害人的刀伤程度来看，不能认定他是从很远的地方来到这里的。警方确信，犯罪现场一定就在附近。

然而，警方的估计落空了。尽管搜查人员专心致志地进行了搜索，但在附近却没有找到作案现场。在开始搜索的时候，警方的目光紧紧地盯着酒店内部，认定作案现场就在这里。

皇家饭店是一家超级大酒店，楼高四十二层，拥有两千五百间客房，除了能够同时容纳四千二百名客人下榻之外，附设的餐厅和大大小小的七十个宴会场所还可以聚集大量住客以外的客人。

假如这些来客当中混有凶手的话，要想将他找出来，简直无异于大海捞针，其困难程度是可想而知的。但是，如果作案现场就在酒店范围之内的话，就可以限定搜查范围了。如果查明了作案现场，也许就可以从那里找出凶手的线索了。

在酒店客人的协助下，警方对全部两千五百间客房、七十处宴会场所、餐厅、酒吧、地下商店街、大厦周围四万九千五百平方米的院落、所有的亭台楼阁以及停车场，都一一进行了搜索。

尽管如此，却没有发现像是犯罪现场的地方。既然酒店内部没有痕迹，那么理所当然就必须考虑是从外部来的了。皇家饭店从地理位置上看，位于东京的中心区，是名副其实的"市中心"。被害人到底是从东京的什么地方，拖着受了重伤的身体，垂死挣扎着来到这里的呢？

在进行这些搜索期间，被害人的尸体解剖结果出来了。根据解剖结果判断，估计作案时间为发现尸体前的三十分钟至一个小时，即九月十七日晚上八点至八点三十分。凶器刺入被害人的右前胸，刀尖扎伤肺部，捅到了肺动脉。由于肌肉本能地紧紧裹在刀上，使凶器堵住了伤口，致使胸腔内大量积血。警方认为，这就是致死的原因。

被害人受了这么严重的伤，居然还有能力来到楼顶餐厅，这使法医惊叹不已。虽然文献中记载有一些特殊的案例，如：心脏受伤后仍步行了二百至五百米或生存了几天至几星期。但在现实中，这种情况是极为罕见的。

大动脉血管破裂与心脏受伤相比，其行动能力更为有限。显然，根据受伤的轻重程度，情况也会有所不同。

凶器是一把常见的小刀，长八厘米左右。由于用力刺入，造成了深达十二厘米的创伤，伤及了肺动脉。

当然，根据罪犯唯一留下的凶器这条线索，也进行了搜查。但那是一把极为普通的小刀，连小学生都有。因此，搜查工作从一开始就陷入了困境。本来在刀把上肯定会留有罪犯的指纹，但是经被害人那沾满鲜血的手握过之后，已经无法检验出来了。

关于被害人的身份，通过他所携带的护照，立刻便水落石出了。此人是个美国人，名叫约翰尼·霍华德，年龄二十四岁，现住址为纽约东一百二十三街第一百六十七街区。他是于四天前的九月十三日，持"旅游签证"来到日本的，这是他头一次来日本。

另外，在他随身携带的物品中，还发现了新宿区某饭店的住宿卡。警察赶到那里一看，那儿原来是一家大约在一年以前才开业的商务饭店。它的设施功能完备，颇受欢迎。作为一家顺应现代潮流的饭店，其生意十分兴隆。

它的名字也直截了当地叫作"东京商务饭店"。从正门一走进大厅，只见前台服务处只有一名服务员和两三位客人，显得空空荡荡的。据说这表明饭店客人已住满了。这里不设引路的男侍者，顾客要预付住宿费，然后领取钥匙，自己去房间。

大厅里摆了一大排自动售货机，除了香烟、可口可乐、周刊杂志等之外，还有出售饭团、三明治、面条等快餐的售货机。客人要在前台服务处领到钥匙，再从自动售货机买些三明治和可口可乐，然后一个人在房间里进餐。这种情况也许可以表现饭店设施功能完备，但实在让人有种冷冰冰的感觉。

这家饭店似乎正在下决心裁减工作人员的数量，甚至每一个角落都在开展节省人力的活动。

除了客房之外，饭店里好像还驻有一些办事机构，大门旁边的墙上挂着"郡阳平后援会本部""松原法律事务所"之类的招牌。

搜查人员在前台服务处说明了来意。通过事先进行的联系，饭店方面已经得知了住店客人被杀的消息。于是，服务员从里面的办公室叫来了一位负责人模样的人。

"各位来啦！这次我们的顾客身遭不幸，我们也很吃惊。"

此人说着，递过来一张印有"前台经理"头衔的名片，用一种在服务行业锻炼出来的笑容可掬的态度，迎接了搜查人员。虽然他表面上温文尔雅，但骨子里却披着一副戒备的铁甲，那是服务行业的人所特有的一种"人心隔肚皮"的应酬。

"关于这件事，我们有几个问题想打听一下。"搜查人员开门见山，直截了当地进入了正题。

从事他们这种职业的人，一旦闭上嘴，即使用撬杠也无法撬开。为了使他放松警惕，还是单刀直入地问比较有效一些。

"什么问题？只要我们能帮得上忙，请尽管直说。"

前台经理虽然嘴上说要积极配合，却摆出一副明哲保身、随时准备溜之大吉的架势。

"先让我们看一下死者约翰尼·霍华德的房间吧！房间还保持着原来的样子吧？"

由于那房间不是作案现场，所以不能进行强制性保护，但警方在查明了被害人身份的同时，与饭店取得了联系，并派附近派出所的巡警前去守卫，以免房间被弄得乱七八糟。

"那当然了，派出所也派来了巡警嘛。"

这时，从派出所先行一步来到这里的巡警出来迎接他们了。他们被领到了一个普通的单人房间，里面摆着一张床。床边摆着一个床头柜，上面放着一部电话。浴室和厕所是连在一起的。这就是屋里的全部。

"客人的行李呢？"

"在这里。"

前台经理指着放在房间角落里的破旧手提皮箱。

"只有这个吗？"

"只有这个。"

"请让我们查看一下里面的东西！"

搜查人员说着，也不等前台经理答话，就打开了皮箱。皮箱没有上锁，里面只有几件换洗衣服和轻松读物等日常用品，根本没有任何能够成为线索的东西。

"他是从哪儿进行预约的？"

搜查人员检查完被害人的物品之后，改变了提问的方式。

"没有预约。九月十三日晚，他突然来到这里，要开个房间。因为他态度还可以，而且我们这里正好有空房间，所以……"

"是他本人亲自到前台服务处来的吗？还是司机或者其他什么人先来问问有无房间的？"

"是他本人亲自来的。"

"这家饭店外国客人多吗？"

"不多，大部分是些定期出差来的办事人员。"

"不用问，他说的是英语吧？"

"不，虽然说得不太清楚，但他说的是日语。"

"他说了日语？"

这可是个新发现。初次来日本的外国人会说日语，这也许是事先掌握了与日本有关的知识，或者是与日本有某种联系。

"虽然说得结结巴巴的，但是可以表达清楚意思。"

"那么，他预计要待多长时间？"

"他已预付了一个星期的定金，大概要待一周吧！"

"照这么说，他也许打算多待些时间啦？"

"那就不好说了。我们是以三天为一个结算单位的，但是收了他一个星期的定金，所以……"

前台经理反复提到了"定金"这个词，好像只要能让顾客付钱，以后的事就与自己无关了，活脱脱地暴露出一副"商务饭店"的拜金主义嘴脸。

"他住在这里的时候，有过来访者吗？"

"没有。"

"电话呢？"

"我问过总机了，据说一个外线电话也没有打进来过。"

"那么，从这里打出去的电话呢？"

"正如各位所看到的，外线电话可以从房间里直接拨号。所以饭店方面无法知道他往什么地方打过电话。"

"那么电话费怎么收呢？"

"在财会部门有计费器，电话费可以自动显示。"

计费器显示的电话费为二百六十日元，但具体通话内容就不得而知了。

在这里，拒绝人类介入的机械装置极其发达，但它却成了搜查工作的障碍，在东京商务饭店进行的搜查工作走进了死胡同。这个地方只不过是被害人在旅途中住了几夜的临时落脚点而已，完全无法断定这里和凶手之间有什么联系。

结果，在犯罪动机、作案场所、罪犯是什么人等情况还没有弄清楚的情况下，搜查工作在开始阶段就出现了难以进展下去的预兆。因为被害人是个美国人，所以搜查本部决定与美国大使馆取得联系，同时向被害人原来的居住地发出通知，并将遗体保存起来，等候其家属前来认领。

在搜查工作会议上，出现了意见分歧，争论最激烈的焦点是作案现场问题。一部分人坚持认为，作案现场就在酒店内部；而另一些人则坚决主张是在饭店外部作的案。两种意见针锋相对，互不相让。

"身负这么严重的伤，其伤势连医生都感到吃惊。因此，被害人不可能来自外部。应当认为他还是在酒店内遭到迫害的。"

坚持这个意见的是警视厅方面参加这次搜查工作的横渡，他是警视厅搜查一课第四调查室那须组的便衣刑警。因为他长着一张猴子似的脸，所以有个外号，叫作"猴儿渡"。他是最强硬地坚持"作案现场内部论"的一员干将。

"据说也有过在相同部位受伤后仍保持着相当活动能力的先例。"与横渡大唱对台戏的是位三十岁左右、精明强干的刑警。他叫栋居，是辖区警署方面派到搜查本部来的。他是"作案现场外部论"的急先锋。

"那种先例，只不过是医学上的先例而已，是文献或学会报告上的东西，缺乏现实意义。"

"不过，我们对酒店内部进行了那么严密的搜查，不是也没有发现什么情况吗？"

"酒店内部并不一定非得局限于酒店的大厦之内。皇家饭店有四万九千五百平方米的院落，如果在院落中的某个地方受到袭击的话，就算是留下一些血迹，也会被地面吸收掉的。"

"在作案的那段时间里，院落中还有相当多的人，有人正在亭子里进行着烧烤野餐，还有来赴宴的客人正在散步。要躲开这些人的眼睛作案……"

"我认为那并不是什么难事。院落里既有树丛，又有竹林，就算是有人出来，也不可能注意到这个大院的每个角落呀！"

"据说沾在被害人风衣上的泥浆，并不是酒店大院里的。"

"那也不能因此就断定他是在酒店外部被刺的，他在遇害之前，随时随地都可能沾上泥浆什么的。"

"但是……"

就在两派互不相让地争论不休的时候，那须警部插了句话：

"被害人为什么要去大厦顶楼的餐厅呢？"

争论的双方都哑口无言了，将视线集中到那须身上。刚才大家一直都没有争论到这个问题。

"为什么那个男人要乘电梯上到四十几层高的顶楼餐厅去呢？既然知道自己反正没救了，死在什么地方还不都是一样的吗？他尽管到了那么高的餐厅，不过也是一具再也无法吃饭的尸体了。"

那须的话说得虽然十分粗鲁，却一语道破了大家一直都没有注意到的要害问题。大家原来都只是简单地认为，那人在临死之前，神志已经不清醒了，故而摇摇晃晃地混进了开往"空中餐厅"的电梯。

"被害人并没有把刺进胸部的刀子拔出来。据目击者说，他好像在护着那里似的。在一般情况下，一个人被刺伤后，只要还有知觉，他首先会要将凶器从体内拔出，然而，被害人却偏偏不那么做，而是让凶器留在身上。他显然知道，如果拔出凶器，伤口就会流血不止，从而导致很快死亡。也许他想在临死之前到某个地方去，所以故意让凶器原封不动地扎在那里，就这样，他来到了皇家饭店的顶楼餐厅。其实，他本该去找家医院的，可是……"

"我认为他未必是要去顶楼餐厅。"

那须组里最年轻的刑警下田提出了不同的意见，大家都把目光转向了他。

"被害人死在了电梯里面,我认为他是在进入电梯之后,抵达顶楼之前这段时间内断气的。所以是不是可以这样考虑:他本来是打算在中间某一层下电梯的,但结果却没能做到。"

这就是说,是在电梯到达顶楼后,才偶然发现他已经死于非命的。因此,看上去他好像是要去顶楼,但是,他也有可能是想去中间的某一层。在座的人开始交头接耳、议论纷纷,好像在说"这个意见不错"。那须点了点头,向四下里环视了一圈,仿佛在催促大家踊跃发言。

"但是,如果那样的话,他就应该告诉电梯小姐他要上的楼层数啊!"

资格最老的刑警山路提出了反驳意见。他鹤发童颜,鼻子下面总是在不停地冒汗。

"他当时可能已经说不出话来了!"

下田嘴里虽然这么说,但心中却感到没有什么把握。

"下田君的意见也是有很大可能性的。假如被害人是要到中间某一层去的话,那么,他很可能是要去找当天在那里住宿的某位房客,因此,有必要查一下当天所有在那里住宿的客人。"那须说。

"那部电梯是快速电梯,在二十层以下是不停的。因此,调查范围能不能限制在二十层以上呢?"刑警草场问道。他的表情十分滑稽,活像法国著名喜剧演员费尔南代尔。

"不,应该考虑到,被害人已经分辨不出那是快速电梯还是慢速电梯了。"刑警西河温和地插话道。他乍一看上去,并不太像是搜查一课的刑警,反倒更像个银行职员。

根据酒店方面提供的住宿客人登记簿,当晚住在这里的客人共有两千九百六十五名,约占该酒店可接纳住宿客人总数的百分之七十。其中团体住宿的约为五百名。本国人与外国人的比例为四比六,以外国人居多。在外国人当中,美国人便占了百分之六十。其次是英国人、法国人、德国人和西班牙人，等等，也有来自苏联和东欧各国的客人。这里堪称是一个全世界不同种族的大熔炉。

在这些人当中，最需要注意的是美国人，其次是日本人。但是，其他国家的人也不能忽视，因为不知道在什么地方"纠缠着"什么样的动机。这些人在皇家饭店里睡了一夜之后，已经去了四面八方，有的人都已经回国了。

要想追查他们每一个人，是不可能的。

但是不管怎样，还是先查一下有明确下落的人吧。当警方正准备将侦查的小舟划入浩瀚的人类种族海洋时，有人向警方提供了有价值的情报。提供情报的是一个开个体出租汽车的司机，名叫佐佐木，他向警方报告说：

"我送到皇家饭店门前的一位客人，好像就是死在电梯里的那个人。我平常不怎么看报纸，也不大看电视，因此来报告晚了。今天，我在用车内收音机收听新闻的时候，正碰上广播里提到这件事。我总觉得那个人的特征很像我拉的那位客人。"

佐佐木所说的那个人的特征与约翰尼·霍华德的特征基本相符。警方一下子来了精神，连忙向佐佐木询问，那位乘客是在什么地方搭的车。

"九月十七日晚上八点半左右，我开着空车从辩庆桥驶向清水谷公园方向的时候，突然发现那个人站在靠公园一侧的路旁，紧紧地倚靠着一棵树。他向我招了一下手，于是我便把车停下来一看，原来是个黑人。我心想这下可糟了，其实我并不是打算拒载，而是因为觉得语言不通，但是，我还是打开了车门。他就好像是滚进来似的上了车，然后默默地用手指示前方。外国人当中这样的人很多，所以我就按他的指点朝前开。当看到皇家饭店的大厦时，他又用手朝它指了一下，因此我就把他送到了那里。现在回想一下，那真是个古怪的乘客啊！"

"怎么个古怪法呢？"那须问道。

· 13 ·

"他好像什么地方不舒服似的，看上去十分痛苦，也许那个时候他已经被捅了刀子。第二天早晨，我打扫车子的时候，发现座位上染了一些血，只沾了一点点儿，而且我当时也不知道是不是那个乘客沾上去的，因为有的乘客会把车子搞得更加一塌糊涂，所以，当时我也就没太在意。"

"在搭你车的时候，那个客人一句话也没说吗？"

"是的，一句话也没说。我也觉得语言不通，而且总感到他有些阴阳怪气的，因此也就没有和他搭话。"

"他打手势指示你去酒店的时候，还有付车费的时候，真的连一句话也没有说吗？"

"到饭店门口时，他扔过来一张一千日元的钞票，连我找给他的零钱也没要就下车了。我因为觉得他很令人恐惧，就没有去追他。他确实连一句话也……不对，请等一下，在看见皇家饭店时，他说了一句有些莫名其妙的话。"

"莫名其妙的话？他说了什么莫名其妙的话？"

好不容易才总算出现了一点儿稍微沾得上边的情况，那须不由得朝前探了探身子。

"他用手指着酒店的大厦说：'斯托哈，斯托哈。'"

"'斯托哈'？"

"是的，一开始我还以为他是在叫'stop'（停车），就连忙把车停了下来。但是他却一边做着手势让我继续开车，一边又在说'斯托哈'。"

"他确实说的是'斯托哈'吗？"

"我听起来像是那么个发音。"

从佐佐木那里能问出来的只有这些了。那须试着用英日词典查找了发音为"斯托哈"的单词，但没能找到合适的词。检验人员检查了佐佐木的车，从汽车后座上取了血迹，化验结果与被害人的血型相同。由此基本上可以确定被害人是乘佐佐木的车到皇家饭店去的。这么一来，行凶现场很可能就是清水谷公园，被害人就是在那里搭上佐佐木的汽车的。

搜查人员立即奔赴清水谷公园。这个公园是座很小很小的公园，坐落在纪尾井町与平河町两个高岗之间的峡谷中。虽然处在饭店、高级住宅和参议院宿舍等建筑物的重重包围之中，但这个角落倒是十分幽静。除了有时作为游行队伍的集合地点外，这里不大见得到人影。尽管地处市中心，却犹如台风眼一样，是个在喧嚣之中被遗忘了的真空地带。

这个地方一过晚上八点钟，人影便稀疏了。这里离皇家饭店也只有很短的一段距离。

搜查人员分头在这座并不太大的公园里，搜遍了每一个角落。沉浸在二人世界里的几对男女情侣，被突然蜂拥而至的、表情严肃的男人们破坏了甜蜜的约会，忙不迭地逃之夭夭了。

从公园里，透过树木可以隐隐约约地看到皇家饭店的摩天大厦。这时，栋居刑警拿着一样东西走了过来。

"这种东西被丢在了公园的深处。"

"什么东西？"

"草帽，已经非常破旧了。这种东西为什么会被丢在那个地方呢？"

"这草帽可真够破的啦！"

那须警部从栋居手里接过那顶草帽，不由得发出一声感叹。说它旧，它也太旧了些，宽宽的帽檐已经破烂不堪了，帽顶部分也已经有了洞。编草帽的麦秸已经褪了色，显得古色苍苍，与其说是麦秸，倒不如说是被虫子蛀透了的旧纤维更恰如其分一些。

光是轻轻地拿在手上就感到颇有些悬乎，好像它马上就会化为灰烬。

"现在还有戴这种帽子的家伙吗？这至少是十多年以前编出来的玩意儿了。"

那须的脸上露出了诧异的神色。

"是啊！但它并不是从十年前就丢在这里的,这也是毫无疑问的,它是最近才刚刚被扔掉的。"

"是那么回事儿。它好像是小孩子戴的嘛!"

那须注意到了帽子的头围尺寸。

"假设是什么人扔了它的话,我想也就是两三天之前的事情。"

那须明白栋居想说些什么。他是在暗示,草帽被扔掉的时间与案件发生的九月十七日晚上很接近。

那须刚想说"即便如此,这顶帽子也不一定就是罪犯扔的",但是他突然想起了一件事情。他心中一直悬而未解的疑团,就如同遇到了高温的冰雪一样,开始消融了。

"那位出租汽车司机所听到的、不解其意的'斯托哈',莫非就是'straw hat'(草帽)吗?"

"straw hat"在不熟悉英语的人听起来,十分有可能把它听成"斯托哈"。

"就算是这样,但被害人为什么要用手指着皇家饭店,嘴里念叨着'草帽'呢?"

栋居也回答不了这个问题。不管怎么说,在清水谷公园发现的草帽,与被害的约翰尼·霍华德之间似乎有着某种联系。

案情很可能是这样一种情况:霍华德在这里遭到了什么人的袭击,受了致命的重伤后,上了佐佐木的车,最后死在了皇家饭店的顶楼餐厅。

警方再一次以清水谷公园为中心,撒下了搜查网。

如果作案的时间与警方推测的时间相同,那么当时天色还比较早,因此可能会有目击者。

警方锲而不舍的调查,终于有了一点点收获。那是在案件发生后的第五天。

到那个清水谷公园里去的都是些在赤坂一带上班的男女职员,他们常在午休时或下班后来此做短暂的休息。收获就是从那些公司职员当中得来的。

据说九月十七日晚上八点半左右,一个男职员和与他在一起工作的女朋友准备一起到公园去。当他们从赤坂方向沿着人行道走去时,看到一个女人从公园里走了出来。

那个女人朝他们这边走了几步,但一看到他们的身影,好像吓了一跳似的,马上掉头朝四谷方向急匆匆地走去。由于隔着一段距离,又没有灯光,所以他们仅从那个人的姿态上感觉她好像是个日本女人。关于她的特征,他们没有丝毫印象。至于她穿的衣服,他们也只知道是西装。

他们被弄得很扫兴,所以没进公园就又顺着刚才来的赤坂方向原路返回了。

以上就是那位职员的陈述。而这点儿东西就是搜查本部二十几名刑警花了几天时间才得到的唯一收获。

就凭着这么一点儿线索,是无法破案的,搜查本部又笼罩在沉闷的气氛之中。

被害人的现住处,通过美国大使馆传来了回音。据说约翰尼·霍华德没有亲属,因此无人前来认领尸体。

二

栋居的心里很不痛快,这种不痛快逐渐地凝固起来,成了他的一块心病,折磨得他坐卧不安。

那位个体出租汽车司机听到的只言片语的"斯托哈"似乎是将英语的"straw hat"(草帽)听差了音,可是,如果是这样的话,被害人为什么要用手指着皇家饭店,嘴里念叨着"草帽"呢?并没有什么东西可以使他把草帽与皇家饭店联系到一起呀!

"斯托哈"是不是把其他词听错了呢?

由于栋居偶然从公园内发现了草帽,所以就理所当然地把那个词与它联系在一起了。但是，这样联系是不是过于武断了呢？如果那位司机听到的"斯托哈"不是"straw hat"（草帽）的话，那么栋居发现的草帽就与本案毫不相干。

这个想法像沉淀物似的在栋居的心底淤积起来，形成了一个疙瘩。栋居越来越强烈地感到，本案的关键就在那须所指出的"被害人去皇家饭店空中餐厅的理由"之中。

栋居发现的草帽经过鉴定，得知它至少是十五年以前的产品，比那须的判断还要早五年以上。

毫无疑问，那么个老古董绝不可能在那么长的时间里一直放在市中心的公园里。根据进一步的调查，他们弄清了在九月十七日早晨，即约翰尼·霍华德遇刺前十二个小时左右，街道居民会的志愿人员曾打扫了那个公园，但并没有发现那顶帽子。如果草帽掉在那里的话，应该会在当时被清扫掉的。

草帽是在九月十七日早晨以后被带到那里去的。

"再到现场去看一下吧！"

栋居决定忠实地遵循"现场勘查，百遍不厌"这一搜查工作的基本原则。就在这时，他忽然发现了一个不易被觉察到的破绽。

自从接到出租汽车司机的报告以来，警方已经到清水谷公园去过好几次了，却还没有一次是在晚上八点半左右去的。晚上八点半左右正是佐佐木司机让被害人搭车的时间，警方在公园里进行的搜索和在周围进行的情况调查，都是在比这要早的时间里进行的。

虽然这里很可能是犯罪现场，但由于被害人离开了，所以"作为犯罪现场"的意识就变得淡薄了，从而忽视了在同一时间下进行观察。可以说，这是搜查人员没有注意到的一个死角，如能站在这个死角之中进行观察的话，也许会打开新的视野。

栋居在晚上将近八点钟的时候去了清水谷公园。虽然是市中心，却没有人影，好像已经是深夜时分了，就连喜欢逛公园的情侣们也见不到身影，这似乎是因为警方的缘故。作为防止犯罪而采取的措施之一，警方要求公园里的情侣们趁早回到家里去。在稀稀拉拉的枯萎的草丛中，秋后的昆虫正在有气无力、奄奄一息地鸣叫着。

路灯也很稀疏，偶尔从这里通过的汽车的灯光，使树梢在黑暗中浮现出来。但是，那光束却照不到公园里那重重叠叠的树林深处。

栋居站在公园的夜幕之中。这里安静得让人根本无法认为是在市中心，好像就连汽车也是悄悄地压低发动机的声音从这里驶过似的。夜里的空气凉飕飕的，在这里，一个外国人被人朝胸口猛刺了一刀。无法想象这个被高级住宅所包围的、似乎脱离了城市喧嚣的角落，就是悲剧发生的舞台。

但是，它却成了保障罪犯安全的最好的"隐身草"。那对情侣目击到的那个女人，果真与案件有关吗？如果有关系的话，那么就牵扯上日本人了。不，也许罪犯就是日本人。

被害人为什么去了皇家饭店呢？

他用手指着皇家饭店，为什么嘴里却说"草帽"呢？

栋居似乎与黑暗融为了一体，久久地伫立在那儿，陷入了沉思。微风徐徐吹来，头上的树梢轻轻摇曳。从晃动的树叶间，隐约可以看到皇家饭店那布满灯光的摩天大厦，像座巨大的不夜城，几乎所有的窗口都闪耀着灯光。加上地面的投光灯照射上去的光束，整个大厦像涂了一层白银似的，轮廓分明地浮现在夜色之中。

连成一串的光环就像是节日的灯笼一样，围绕在楼顶的冷却塔周围。那里就是皇家饭店最受欢迎的"空中餐厅"，看上去美丽而壮观。

栋居想象着那个在异国旅行期间被人用刀捅了胸膛的人眺望着布满灯光的酒店大厦时的心情。也许在他那绝望的眼里，"空中餐厅"已经集中了世界上全部的幸福，看起来就仿佛是另一个世界的美妙景观吧！

那"空中餐厅"将辉煌夺目的光影轮廓刻在了市中心的夜空。已经处于弥留之际的被害人即使被它所吸引,也并没有什么奇怪。

"草帽?"

栋居无意识地嘟囔着。突然,他定住了漫不经心地张望着的视线,他那被美丽景象所吸引的目光变成了对某个特定对象的凝视。

"啊!那就是……"

他脱口而出,喊了半句话,就没了下文。顶楼餐厅窗口成排的灯光就像土星的光环一样,围绕在楼顶的冷却塔周围。冷却塔被地面投射光照射着,其圆形的顶部透过围在四周的三角柱护栏泛着银白色的光。顶楼餐厅的灯光,看上去就像是用光织成的宽宽的帽檐儿,使得整个顶楼餐厅恰似一顶用光编织而成的草帽悬挂在夜空之中!

那是夜间的灯光在夜空中描绘出来的光影造型。

"啊!原来如此!"

栋居将视线凝聚在夜空中的某一点上,继续轻声自言自语着:约翰尼·霍华德还是将草帽与皇家饭店的顶楼餐厅联想到一起了。虽然尚不清楚对于被害人来说那意味着什么,却搞清了它具有使他拖着濒临死亡的身体去那里的动机。

丢在公园里的草帽,很可能是被害人带来的。被害人与草帽——破案的关键就在它们的相互关联之中。栋居迈步离开了公园,仿佛在黑夜的尽头看到了一线曙光。

第二章　仇恨烙印

一

此刻，栋居的眼前正浮现着一幅情景，一幅令他感到厌恶而不愿回想起的情景。但是，那幅情景却深深地印在他的记忆里，始终不肯离去，只要他还活着，恐怕是无法甩掉了。

也可以说，他是为了终生追踪在这一情景中出现的人物，才当了刑警的。对于心中出现的那种景象，他虽然不愿想起，却也不能忘怀，可以说，正是因为有了它，他才能活到今天。

栋居弘一良不相信人类，取而代之的是憎恨。人这种动物，无论是谁，如果追究到底，都可以还原为"丑恶"这个元素。无论戴着多么高贵的道德家、德高望重的圣人的面具，夸夸其谈什么友情和自我牺牲，在其心中的某个角落里都隐藏着明哲保身的如意算盘。

使栋居陷入对人类如此不信任的东西，正是深深地印在他脑海里的那些情景。

他也作为社会的一分子而生活着，因此不能显露出这种不信任和憎恶。但是，潜藏在他内心深处的对人类的不信任和憎恶，已经成为不可化解的痼疾，就像与某些人终生相伴的肿瘤一样，虽然不是致命的，却会顽固地一直存在下去。

甚至可以说，它是栋居精神的细胞物质，把它封闭起来不加暴露，是为了能够活下去的一种权宜之计。

栋居没有见过母亲的容貌。母亲并不是因病去世才离开他的，而是在他还不懂事的时候，找了个男人，抛弃了年幼的栋居和自己的丈夫，跟着那个男人跑了。

从那以后，栋居便由父亲一手拉扯长大。父亲对于妻子跟着别的男人跑掉这件事，从来没有说过一句抱怨的话。出身于教师家庭的父亲，自己也是个小学教员。在战后那混乱的局面下，他为了孩子们的教育事业而奉献了自己。

这样一位父亲，对于那位事事都喜欢出风头的母亲来说，也许会令她感到窒息吧！父亲由于高度近视而幸免被拉去当兵。但在当时军国主义盛行的社会里，那种情况对于母亲来说，好像也成了一件令她觉得十分难堪的事情。

后来听别人说，她在"枪后会"的集会上结识了一些年轻军官，并经常同他们一起四处游荡。据说母亲逃离父亲身边也是因为她与那些军官当中的一个人打得十分火热，结果跟着那个人去了他上任的地方。

父亲虽然没有对栋居吐露过什么抱怨的话，但他却在用自己的全部身心，忍受着妻子与别人私奔后所留下的寂寞。栋居是他的精神寄托，他全靠栋居来安慰他那颗孤独的心，那是个只有一位父亲和一个儿子的寂寞家庭。

太平洋战争结束后，社会上的情况混乱不堪。母亲跟着那个军人走了之后，情况究竟如何，他们不得而知。但是，社会上的混乱对于他们父子二人的家庭却几乎没有造成什么影响。不知道是由于父亲的呵护，还是因为自己的遗忘，栋居对于那一段的记忆已经非常模糊了。也许是由于没有母亲的寂寞感覆盖了他幼小的心灵，使他没有注意到社会的变迁。

只有寂寞清晰地留在了他的记忆之中，与父亲围在一起吃晚饭的寂寞、灯光的昏暗、房间的寒冷，至今仍刻骨铭心地留在他的记忆中。没有母亲的寂寞掩盖了食物的短缺，那寂寞感已经变成了他对母亲的怨恨，是她抛弃了父亲和自己。

这个不知道母亲长相的孩子知道了母亲还活在天底下的某个地方，便对她的模样产生了一种油然而生的怀念和憎恶。

但是，父亲还活着的时候真是一段美好的时光。他和父亲一起分担着寂寞，父子二人相依为命，避开了人世间严酷的风刀霜剑。那是他们父子二人与世隔绝的一片小天地。

可是没过多久，栋居却失去了这位唯一的保护者。

事情发生在栋居四岁那年的冬天。那一天，栋居在车站前面等待着父亲的归来。在傍晚的固定时间去迎接下班回来的父亲，这是栋居每天必做的事情。

父亲每天用芋头和玉米为栋居做好盒饭之后才离开家，从那个时候起直到傍晚，栋居就一个人守在家中。当时既没有电视，也没有连环画册，他待在昏暗的屋子里，一心一意地盼望着父亲回家时刻的到来。

虽然父亲说外边有危险，不让他出来迎接，但傍晚去车站迎接父亲，对于年幼的栋居来说，是唯一的乐趣了。一看到父亲的身影从检票口出来，栋居就马上像只小狗似的扑过去，吊在他的手上。父亲每次都必定会给他带点儿小礼物回来。虽然父亲嘴上说不许来接，但栋居来接，父亲还是很高兴的。

礼物都是用芋头做的包子或者是用大豆做的面包。但是，那些东西对于栋居来说，已经是最好的食品了，那些礼物上面带着父亲那双大手的温暖。

从车站回家，一路上的谈话是父子之间最幸福的时刻。父亲眯缝着眼睛，听栋居口齿不清地讲述着自己一个人在家时的各种各样的冒险故事。

像什么"把迷了路蹿进家里来的野猫赶出去"的故事，什么"来了个乞丐往家中窥视"时的恐怖经历，还有"到隔壁的小吉家去时，人家拿出来的点心多么香甜"，等等，这些不着边际的故事层出不穷。父亲

"是吗是吗"地搭着腔，十分怜爱地听着他讲。

父亲如果没有按时回来，栋居就会一直等下去，直到他回来为止。年幼的孩子被寒风吹得缩起身子等在那里，也没有什么人去理会他，当时流浪的大人和孩子到处都是，一个年幼的孩子独自游来逛去也并没有什么稀奇。

每个人都在竭尽全力地寻找自己的活路，谁也没心思去管别人的闲事。

那天，父亲比平时晚回来了大约三十分钟。那是二月底最寒冷的季节，在检票口看到父亲身影的时候，栋居那小小的身体已经快要冻僵了。

"你怎么又来了？说了多少遍叫你不要来的嘛！"

父亲紧紧地抱住了栋居那已经被冻僵的身体。父亲的身体也被冻僵了，但是他心中的那片温暖却仿佛传到了栋居的身上。

"今天哪，我给你带回来了特别棒的礼物哟！"父亲故弄玄虚地说。

"是什么呀，爸爸？"

"打开这个看看吧！"

父亲把一个纸袋子递到了栋居的手中，那上面还残留着一丝余温。栋居朝纸袋内张望了一眼，不由自主地发出了一声惊叹："哎呀！太棒了！"

"怎么样，棒吧！那包子里面可是包着真正的馅儿哪！"

"真的？"栋居瞪圆了眼睛。

"当然是真的。是我在黑市上买来的。为了买它，我才回来得晚了些。好啦，赶快回家去一起吃掉它吧！"

父亲牵住儿子冰凉的小手，给他暖着。

"爸爸，谢谢你！"

"这是给你老老实实在家里待着的奖励。从明天起，不许你再来接我了，说不定会碰上可恶的人贩子呢！"

父亲慈祥地告诫着栋居。当他们两个人正要回家的时候，那件事发生了。

车站前广场的一角骚动起来，那一带排满了卖来路不明食品的摊贩，吵闹的声音就是从那一带传过来的。人们纷纷朝着那边围过去——一个年轻的女人正惊叫着："救命啊！救命啊！"

父亲拉着栋居的手，快步朝那边走去。他们透过人墙的缝隙往里一瞧，只见几个喝得酩酊大醉的美国兵正纠缠着一个年轻的女人，那几个年轻的美国兵满口说着下流话，虽然不知道他们说的是什么意思，但那副嘴脸却是全世界都通用的。他们正在众目睽睽之下玩弄着那个年轻的姑娘！

一眼看上去，这些美国兵个个都很强壮。与战败国日本那些骨瘦如柴、弱不禁风的国民相比，他们有着营养充足的身体和油光发亮的红皮肤，他们体内所积蓄的淫秽能量眼看就要把他们的身体和皮肤都胀破了。

那可怜的姑娘就像是被一群猫包围起来的一只老鼠，眼看就要被捉弄死了。她已经被剥掉了衣服，呈现出一副令人惨不忍睹的模样。她就保持着这么一副样子，即将在大庭广众之下受到奸污，不，她等于已经在受到奸污了。

围观的人群与其说是怀着救援之心，倒不如说是出乎意料地碰上了有趣的热闹场面，而更多的是怀着一种等着看热闹的残酷的好奇心。就算是他们有心搭救她，也因为对方是占领军的士兵而无能为力。

对方作为战胜国的军队，一切都凌驾于日本之上。他们瓦解了日本军队；否定了日本至高无上的权威——天皇的神圣地位。也就是说，他们高高地坐在日本人奉若神明的天皇之上，统治着日本。他们使天皇成为附庸。对于当时的日本人来说，他们已经成了新的神明。

对于占领军这支"神圣的军队"，警察也无法插手干预。对于占领军来说，日本人根本就算不上是人。他们把日本人看得比动物还要低贱，所以他们才能做出这种旁若无人的放荡行为。

成了美国兵牺牲品的姑娘,已经陷入了绝望的状态。围观的人们,谁也不插手,也没有人去叫警察,因为他们知道,即使去叫,警察也无能为力。

被他们抓住的那个女人算是倒大霉了。

这时,父亲用双手拨开了人群,挤到前面去,对那些眼看着就要对那个女人进行蹂躏的士兵们用英语说了些什么。父亲多少懂得一点儿英语。

美国兵们好像连做梦也没有想到,居然会有这么有勇气的日本人。他们惊讶地一下子把视线全都集中到了父亲的身上,围在周围的人们也都紧张地屏住了呼吸,等待着事态的进一步发展。刹那间,那里出现了一片令人感到毛骨悚然的寂静。

稍挫了锐气的美国兵们,看清了对手原来是一个非常瘦弱、戴着眼镜的贫寒的日本人,马上就恢复了嚣张的气焰。

"You, yellow monkey!(你这个黄种猴!)"

"Dirty Japan!(肮脏的日本人!)"

"A son of a bitch!(混蛋!)"

他们一边七嘴八舌地骂着,一边朝父亲逼过来。父亲拼命地向对方做着徒劳无益的解释。

但是,美国兵似乎被新出现的猎物激发起了虐待狂般的兴奋。他们走过来围成了一圈,开始对父亲进行摧残,就像是凶残的野兽要把营养不良的猎物玩来玩去地捉弄死一样。美国兵们陶醉于残酷的喜悦之中,惨无人道地折磨着完全没有抵抗和反击的对手。

"住手,不许打我父亲!"

栋居想要救自己的父亲,就从背后紧紧地抱住了一个美国兵。那是个长得像一头红色魔鬼似的白人,他的胳膊上有一块好像是烧伤的伤疤,也许是在战场上负的伤。那发红的裂口处长着金色的汗毛。他那粗壮的胳膊一抡，栋居就一下子摔倒在地上了。父亲带回来的包子从栋居的怀中掉了出来，滚到了地上，美国兵那结实的军用皮靴轻而易举地就将它踩得稀巴烂。

在包子滚落的地方，父亲就像一捆破布似的遭到美国兵的痛打，他们拳打脚踢，口吐唾沫。父亲的眼镜被打飞了，镜片也碎成了粉末。"围攻"的场面深深地印在栋居的记忆中。

"谁来救救我爸爸吧！"

年幼的栋居向周围的人群求救。但是，被他所哀求的大人们，要么耸耸肩膀，把脸扭向一旁；要么就只是冷冷地一笑。没有一个人愿意伸出救援之手。

父亲要搭救的那个年轻姑娘已经连个影子也看不见了，看来她是把父亲作为替身而溜之大吉了。父亲是为了救她才挺身而出的，没想到却成了她的替罪羊！

如果仅凭解释不清的正义感而伸出手来，那么下一次自己就会被当成第二只替罪羊。正因为人们亲眼目睹了父亲被当成替罪羊的活生生的事例，所以他们才越发感到害怕。

"求求你们，救救我爸爸吧！"

栋居一边哭泣，一边哀求着。但是每个人都在装聋作哑，既不想从这个地方溜掉，也不想伸出援救之手，仅仅像是隔岸观火似的表现出一副好奇心，静观着事态的发展。

突然，美国兵哈哈大笑起来。栋居回头一看，原来是一个美国兵正朝着已经筋疲力尽、一动也不动的父亲身上撒尿。他正是那个胳膊上有着烧伤似的红色疤痕的士兵！其他的美国兵也都模仿着他的样子去干。在"倾盆的尿雨"之中，父亲好像已经意识不到浇在自己身上的是什么东西了。看到这种情形，不仅是美国兵，就连瞧热闹的人也都笑了起来。

比起朝父亲撒尿的美国兵来，栋居更加憎恶在一旁看热闹的日本人。

栋居泪流满面，但他觉得那并不是泪水，而是从心中被剜了一刀的伤口溅出来的鲜血，从眼睛里冒了出来。幼小的他暗自下定了决心：绝不能忘记这个场面！

为了有朝一日报仇雪恨，他要把这个场面牢牢地铭刻在记忆之中。敌人就是在场的所有人！美国兵、兴致勃勃地看热闹的人、被父亲所搭救却把父亲当作替身而逃之夭夭的年轻女人，他们所有人都是自己的敌人！

美国兵终于打够了父亲，转身扬长而去。围观的人群也散开了。直到这时，警察才终于露面了。

"对方是占领军，我也无能为力呀！"

警察有气无力地说着，仅仅是走形式地做了做调查记录。他那种口气好像是在说，人没有被打死就算是很幸运了。那个时候，栋居把那个警察也算进了敌人的行列之中。

父亲被打得遍体鳞伤，锁骨骨折，右边的肋骨也断了两根。医生诊断，父亲的伤势需要用两个月的时间才能完全治愈。但是，由于那个时候的检查粗枝大叶，医生没有发现父亲颅内出血。

三天之后，父亲陷入了昏迷状态。那天深夜，父亲在胡话中，叫着栋居和妻子的名字，咽下了最后一口气。

从那个时候起，将父亲和自己都抛弃的母亲，还有那个马马虎虎置父亲于死地的医生，都成了栋居终生的仇敌。

他对人类的不信任和憎恶就是从那个时候开始培养起来的。他并不记得每一个仇敌的容貌和姓名，甚至连母亲的长相都不知道，所以，他的仇敌是当时在场的美国兵、围观的人群、年轻的女人、警察，还有医生和母亲所代表的所有人。

只要对手是人，不管他是什么人，栋居都打算一个一个慢慢地对他们进行报复。成了孤儿的栋居在当上刑警之前，其经历是非常坎坷的，但是，他成为刑警的动机比那坎坷的经历更为重要。

刑警可以肩负着国家的权力（哪怕仅仅是一种形式也罢）去追捕罪犯。对于栋居来说，不管是罪犯还是仇敌，其实都是一回事——能够在法律这个正当的名义之下，将人追得走投无路的职业就是警察。

栋居并不是为了伸张社会正义，而是想置人于无处可逃的死地，然后慢慢地仔细观察他那绝望和痛苦挣扎的情形。栋居要把那天眼睁睁地看着他父亲被折磨而死的人一个个都找出来，穷追不舍，把他们推下无法逃脱的绝望深渊。

如果以犯罪的方式去做这件事的话，就肯定持久不了，反而迟早会有那么一天，自己将受到追究。但是如果把这件事变成一种正当职业去做的话，就可以一直追捕那些人，直到自己不干为止。

栋居并不是为了伸张社会正义，而是为了向整个人类进行报复才当了刑警的。因为要进行报复，所以重要的是要尽可能地让那些追捕的对象感到痛苦！

二

由于被害人没有家属，所以约翰尼·霍华德的尸体由美国大使馆代为认领了，决定由日本方面负责将尸体火化，并且将骨灰暂时埋葬在横滨的外国人墓地中的一个无人祭祀的角落里，直到有亲属出现为止。

侦破工作完全没有取得进展。虽然根据栋居刑警的发现，已经弄明白了皇家饭店"空中餐厅"的夜景与草帽有些相似，但是仅凭这一点，并不能给破案带来任何进展。

对于被害人来说，草帽似乎具有某种重大的意义，但是那意义究竟是什么，却无从了解。

"据那对恋人说，他们看到有个女人在作案时间前后从公园里出来。那个女人会不会与本案有什么关系呢？"

有人提出了这样的看法。但是通过随后进行的侦查，在被害人的周围并未发现有这样的女人存在。

"如果不是这个女人这条线索的话，那么杀人动机会不会是从被害人的国家带到日本来的呢？"这种意见渐渐地占了上风。迄今为止，顺着那个女人的线索，主要以日本人为对象进行了侦查。但是，如果罪犯是来自美国的话，那么就必须改变侦查的方向。

毫无疑问，由于被害人是个外国人，所以在刚开始的时候，"凶手是外国人"的看法占了上风，搜查工作也朝着这个方向进行。外国人的犯罪是比较容易暴露的，因为来日本的外国人毕竟人数有限，而且在出入境之际也不能不留下一些踪迹。

由于在搜查初期阶段没有发现外国嫌疑人，加之那对恋人所提供的证词，嫌疑落到了一个日本女人的身上。所以，搜查方向就倾斜到日本人这边了，但是无论如何追查，也没有发现更多的踪迹。

于是，警方再一次研究了那对恋人所提供的证词。他们只是在光线不足的黑暗之中，匆匆瞥了一眼，无论是那个女人的年龄还是她的特征都一概没看清楚。说那个女人像是日本人，只不过是一种从姿态上判断出来的含糊印象而已。

"虽然那对恋人觉得那个女人像是日本人，但她也很有可能是个外国女人。"

"能否考虑她是个混血儿呢？如果是个混血儿的话，那么姿态看上去大概会很像是个日本人吧！"

"有必要去被害人的国家进行一下调查。"

虽然"罪犯是外国人"的看法又逐渐重新得势，但是在日本国内，已经没有剩下什么值得进行搜查的对象了。被害人投宿的饭店也已经搜查完毕了。

剩下的搜查对象是被害人的国家。但是，又不能派遣搜查人员到美国去。在日本发生的犯罪案件，其搜查范围仅限于日本国内，与海外有关联的案件，一般都是通过国际刑警组织，委托对象国协助进行调查。

即使日本方面派搜查人员出国，他们也没有搜查权。所以，在语言不通、地理和风俗习惯等一切情况都不熟悉的异国土地上，根本无望进行令人满意的搜查工作。除了委托国际刑警组织，要求帮助调查一下被害人的居住地之外，日本警方实在没有别的办法了。但那里毕竟是被害人一直生活的地方，或许会留下一些什么痕迹，表明他与罪犯之间的联系吧！

这样进行搜查工作可真让人心急如焚，搜查人员都感到了涉外办案所受到的局限。

栋居刑警后来又数次去了东京商务饭店。

"那个地方已经什么都没有啦！"与他搭档的山路刑警说道。但是，栋居却仍很执着：

"我总觉得那家饭店与本案有牵连。"

"有什么牵连呢？"

"据说霍华德没有预订房间，是突然到了那家饭店的。"

"那位前台经理是那么说的。"

"被害人究竟是从什么地方得知那家饭店所在位置的呢？"

"那也许是机场向他介绍的，也可能是出租汽车带他去的嘛！"

"在机场介绍的，一般都是些比较有名气的饭店哪！那家饭店才刚刚开业不久，而且又没有加入饭店协会，如果是出租汽车带他去的话，那家饭店的地点可就有些莫名其妙了。从机场来的话，一路上不是有许多像什么'品川''新桥'之类的市中心饭店吗？"

"那可不一定。因为凡是出租汽车，对司机来说，只要计价器的数字上升就行了，而且新宿是第二市中心，实际上也有大饭店嘛！"

"嗯，你说的倒也不错。不过，据说那家饭店是不大住外国人的，听说那里的住宿者当中，出差的公司职员占多数，而且多是定期来东京的固定客人。被害人既是一个外国人，又是第一次来日本，却到那里去住宿，我总觉得他好像预先比较熟悉当地的地理情况。"

"熟悉当地的地理情况？他可是第一次住进那家饭店的呀！"

"是的，因为他这是第一次到日本来嘛！"

"我觉得你过虑了。也许他从机场搭的那辆车的司机知道那家饭店，就把他带到那里去了。"

"哪有这种道理？如果是出租汽车带他去的话，因为他是个语言不通的外国人，所以一般来说，是不是应该先由司机到前台服务处去问一下有没有房间呢？可是，霍华德却是自己直接去前台的。"

"不是听说他会说几句日本话吗？"

"即便如此，他也毕竟是第一次来到异国他乡，所以还是委托司机去办要好一些。"

"会是那样一种情况吗？"

山路似乎百思不得其解，但尽管如此，他还是陪着栋居去了商务饭店。这大概是因为他对栋居的主张多少还是有些同感的吧！

但是，尽管栋居不肯死心，他们从东京商务饭店还是没有取得任何收获。

约翰尼·霍华德仅有的那点儿遗物，都移交给了美国大使馆，他在日本很少的一点点痕迹也已经完全消失了。

"大概我们对这家饭店估计错了。"山路带着安慰的神情对栋居说。但是栋居感到很沮丧，根本就无心答话。难道真是像山路当初所说的那样，被害人只是无意中来到这里的？通过迄今为止进行的搜查，并没有发现被害人与东京商务饭店之间有任何事前的联系。

就连栋居都开始死心了，他一边心想"这次就算是最后一回吧"，一边走出饭店大门的时候,一辆高级轿车停了下来。司机打开了车门,从车上走下一位雍容华贵的妇人,穿着一身十分合体的白色大岛绸和服。

"嗯?!"

栋居和她擦肩而过之后,又回过头去望了她一眼。

"有什么不对吗?"山路问道。

"不,我觉得好像在什么地方见过刚才过去的那个女人。"

"没错儿,那不是八杉恭子吗?"

"她就是八杉恭子?!"

栋居停下了脚步,目不转睛地凝视着那个女人走去的方向。八杉恭子作为家庭问题评论家,是电视和杂志互相争夺的大红人。她通过与自己的两个孩子进行"母子通信"的书信形式,出了一本类似"育儿日记"的书。她在书中写了母亲对于临近青春期微妙年龄的孩子应该如何进行教育,使那本书成了超级畅销书,八杉恭子也因此而一跃成为了大众传媒的宠儿。那本书不仅畅销国内,而且被译成了英文,介绍到了国外。

她那似乎很有教养的绰约风姿和略带些阴郁的花容月貌,很适合于上电视。她现在看上去似乎已经是一个"红极一时的电视演员"了。

如果是八杉恭子的话,那栋居在电视或者杂志上认识了她那张脸也并没有什么奇怪,而记忆却使栋居在此之前就对那张面孔有种似曾相识的感觉。但勾起栋居回过头去看那张脸的原因,又并非出于似曾相识。

这是因为,在与她擦肩而过的一瞬间,八杉恭子那张脸的侧面有一种说不清的东西在轻轻地召唤着他那遥远的记忆。但是,那刺激的强烈程度还不足以打开他记忆的阀门,就像是水面上荡起的一阵小小的涟漪,很快便恢复了原来的平静。目前颇受人们欢迎的八杉恭子那张可以称得上是"广告脸"的面孔,已经把它吸收得干干净净了。

八杉恭子现在的形象过于强烈,压抑着栋居过去已经淡漠了的记忆。但是,那种记忆是确实存在的,她并不是作为一个出没于新闻媒介的广为人知的八杉恭子,而是作为一个与自己有着某种个人联系的八杉恭子,被埋在了一层又一层的已经被忘却了的厚壳底下,要想把它发掘出来,就需要有更加强烈的刺激才行。

虽然栋居确确实实地意识到了那种记忆的存在,却怎么也回忆不起来,真使他感到心急火燎却又无可奈何。

"喂,你怎么了?见到真人就看呆啦!"

山路叫了一声一直站在那里陷入了沉思的栋居,栋居突然一下子清醒了过来。

"可是,八杉恭子为什么会在这种地方呢?"栋居用一种自言自语的口气说。

"为什么?栋居君,你还不知道吗?"山路用惊讶的目光看着栋居。

"不知道?我不知道什么呀?"

"八杉恭子是郡阳平的老婆嘛!"

"她是郡阳平的……"

照这么说的话,在饭店的大门口确实是挂着一块写有那个名字的招牌。

"八杉恭子是……那姓郡的……"

"你当真不知道吗?都已经有了两个孩子啦!"

"我知道她有孩子,但不知道孩子是她和那姓郡的生的。"

"刑警不多学点儿社会常识是不行的呀!"

山路嘲讽似的笑了。虽然并不清楚这究竟是不是属于社会常识方面的知识,但是既然山路已经知道了,那么它大概就是人所共知的事情吧!

郡阳平是当时的执政党——民友党的少壮派头子。他被看作是保守政界"新感觉派"的旗手,作为党内的评论家也是声名显赫。关于他,人们有着各种各样的看法,如:"八面玲珑,但总是见风使舵""变化多端的谋略家""不像青年人,是个有着出色办事能力和决断能力的首领",

等等。

他被认为是处于政治风暴中心的"台风眼"。对于日前的麻生文彦政权，他虽然采取了"配合主流派"的立场，可是一旦风云变幻，如果有什么风吹草动，他就会采取自己的行动。他虽然在表面上打着"刷新党风，解散派系"的旗号，但实际上却以其天生的对人和蔼可亲和颇有几分故弄玄虚的出色行动，在其他非主流派和中间派当中踏踏实实地争取着支持者。

很多人都把他看作是一匹黑马，认为他虽然在表面上并没有露出要当下届执政者候选人的野心，但作为党内颇有实力的派系的领导人，他正稳扎稳打地巩固着自己的阵营。根据"麻生引退之后"党内形势的动向，他将会与麻生政权的大人物们一起争夺下届政府的领导权。

郡阳平出身于山形县的一户农民家庭，他发奋苦读，大学毕业之后开了家铁工厂。据说与军方打交道是他时来运转的开始，但是那方面的消息不太准确。他在三十四岁的时候，出马参加众议院选举，并第一次当选为众议员。当时他是位无党派人士。

现在他已经五十五岁，担任着国土政策调查会会长，正满腔热忱地投身于制订国土综合开发计划，而这份计划将立足于长远的目标。为此，他与金融界的关系最近突然密切起来了。

在家庭中，郡阳平和妻子八杉恭子有一个十九岁的儿子和一个十七岁的女儿，都是大学生。据说因为恭子出了超级畅销书，所以郡阳平的知名度进一步提高了。但是，大概这方面正是他被称为谋略家的缘故吧！在公开的场合，他尽量地不表露出八杉恭子是自己的妻子，在电视和杂志的凸版摄影上，他也一直是让她以"八杉恭子"的身份活动，而不让她用"郡阳平夫人"的身份进行社交。

栋居从山路那里了解到了关于郡阳平的大概情况。八杉恭子到设有郡阳平后援会办事处的饭店，也没有什么不可思议的，即使与她作为一个家庭问题评论家的活动分开,她作为一个妻子,来到丈夫的办事处,按理说也没有任何不妥之处。

"无论如何,八杉恭子也是个大美人哪!"山路叹了一口气。

"她究竟有多大岁数了?"

"听说有四十岁了,但是看上去也就是三十岁左右。"

"显得那么年轻吗?"

"想不到吧!我那口子与她也相差不了几岁,却好像快到'退休的年龄'啦!郡阳平可真是个非常幸运的家伙啊!"

"他们是结发夫妻吗?"

"结发夫妻?"

"也就是说,他们不是再婚什么的吧?"

"这个问题我可就不太清楚。既然他们已经有了上大学的儿子和女儿,大概是在很早以前就结婚了吧?"

"才四十岁就有了上大学的孩子,她可真是太早婚啦!"

"也许岁数上多多少少打了些马虎眼儿,但在很早以前就结了婚,这可是确确实实的。"

"孩子会不会是他们哪一位与前夫或前妻生的呢?"

"那倒没听说过,不过,你小子对这事儿也太关心了吧!"

"因为有些事情我放心不下。"

"对于八杉恭子,哪个男人都会挂在心上的。"山路好像误会了栋居的意思。

约翰尼·霍华德被害案的搜查工作毫无进展,从国际刑警组织那里也没有传来任何消息。作为美国警方,虽然接受了调查被害人居住地的要求,但是案件发生在太平洋彼岸的日本,他们大概并不太清楚应该调查些什么吧!

护照上所标明的被害人现住址是纽约恶名远扬的哈莱姆黑人区。那儿的情况也许就像日本的山谷或釜崎的棚户区那样，流浪者们搭有临时住处，因为是临时住处，所以也不会留下什么可能成为线索的东西，当然也就谈不上有什么亲属了。

但是，如果那里是他的临时住处，那么在某个地方就应该有他的原住处。可是，美国方面做出的最初答复里面，却完全没有涉及这个问题。

对于"合众国"美国来说，一个黑人在异国被杀之类的事情，可能是并没有什么了不起的吧？纽约是个凶杀案根本算不上什么新闻的地方。但是，美国警方对于自己国家的公民被杀，采取如此冷漠的态度，这不能不给日本的搜查本部造成不利的影响。

可是，罪犯也许是个日本人，所以，不管被害人的国家态度如何冷漠，日本警方对于搜查工作也不能马马虎虎、敷衍了事。搜查本部努力地寻找着九月十三日被害人入境那天，把他从羽田机场送到东京商务饭店的那辆出租汽车。

在东京，目前街上跑着汽车公司的出租车两万辆和个体经营的出租汽车一万六千辆。而且，并不能肯定约翰尼·霍华德从羽田机场就乘坐了出租汽车，但是，目前留给搜查本部的就只有这么一点儿少得可怜的线索。

被害人为什么去了东京商务饭店呢？

也许让被害人搭了车的出租汽车司机知道这个情况。

第三章　揭谜关键

一

又是一个令人扫兴的早晨。吸毒之后的那股兴奋劲儿已经过去，却留下了一种很不舒服的感觉，脑袋里像灌满了铅似的。虽然睡意还留在惺忪的睡眼之中，但是他心里明白，再继续躺下去也睡不着了。这真是一个昏昏沉沉的早晨。

恭平从床上爬起身来上厕所。他觉得自己神志很清醒，但走起路来却直摇晃，腿脚使不上劲，身体找不到平衡的感觉，这是吸毒之后留下的"后遗症"。

昨天夜里举行了狂欢聚会的同伴们仍然横七竖八地挤在被窝里呼呼大睡。他们虽然都是些还不满二十岁的年轻人，却因为吸毒成瘾、荒淫无度和营养失调，使得脸上没有一丝血色。

他们一个个都像患有肝病似的，面色如土、脸部浮肿、皮肤干燥、眼圈发黑、嘴唇干裂、眼角沾着眼屎、嘴角淌着口水，睡在那里就好像是一群死猪。他们的那副尊容实在让人不敢恭维，根本无法使人相信他们是一帮还不到二十岁的年轻人。恭平在那横七竖八地躺着的人堆中，插着缝儿朝厕所走去。突然，他一脚狠狠地踩到了一个人的腿上。

那是个女孩子，被他踩了一脚，痛楚地皱了皱眉头，将眼睛睁开一条缝，瞟了一眼，然后翻了个身，又睡了过去。她几乎是一丝不挂，尽管她的生活很放纵，但是她的身体却长得很健美。毯子仅仅盖住了她身体的一小部分，大部分都露在外面。她的胸部和腰部长得很丰满，在骨瘦如柴的男孩子中间，简直美得令人嫉妒。她是他昨天夜里在快餐店刚刚结识的一位女孩子。在那横七竖八地躺着的一堆人中间，还混有几张不太熟悉的面孔。

这些家伙都是昨天深夜在快餐店吸了毒之后，跳舞时凑到一起的。

这里是父母买给恭平作为"学习室"的公寓。恭平的父母与其说是对孩子溺爱，还不如说是对孩子放任自流。当恭平提出"在与家庭完全隔离的独立地方，可以好好用功学习"的时候，他的父母马上就拿出近两千万日元，给他买下了这幢位于杉并区一角的幽静公寓。

恭平把这里当作地下活动指挥部，连学校也不去，成天和一帮与自己年龄相仿的"疯癫派"（聚集在东京新宿车站前及车站地下通道内，身着奇装异服吸毒的青少年流派）在一起寻欢作乐。他们深夜在茶馆和快餐店一玩儿就是一个通宵，凡是认识的家伙，碰上谁就拉上谁，领回自己的公寓，起劲儿地搞一些用安眠药进行吸毒的游戏，或狂热地举行淫乱的色情舞会。

房间里极其脏乱，简直让人为之目瞪口呆，根本无法相信世界上居然还会有地方肮脏、混乱到这种地步。

在厨房内的水池子里，餐具和方便食品的残渣堆积成了一座小山，苍蝇和小昆虫在那上面飞来飞去。室内到处都扔着脏兮兮的外套和贴身穿的内衣，其中还夹杂有吉他和唱片。

面对阳台的那间铺着八张"榻榻米"的房间里，横七竖八地睡了一屋子的人。被褥和毛毯被弄得乱七八糟，女人的大腿和剪成"披头士"发型的脏乎乎的脑袋露在外面，看上去就好像是农田里的一堆萝卜和什么果实似的。揉成团的卫生纸、水果皮、装满了烟头的烟灰缸、安眠药的空盒子、可口可乐的空瓶以及避孕用具之类的物品，和杂乱无章的被褥、枕头裹在一起。这一切都说明昨天夜里在这儿举行的狂欢聚会是多么的荒唐透顶。

房间里散发着一股股食物的馊味。本来就肮脏无比，再加上这密封性能完美无缺的房间里挤了男男女女八个人一起睡觉,所以空气已经污浊到了极点。恭平感到头昏脑涨并不仅仅是因为毒品所起的作用,也和他连续呼吸了一整夜的污浊空气有关系。

但是,那帮家伙却还是只顾酣睡不起。走进隔壁兼作餐室的厨房,情形比卧室更糟,化学灭火剂的空罐滚在地上,铺着地板的地面黏糊糊的,这里充满了一种与卧室截然不同的、刺鼻的特殊臭味。

恭平想起来了,昨天夜里他们从快餐店回来之后,又在这个地方玩儿了"灭火剂游戏"。

玩儿"灭火剂游戏"的建议一下子就得到了大家的赞同。大家都已经吸食了相当剂量的毒品,但是,他们的羞耻之心并不是因为毒品的作用才丢掉的,而是他们从一开始就根本不知道"羞耻"二字为何物。他们四男四女八个人,把身上所穿的一切都脱下来扔到了一旁,然后蹲在了那间餐室兼厨房的地板上。

恭平敲着灭火器的喷嘴,朝着地上喷出化学灭火剂的泡沫,屋里立刻就变成了一片泡沫的海洋。恭平随后又接连几次向屋里喷射灭火剂。在白色的泡沫之中,这些男男女女一边发出兴奋的尖叫声,一边胡乱地调着情,这是他们集体演出的"泡沫舞"。

他们每个人的身上都沾满了泡沫,滑溜溜地怎么也抓不住。在泡沫之中,每个人的面孔与身体的特征都隐蔽了起来,根本分不清谁是谁,这真是一种新奇而又刺激的捉迷藏游戏。

恭平在泡沫中与几个女人发生了关系。由于吸毒、开快车和荒淫无度,变得迟钝了的性欲,受到了那种刺激,似乎觉醒了过来,灭火剂那火辣辣的刺激又进一步提高了他的性欲。

跟着作为这个"灭火剂游戏"的副产品,他们又玩儿起了自我感觉很有趣的"淋浴挤肉包子"游戏。游戏的玩儿法是,用沾满泡沫而变得黏糊糊的身体,在淋浴室里"挤肉包子"。狭窄的淋浴室里能装得下多少人就硬往里塞多少人，一直塞到人们转不开身的时候，再放凉水或浇热水。

无论浇多么烫的水，里面的人都无法躲避，虽然也会有人被烫伤，但那却会激起他们受虐的快感。

"唉，"恭平想，"昨天真是乱七八糟。"

尽管他们的那些所作所为被别人称作"性解放"或者"放荡聚会"，但是在他们之间却还有一些规矩，一起鬼混的伙伴也是比较固定的。他们对于在一起进行鬼混的对象究竟是何身份，大体上都比较了解。只有卖淫的女人，才会和素不相识的人乱搞，而他们瞧不起那些卖淫的疯癫女人，决不让她加入自己的圈子。

即使偶尔有一些年轻的公司职员为了寻求一夜轻松欢乐而混进来，也不会有任何人去理睬他们。

但是，昨天却是碰上谁算谁。一起跟来的人，不论是男还是女，来者不拒。在那些横七竖八地挤在一起睡觉的人当中，有一些不认识的面孔，他们大概就是这样被网罗来的家伙吧！他们一起在公寓中展开了昨夜那场狂宴……

恭平很清楚自己为什么要那样做。那是因为昨天他和母亲一起在电视上露了面，他一想起自己当时的那副样子就恶心得直想呕吐。

"母与子的对话——'迷惘的一代'的母子内心世界应该如何交流？"

用这种煞有介事的主题，在面向全国播放的电视节目中，恭平扮演了一个模范儿子的形象，那是为了维护母亲的名声而进行的表演，不仅全国的观众和听众，就连母亲和父亲都被欺骗了。

"在恭平的家里，没有父母与子女之间发生隔阂的事情。尽管父母为了工作而忙得不可开交，尽管父母与孩子一起度过的时间很少，但是他们家在父母和子女之间，却经常进行着心灵的沟通。

"父母和子女之间的隔阂、父母与子女感情疏远的事情，在我们家是不可想象的。那是因为我们家的父母和子女之间有着最根本的相互理解，即使在父母和子女之间，有时也有一些不能当面说出来的事情。在那种时候，我们就互相通信，尽管住在同一个家里，但还是互相写信。写信可以把用嘴说不出来的事情用笔写出来，我原以为自己很了解自己的孩子们，但是看了儿子和女儿写的信之后，我对藏在他们内心深处的未知领域是多么的吃惊啊！

"孩子们在成长的同时将会发生很大变化。虽然是自己的亲生骨肉，但他们将会变成与襁褓中的孩子完全不同的人。父母总是把孩子看作一个一成不变的人，我认为父母与孩子之间的隔阂就产生于此。

"所谓从根本上去理解孩子，究竟是怎么回事呢？我认为，那就是对'孩子在成长的过程中，将变成另一个人'这个问题进行不断地追踪。世界上的父母们不是都不太重视这种追踪吗？我写给孩子们的信，就是进行那种追踪的导弹。孩子们的成长很快，必须发射大量的导弹才行。"

恭平的眼前浮现出了母亲那张自作聪明的脸。她带着动人的微笑，以巧妙的讲话艺术大谈而特谈着那些再明白不过的事情。恭平的任务就是守在母亲的身旁，一本正经地与她一唱一和。母亲就凭着那种说教，被推崇为消除父母与子女之间隔阂的救世主。大众传播媒介的力量实在是可怕啊！

可是，恭平为什么要上那种电视呢？那是一种报复。母亲总是只注意外表，还在她被捧为新闻界的宠儿之前，年轻美丽的母亲就一个劲儿地对外故作姿态。

恭平虽然有母亲，但从他懂事的时候起，他的记忆之中就根本没有母亲。给他喂奶、换尿布，上了幼儿园之后接送他，郊游时给他带盒饭，等等，这一切都是上了年纪的女仆做的。母亲仅在开家长会或讲课观摩日等有许多人聚集的盛大仪式时，才带着一副母亲似的面孔出现，只有在那一天，她才会打扮得漂漂亮亮地来到学校。

她对于恭平来说，既是母亲，又不是母亲。她仅仅是生了恭平而已，却从未尽过作为母亲的任何具体义务。她把孩子当作一种工具使用，从而一跃成为新闻界的明星，这样一来，她那"虚有其表的母亲"的嘴脸就表现得更加彻底了。

尽管如此，恭平在年幼的时候，对那样一位母亲还是怀有一种敬畏之心的。她与别人家的母亲不同，在家里的时候，也打扮得漂漂亮亮，这曾让恭平觉得有些扬扬得意。

可是，随着年龄渐渐地增长，当他认清了母亲原来只不过是个好大喜功、空洞无物而又极端虚荣的人之后，就开始进行猛烈的反抗了。

成为最初导火线的是恭平上小学一年级时的一次郊游活动。那一天正好是母亲与"有闲阶层"无所事事的太太们相约去养老院进行慰问的日子。不凑巧的事偏偏却凑到了，老仆人也由于身体欠安而请了假。

母亲也不给恭平准备郊游时要带的盒饭，而是在一大堆衣服中左挑右拣，拿不定主意去养老院时究竟穿哪一件才好。等她把时间都白白浪费掉了之后，才递给恭平一张一千日元的钞票说：

"因为今天妈妈要去慰问可怜的老爷爷和老奶奶，所以恭平就将就一下吧！到了中午，就拿这个买盒饭吧！"

于是，恭平就只带着那么一张钞票去郊游了。因为背囊里空空的太不像样子了，他就把幼儿园赠送给他的心爱的布狗熊装了进去。

郊游的目的地是山里的一个池塘边。那个时候的一千日元抵得上现在的一万日元，但是在山里，什么东西也没有卖的。别人家的孩子们和陪伴着他们而来的家长一起，愉快地打开饭盒，吃了起来。可是，恭平却连壶水都没带。在他意识到肚子饿了之前，他的嗓子已经渴得快冒烟了。别人家陪孩子来的家长实在看不过去，就分了些饭团和茶水给他。但他不好意思被别人看见背囊里的东西，就离开了大家，独自一个人在池塘边吃了人家给的饭团。他嘴里塞满了饭团，泪水止不住地顺着脸颊往下淌。

恭平把背囊里装着布狗熊去郊游的"奇耻大辱"铭刻在心中，不肯忘怀，但母亲却好像老早就忘了这件事似的。不，不是忘了，而是她根本就不知道恭平曾把"狗熊"塞进背囊里去郊游这回事。她似乎认定给了孩子一千日元，就已经完成做母亲的责任了。但恭平觉得正是在那个时候，他才看清了自己母亲的真面目。

本来，父亲从一开始就等于没有，他成天都因为工作而东奔西走。自从他步入政界之后，虽然住在同一个家里，却几乎连面也见不到了，从某种意义上来说，恭平和孤儿并没有多大的区别。

对于孤儿来说，当然也就不可能有什么父母与子女之间的隔阂了。

恭平一直觉得自己是一个孤儿，可是母亲却单方面地硬给自己强加了一个母亲的称号。她巧妙地利用大众传播媒介，投机取巧地写了"母子对话"，并且由此摇身一变，成了"全国母亲的偶像"，这种事情实在是可笑到了极点！

那个偶像母亲的模范儿子同样也是偶像儿子，他们两个人是一种"同谋关系"。不过，母亲并没有意识到那母子偶像当中的一分子正以"出类拔萃"的"嬉皮士"自居，每天沉溺于安眠药和淫乱群交之中，如果这种事情暴露出去的话，母亲就会名声扫地。

不光是母亲，也许还会影响到父亲的政治生命，而这张王牌正捏在恭平的手里。

那对父母还不知道他们的孩子手里掌握着足以使自己毁灭的武器，正为了维护那华而不实的虚名而废寝忘食，这种情况真是令人捧腹。恭平决心在他们不知内情的情况下，耗尽自己的青春，对于那两个不顾孩子，并且将孩子当作牺牲品的父母，这不也是一种激烈的报复吗？

从厕所回来，恭平不愿再一次回到那肮脏的、横七竖八地躺了一屋子人的房间中去，便在餐室兼厨房的一个角落的椅子上坐了下来。他正抽着烟，忽然听到背后有人道：

"请给我也来一支烟！"

恭平回头一看，只见刚才被自己踩了腿的那个女孩子从卧室那边走了过来。

"怎么，起来啦？"

恭平将桌子上的那盒七星牌香烟扔给她，她用一只手很灵巧地在空中接住了烟盒，从中抽出了一支。

"喂，火！"

"谢谢！"

女孩子凑着恭平擦燃后递过来的火柴，点燃了香烟，美美地深吸了一大口。

"在吸了毒之后，香烟抽起来味道都不怎么样，但是今天味道却特别棒。"

女孩子已经穿上了衣服。因为她穿了一件中国式的宽松短外套和一条长裙，所以恭平刚才起来时瞅了一眼的健美的肢体都被隐藏起来了，只有她那幼稚的表情被突出了出来。也许她是个还不到二十岁的女高中生哩！

"我和你是在什么地方认识的来着？"

恭平追寻着记忆，却怎么也回想不起来。

"在吉祥寺的茶馆里嘛！我在快餐店一带转悠的时候，得意忘了形，竟跟随你们来到了这种地方！"

女孩子像是一个小孩在淘气的时候被别人发现了似的伸了一下舌头。她那种表情幼稚得令人感到吃惊，看上去她根本不像是个和萍水相逢的男人们玩儿"灭火剂游戏"的女孩儿。

"是吗？是在吉祥寺的茶馆呀！你是个专门和男人们鬼混的女阿

飞吗?"

"哼,你看我像吗?"

女孩子调皮地笑了。她一笑,右边的脸蛋上就现出了一个酒窝,简直可爱极了,她那笑容十分清纯。恭平和她面对面地待着,感到了她那青春焕发的照人光彩。

我和这个女孩子,昨天夜里真的发生关系了吗?

好像是发生了,又觉得好像没有发生。在白色的泡沫之中,根本就分不清谁是谁,就那么互相地拥抱在一起,伴儿也换了好几次。浑身沾满了泡沫,对手们一个个都像人鱼似的,身上没有可抓的地方,只留下像摸到鱼鳞一样的感觉就让他们逃之夭夭了。

隐藏在泡沫里,再加上毒品起的作用,他连意识也不正常了。也许这妙不可言的猎物已经钻进了自己的网里,却又让她在白色的泡沫之下逃脱了……

恭平想起了刚才漫不经心地踩着她的腿时,感觉到的那种弹性,那是一种肉体成熟的、健康的弹性。在这种荒唐的生活中,今后也许再也邂逅不到这样高层次的伙伴了。

"我叫郡恭平。你的名字叫什么?"恭平紧追不舍地问道。她说是昨天夜里在吉祥寺茶馆相遇的,可是,那一段记忆却实在是很模糊了。

记得在最后去的那家快餐店中,他们服用了海米那(安眠酮),那东西虽然很苦,但仔细嚼着服下去,却很有效果。最近,麻醉药品很难弄到手,因为药房不卖那种药给未成年人。

吸毒者们一天到晚都在寻找麻醉药品中度过。有的人在全国进行"疯癫"旅行,去寻找麻醉药品;有的人则用眼药和止痛药来做替代品;甚至还有的人居然喝生发香水来聊以自慰。

海米那(安眠酮)对于他们来说,可算得上是一种贵重的物品了。昨天夜里他们找到了这种久违了的麻醉药品,伙伴们一起分享之后,都愉快地被麻醉了。他们有同样一种心情，似乎觉得不用什么东西来把自己麻醉一下，就活得没什么意思了。

这个女孩子似乎就是在那一带同自己相识的，恭平觉得好像还同她一起跳了现代爵士舞。如果她是在吉祥寺的爵士乐茶馆加入进来的话，那她说不定就是从市中心转移过来的"夜游神"（指深更半夜不睡觉而在街上四处游荡的人）。

最近，外表看上去有些像"疯癫派"和"嬉皮士"模样的年轻人纷纷将巢穴从新宿搬到了中野、荻洼、吉祥寺、下北泽、自由之丘等"郊外"。那帮家伙还算不上是真正的"疯癫派"，他们充其量只不过是一些装疯卖傻的"模拟疯癫派"和"冒牌嬉皮士"而已。

他们都是些考不上大学或高中的失学学生，或从大学、高中半途退学的人，离家出走的少年男女，自封的模特儿，自称的设计师，自命的新闻记者，想当先锋派艺术家的人，想成为摄影师的人，爱好文学的青年和少女，驾驶着摩托、汽车在街上兜风的年轻人，想当却又没能当成作曲家和电视、戏剧演员的人，等等，真是千奇百怪，无奇不有。

他们比任何人都注意"体面"。很多家伙虽然不能为社会进行任何建设和生产，但是为了"体面"，他们却会拼命。

他们聚集到新宿、六本木、原宿这些地方来，也是为了不失体面。冒充"嬉皮士""疯癫派"和"垮掉的一代"，还是为了体面。新宿、原宿作为年轻人在深夜里进行活动的街道，已经变得很有名气了。正因为如此，不管是阿猫阿狗，一个不落地全部集中到新宿等这些地方来了。

对于因"土著民族"而感到自豪的他们来说，那种情况实在不妙。如果阿猫阿狗都聚集到这个地方来，那可就太不成体统了。于是，他们为了维护体面，就开始了朝郊外"移民"。

乍一看，他们好像是三教九流，五花八门。但是，他们有一个共同之处，那就是没有固定的职业，即使有就业和入学的机会，他们也不愿去。就是进了公司或学校大门的人也都在中途退了出来，他们都是脱离了这个社会的人。总而言之，他们都不过是些不愿认真工作和努力学习的懒汉，为了寻求同类，被一阵风刮到一起来了。在他人眼里，他们那种装扮、行为是对社会道德、组织和人类整齐划一的抵抗。

"我们年轻人到底有些什么呢？"他们表现出一种虚无主义的态度（那也是一种体面）。不去为了得到什么而努力，而是迷恋于吸毒，沉溺于现代打击乐和搞性关系，拿开快车当儿戏。

他们并不从事任何生产，也没有必要为明天做准备，只要现在过得去就行了。但是，这些青年当中，直到不久以前还确有"货真价实的正宗货"。他们彻底地反抗世俗，当领悟到归根结底要与整个社会为敌，看不到胜利的希望时，就离开城市到远海的孤岛和深山老林里去寻找自己的乌托邦了。

剩下的只是些摆出一副反世俗架势而实际上却最世俗的家伙，他们都来自于市内或近郊的中产阶级以上的家庭。尽管他们拒绝与父母和兄弟姐妹一起生活，但是，如果他们想回到家里去的话，随时都可以回去。

其中也有一些人是每天从自己的家中到这里来"上班"的。他们在投币式存放柜那里摇身一变，换上"嬉皮士"或"疯癫派"的"制服"，就变成了"速成嬉皮士"。他们悲叹大城市的孤独，以"日本的局外人"自居。

他们如果真是局外人的话，就完全没有必要装出一副什么艺术家和新闻记者之类的样子来了。他们的装模作样中有着对"自由人"这个名称最世俗的职业的憧憬，暴露出他们反世俗、超世俗的姿态只不过都是些"冒牌货"。

恭平在想，这个女孩子也是一个那样的人吗？

"叫什么名字还不都是那么回事儿嘛！"女孩子轻佻地一笑。

"别装模作样啦！我挺喜欢你的，告诉我也没什么关系吧？"

"说不定你我一别,从此就再也见不着面了呢!"

"我可是还想再见到你哟!"

"别说这种多愁善感的话!"

"我本来就多愁善感嘛!要不然的话,就不会在这种地方过单身生活了。"

"公寓里的单身生活,好像很有身份哪!"

"这就是有身份吗?不过是被父母抛弃了的变相的孤儿而已。"

"你是孤儿?那么咱们是同病相怜啦!"

女孩子似乎对恭平说的"孤儿"这个词产生了共鸣,她眼神里带着一些关心地看着恭平。

"你没有父母吗?"

"简直和没有也没什么两样。"

"你和我一样啊!自从带着'狗熊'去郊游之后,我就'断绝'了与父母的关系。"

"孩子能断绝与父母的关系?这也罢了。那个'狗熊'又是怎么回事呢?"

恭平讲出了铭刻在自己心头的怨恨。

"居然会有那样的事,你也真是个可怜的人哪!"

女孩子向恭平投去了同情的目光。

"给我讲讲你的事情吧。"

"我的事情没什么好说的。我妈妈是父亲的姨太太,父亲他……唉!是个那么卑鄙无耻的禽兽,母亲只不过是伺候那禽兽的性奴隶而已。因此,我就离家出走了。我是无家可归的一代新人哪!"

"把你的名字告诉我吧!"

"我叫朝枝路子,朝霞的朝,树枝的枝,道路的路,儿子的子。"

"不过,在你出生之前,你母亲就当姨太太了吧!为什么到了现在,

· 49 ·

你才突然离家出走呢？"

"我怀孕了！我不是说过了嘛，我父亲都那么大岁数了，居然还那么不要脸，我才不要干那种事情呢！"

朝枝路子好像差点儿就要吐唾沫了，但想到这里是别人的家，才打消了吐唾沫的念头。

"原来是这么回事呀！所以昨夜你就随我们一起来啦？今后你打算怎么办呢？"

"我也没有什么别的打算。我带了一些钱出来，用它暂时可以抵挡一阵子。"

"钱花完了呢？"

"不知道，我还没有考虑那么长远的问题。"

"如果可以的话，请你住在这里好吗？"恭平试探地问道。

"我可以住在这里？"

"你来住，我非常欢迎。"

"这下你可帮了我的大忙！"

"那么，一言为定！"

恭平将手伸了过去，路子漫不经心地抓住了那只手。就这样，两个年轻人非常简单地立下了"同居合同"。

隔壁的房间里传出了动静，好像是那些总算睡够了的伙伴们开始起床了。

二

纽约市警察局刑侦六处管辖下的第二十五警察分局刑警肯·舒夫坦，正迈着不太起劲的步伐，行走在东哈莱姆的一个角落里。他虽然兴致不高，却始终保持着警惕的姿势。因为巡逻车会引起当地人的注意，所以他尽量不乘巡逻车到这里来。

肯自认为对这条街的每个角落的情况都了如指掌，但在进入这个地方的时候，他走路时却不得不在背后也长上一双眼睛。原则上，执行公务的时候必须保持俩人一组，但是，肯却时常单独行动，弄得警长也只好默认了，因为肯根本就不相信任何一个人，即使是同事也是如此。住在东哈莱姆这个地方的人，大部分都是波多黎各人，他们的生活水平比黑人还要低。由于强烈的民族意识，再加上生活贫困，所以他们接受不到教育，到什么时候也不会讲英语。

即使是熟面孔的肯，走进这个地方的时候，他们也会射来刺人的尖利目光，对于他们来说，刑警是绝不能和睦相处的敌人。

这个地方的公共住宅楼已经破烂不堪，看上去似乎摇摇欲坠。在那就像是钟乳岩洞似的楼门口处，一群不到二十岁的青年和孩子们聚在一起。他们无所事事，只是无聊地聚在一起无处可去。喝醉了酒的醉鬼和吸了毒的瘾君子衣衫褴褛地躺在地上，小孩子们在他们的周围不肯安静地跑来跑去。他们将充满了敌意和戒心的目光集中到肯的身上，不仅是对肯，对于从外面来的异己分子，他们毫无例外地都是用这种目光相对。在他们这帮人当中，也许有人怀里面还藏着手枪呢！他们的那种目光里折射出被封闭在纽约的社会最底层而又找不到出路的绝望和愤怒。

他们是一支"纽约的犯罪后备军"，据说他们长大成人之后都去犯了罪。

芝加哥的黑社会以黑手党为中心，是有组织的，他们从不向规规矩矩的人动手。但在纽约，则以小流氓为主体，他们专门把普通的市民当作冤大头。

实际上，在这个地方，不知道什么时候就会从背后遭到袭击，他们会毫无理由地突然袭来。住在当地的人彼此之间也互不信任，这里根本看不到贫民窟所特有的彼此之间互相的帮助。这里有的只是在纽约这个现代文明城市挤压下的暴躁和冷漠。这里的每一个人之间都相互保持着距离。

有人将中央公园比喻为纽约的肚肠,而将哈莱姆比喻为纽约的肛门。但舒夫坦却认为这里是纽约的"排泄场所",纽约为了进行那巨大而灿烂辉煌的物质文明建设,排泄出了大量的矛盾,那些矛盾都被抛到了这个角落。

舒夫坦十分厌恶哈莱姆这个地方。尽管如此,但要是有人说哈莱姆的坏话,他还是非常不高兴。不是住在这条街上的人,就不会体会到被封闭在这没有出路的黑暗处的绝望感。他们虽然有着用不完的精力,却无处发泄,每月五十美元租金的房子是个只能用来睡觉的地方,而不是白天待的地方。他们既不去上学,又没有职业,自然而然地就聚集到了狭窄的背阴胡同里,只有那里才有他们待的地方,要从那个地方逃出去,只有成为罪犯或者投身于战争。

肯·舒夫坦也曾经是住在这个地方的人,所以,他非常了解这里的情况。人们被从家里赶出来,随着阳光照到的那一丁点儿地方不停地移动着位置,夏天则反过来追着阴凉的地方走。在这种情况下,他们开始学会了偷窃。他们滑着旱冰鞋故意去撞翻货摊,将商品撒得满街都是,当摊主发怒追来时,他们便乘机将物品洗劫一空。这个地方经常会有一些游客迷路之后闯进来。于是,这些游客就成了他们最好的欺骗对象。他们用没装胶卷的空照相机,装出给游客照相的样子,然后死乞白赖地缠着游客要钱。当游客拿出钱包时,他们便突然一把将钱包抢走,逃进小巷里去。

只要有机会,他们就会悄悄地潜入附近的人家,即使是同伴的东西,他们也会毫不客气地偷走。有妙龄女孩儿的家庭,除了安装双重圆柱销子锁之外,还加装了弹簧锁和门链,实际上共设了四层防线。但是,无论安装了多么结实的锁,只要让他们知道了哪家没人,他们就肯定会把那家的门给撬开。

在这个对人类失去信任的贫民窟中长到十七八岁，就足以成为一个相当够格的坏家伙了。肯一来到这里，就感到好像是自己过去最丑恶的形象被拿出来进行展览似的，心里很不舒服。但这里是自己的"原籍"，这是毫无疑问的，所以，没有在这个地方被封闭过的人如果对这里进行贬低，肯就会气不打一处来。

一阵臭烘烘的风从光线有些昏暗的小巷中刮过，那风汇集了发馊食品和人类排泄物的气味，像一股从哈莱姆喷出的瘴气，冲着肯迎面扑来。无数张废纸片正随着这阵臭风翩然起舞。那飞舞的废纸片中有一张落在了他的鞋尖上，他正想把它拂掉，无意之中眼光落到了那张纸上，那似乎是张什么传单。

肯把它拾起来，看了一下那上面的内容：

"周末服务会——我们备有多名英俊而健康的黑人男子。为了使您周末快乐，我们将遵从您的任何命令。表、里、法语对话、波拉一步成像照相机、教练、家庭教师、女学生以及其他任何要求，我们都准备答应。不问种族，严守秘密。"

肯吐了一口唾沫，将传单扔掉了。那是地下的性服务广告。"表"暗指普通的性交；"里"表示同性恋；"法语对话"表示口交；"波拉一步成像照相机"是向色情摄影爱好者提供被拍照的人体模特儿；"教练"指有性虐待狂的人；"家庭教师"指有受虐淫的人；"女学生"指女性同性恋者。

哈莱姆还为寡廉鲜耻的性打工者提供各种各样的机会。

此外还有斡旋交换夫妻，代理收集内衣，预约钟点、定天数的性伙伴等，这里的确像是把美国见不得人的东西都聚集在一起了。

肯每当看到这些传单，就会想到，连纽约也堕落到这种地步了吗？既然有这些地下服务的存在，就表明了有这方面的需要，而且顾客几乎都是白人。这些人白天或在公共场所都戴着道貌岸然的假面具，但是当他们摘下假面具的时候，就变成了一头发情的野兽，来购买寡廉鲜耻的欢乐。他们对于现代文明的刺激和应激反应已经麻木不仁，完全不能靠正常的性生活来得到满足了。

那里有着纽约的，不，有着美国的根深蒂固的病根。

沿着哈莱姆东南角的一百一十街至一百三十街一带往东走，就是哈莱姆的中心地带。肯要找的房子就是一百二十三街的公共住宅楼，他好不容易才来到了那个街区的公共住宅楼前。

从住宅楼入口处的阶梯后面可以看到像阴沟似的内部，墙上被人用油漆、万能墨水、喷雾漆等胡写乱画，涂抹得没剩下一丁点儿空白之处。写的都是些有关性方面的下流话，其中还夹杂了少量的反战标语和批评政府的言论，让人觉得有些不伦不类。

在门口，有一个留着爆炸式发型的年轻人和几个小孩正用呆滞的目光看着肯。孩子们的肚子都胀得很鼓。在这个因"赘肉过多"而"半身不遂"的纽约，他们却陷入了恶性营养不良。

"约翰尼·霍华德应该是住在这里的吧？"肯朝那个留着爆炸式发型的年轻人问道。他想，反正这里没有管理人员。

"不知道啊！"年轻人一边将嚼着的口香糖吐掉，一边答道。

"是吗？不知道吗？你的家住在什么地方？"肯用一种带着威胁的口气问道。

"这和我的家有什么关系呀！"

"我在问你，你的家住在什么地方？！"

反正是不打不招的小流氓，这种人一般都有一两件害怕被警察问到的麻烦事情。所以，这一带的小流氓都极不愿意警察打听自己的窝。

"我明白了。我是最近才到这个地方来的，因此不太清楚，你去问一下这栋公共住宅楼里的马里奥吧！"

"马里奥？"

"一层楼的八号房间,那家伙是这儿的管理人员。"

肯放过了"爆炸头",走进公共住宅楼。楼里光线非常暗,乍一从外面进来,不让眼睛习惯一会儿就什么也看不见。不知从什么地方的房间里传来了电视机的声音。

眼睛终于适应了,楼梯上到一半的地方就是一层,夹杂着馊味儿的空气一点儿也不流通。天花板上悬挂着亮不了的枝形吊灯的骨架,使人感到如果有点儿轻微地震什么的,它马上就会掉下来。肯躲躲闪闪地从那下面走了过去。

门上没有姓名卡片和门牌号码,走廊上到处都塞满了从房间里挪出来的破烂东西。有一间屋子半开着门,从里面传出了音量超大的现代打击爵士乐的声音。开着电视的,似乎就是这家。

肯从半开着的门朝里喊道:

"告诉我,马里奥的房间在什么地方?"

室内有动静,似乎有人正在做着什么,但是却根本没有要到门口来的意思。很明显,外边的声音是传到里面去了,可是屋内的人却充耳不闻。

肯又将相同的问话重复了一遍,好不容易才有一个长得十分肥胖的中年妇女从里边走了出来,隔着门缝投过来一线充满了狐疑的目光。

"真烦人!我就是马里奥,你是什么人?"

"你就是马里奥吗?说实在的,我有点儿事想打听一下。"

肯本来以为对方是个男人,没想到原来是个有着大嗓门的中年妇女。于是,肯就改变了姿势面对着她。马里奥对肯亮出的警察证似乎有些畏惧,但马上又恢复了原状。

"警察找我有什么事情?"

她从房门的背后射出了警惕的目光。在哈莱姆,警察也是不可信赖的。不,正因为是警察,所以才不可信任,他们坚信,警察总是站在有钱人和权势一边的，只要一有机会，他们就会对弱者和贫困者进行驱赶。

肯自己也承认，人家要那么想也毫无办法。纽约市警察局的腐败已经病入膏肓了，虽然几经剔除，但根深蒂固的病根很快就会产生出新的脓肿来。如果警察的肌体是健康而完美无缺的话，那么，由警察来监视警察的"内务监察部"等部门就没有必要存在下去了。

不仅警察，整座纽约城都是有钱人的朋友，这座城只朝着有钱人微笑。只有有钱人才被当作人来看待；没有钱的人，则受到比垃圾还要糟糕的对待。其最好的证明就是哈莱姆。

在中央公园的西边，有着"住人的街"。这里和北面形成了鲜明的对照，在宽敞的、铺满了绿色草坪的地方，排列着豪华的公寓，盛开着季节性的鲜花。这里的人们喂养一只宠物所花的钱，足足可以养活住在哈莱姆的三十个人。

在这个地方居住的人绝不会到一百街以北去。对于他们来说，一百街以北既是纽约而又不是纽约。在扔一块石头都可以够得着的距离当中，同时并存着人世间的天堂和地狱。

"请让我进去一下！"

肯将站在那里堵住门口的马里奥推开，强行挤进了屋内。房间里只有一张床、一套餐桌椅、一台电冰箱和一部电视机，其他什么也没有。

"你到底想问什么？"

马里奥对于肯的侵入明显地表现出了愤怒。

"在我问你之前，请先关掉那发疯的电视机。难道邻居对你的噪音没有不满的表示吗？"肯用手指着电视机的方向说。

"比这更打扰别人的事，大家都满不在乎呢！"马里奥还了句嘴，但还是关上了电视，然后用充满了敌意的目光盯着肯，好像在说："究竟是什么事，有话快讲，有屁快放！"

"约翰尼·霍华德应该是住在这幢公共住宅楼里的吧？"

"是的，不过他现在去旅行了。"马里奥回答得很干脆，有些出乎肯的意料。

"约翰尼在他的旅行目的地日本死了。他没有家属吗？"

"你说约翰尼在日本死了？是真的吗？"马里奥显得非常吃惊。

"是的，日本方面已经来通知了，要求这边去认领尸体。"

"他倒是有个老父亲来着，不过，已经在三个月之前因交通事故死啦！唉，他就算再继续活下去，大概也没有什么意思了。"

"他没有别的什么亲属吗？"

"我想没有，虽然我了解得并不太清楚。"

"你是这座公共住宅楼的管理人员吗？"

"是呀！这么破烂的公共住宅，谁都不肯老老实实地交房租。挨家挨户地催收房租，是一项很重大的工作，如果让这些房钱都逃掉的话，那就太不合算了。"

"约翰尼和他的父亲是干什么职业的？"

"约翰尼是什么地方的一名卡车司机；他的父亲是个酒鬼，每天都用儿子赚回来的钱喝得酩酊大醉。就这副德行还嘴里念念有词地吟什么诗呢！他是个挺有知识分子派头的老头儿。我和他们没有太多的交往。"

"你不是这里的管理人员吗？"

"我的任务只是催收房租。他们干什么行当，与我无关哪！"

"霍华德父子是从什么时候开始住在这里的？"

"这个地方的人都住得很久了。不管怎么说，这里的房租还算是便宜的嘛！对了，大概有十五年左右了吧！"

"在那以前，他们住在什么地方呢？"

"我怎么知道呢！因为那父子俩本来就很孤僻，和附近的人都没有什么来往。"

"他没有说到日本去干什么吗？"

· 57 ·

"哦,他倒是说了句莫名其妙的话来着。"

直到这时候,肯才第一次从马里奥那里感觉到了微弱的反应。

"莫名其妙的话?"

"他说什么要到日本的'奇司米'去。"

"他说的是'奇司米'?"

"我确实是那么听的。"

"那究竟是什么意思呢?"

"我怎么可能知道哪!大概是日本人或者日本地方的名称吧,日本奇怪的名称多着呢!"

"他对你说的就只有那句话吗?"

"只有那句话。那家伙一点儿也不讨人喜欢,连句给我买点儿土特产回来之类的话都没有说。不过,话虽这么说,既然人都已经死了,哪里还谈得上什么土特产哪!那么,他到底是为什么死了呢?"

"是被杀的!"

"被杀的?"马里奥张大了嘴巴。

"我们必须给日本警方一个答复。请让我看一下约翰尼的房间!"

"他为什么被杀了呢?是在东京被杀的吗?看来,东京真是个不太安全的地方啊!"

马里奥似乎一下子被煽起了强烈的好奇心,喋喋不休地在一旁瞎唠叨。肯并不怎么搭理她,只是让她带自己到霍华德父子住过的房间去。

那是一间同样黑暗而非常狭窄的房间。窗户被对面相邻的公共住宅楼的墙壁严严实实地挡着,好像要把这边的眼睛蒙上似的。房间里有:一部电视机、一台电冰箱、一张床、一个衣柜、两把椅子,床头小桌上摆着个小小的书架,上面放着几本书。就这些东西。

肯打开冰箱一看,里面什么也没有,电源已经被关掉了。房间里被收拾得干干净净,大概是因为要去长途旅行,所以大致整理了一下。

但是，肯看着那空空如也的冰箱，总感到这房间的主人似乎是不打算回到这里来了。留下的家具，全是些不值分毫的破烂货。

"他们按期付房租吗？"

"在这一点上，他们倒是规规矩矩的，我一次也没催过他们。"

"房租付到了什么时候？"

"这个月的已经付清了。"

"那么说，他还有差不多半个月的使用权呢！在未得到警方的许可之前，请不要动这个房间！"

"这个月结束以后怎么办呢？"

"行了，行了，在未得到指示之前，不许乱动！"

"哼，警方给我交房租吗？"

"你别担心，这种垃圾箱，很难找到什么新租户的！"

"是不是垃圾箱，关你屁事！"

肯对马里奥骂的脏话充耳不闻，迈步走出了那幢公共住宅楼。他吩咐保持原状，只不过是由于当警察的习惯说的，并非有什么深思熟虑的想法。他来此处进行调查，本来就只是执行上司的命令而已。由于他出生在哈莱姆，所以才被强加了这份任务，他本人对此根本没有什么热情。

他的想法是，一两个黑人在其他国家是死是活，根本就没有什么大不了的，本来纽约的人口就实在太多了，在这个地方，每天都有尸体从河里浮起。

肯到这个地方来进行调查，也是出于对日本警方的一种"礼貌"。别国的警方正在热心地对本案进行搜查，被害人祖国的警方实在难以启齿请他们适可而止。

"如果是在哈莱姆河浮起了一具死尸，就可以按失足落水淹亡处理了。"

肯粗鲁地胡思乱想着。不知道为什么，他突然产生了一种愿望，很想看一看哈莱姆河那阴暗混浊的水面。

在被害人的住处，肯没有找到任何线索。于是，他便从政府机关的户籍中对被害人的亲属进行了查找。他还对护照签发局发给约翰尼·霍华德的护照进行了追查，了解到了被害人到日本去的目的是旅游观光，签证也是以同样的名目取得的。

肯探访了统一管理纽约市民出生、死亡、婚姻申报的市中央注册中心。他从那里得知，约翰尼·霍华德于一九五〇年的十月份出生在纽约东一百三十九街。

约翰尼的父亲威尔逊·霍华德，作为美国陆军士兵，上过太平洋战争的战场，一九四九年九月复员离开部队，同年十二月与特蕾莎·诺伍德结婚，第二年十月生下约翰尼。此后的一九五八年十月，其妻特蕾莎病故。

以上就是约翰尼·霍华德的户籍关系，约翰尼的亲属已经全部死光了。

纽约市警察局将以上调查结果通知了日本。市警察局认为，这样一来就算尽到自己的职责了，以后的事情，根据属地法，日本警方大概将会干得很出色的，他们也听说过日本的警察十分优秀。一个黑人死在了异国，在这里根本算不上一件事。

肯·舒夫坦和命令他寻找被害人亲属的第二十五警察分局的上司，都把这件事当作一件"已经结束了的事情"而忘却了。可是，日本方面却又提出了希望再一次协助进行调查的要求。

"毫无罪犯的线索。因此，请彻底调查被害人的住处。如有可使我们推定或认定罪犯的参考资料，请寄来或与我们联系。"

这个请求，经过国际刑警组织，转到了第二十五警察分局。

"日本警察真是纠缠个没完没了啊！"肯和同事议论道。

"因为是美国人遇害了,这大概关系到日本的面子问题吧!"

"这份好意可真是够我们领教的啦!"

"无论如何,是美国公民被杀了呀!"

"那小子怎么他妈的死在东京那么个讨厌的鬼地方啊!"

肯想起了前不久发生过一起日本人在纽约被抢劫犯杀害的案件,当时幸亏有目击者,所以很快就将凶手捉拿归案了。

如果东京警视厅起劲地进行搜查是想作为对那件事的报答,那就不能不说是瞎添麻烦了。

"辛苦你了,你还得再一次去查查那家伙的窝!"上司有些过意不去地说。一百二十三街是肯的管辖范围,所以,最终还得他去。

"你让我查查那里是否有什么,可那里什么也没剩呀!那破烂的床和椅子,空空的冰箱,我就是想查也没办法查呀!"

"那就把那些破烂东西再仔仔细细地查上一遍,然后,再到约翰尼的工作场所和他常去的地方打听一下,在他去日本之前,是否有人来找过他,调查一下他都和哪些人来往。"

本来,这些搜查工作应该在日本方面第一次提出请求的时候就进行的。可是,这里却玩忽职守地认定,人是在日本被杀死的,所以日本警方会进行调查的。而且在纽约,每天都会连续发生穷凶极恶的重大案件,根本无法顾及在其他国家死了的人。

肯挺起沉重的腰,又去了一百二十三街。但是,他没有查到任何比上次调查更有价值的东西,并没有什么人来找过约翰尼,追查他生前常去的地方,也没有发现什么可疑的人物。

这次肯并没有耍滑头,为了回报日本警方的热情,他认认真真地到处进行了一番搜查,但什么情况也没发现。

肯由于徒劳无功而彻底没了脾气,他正打算向上司汇报这次搜查毫无收获的时候,却忽然想起了一件已经忘记的事情。

那是马里奥所说的一句话。

据说约翰尼在临行之前对马里奥说要去日本的"奇司米"。

当肯问到"奇司米"是什么意思的时候,她回答说,可能是日本人或者日本地方的名称。

这可是条重大线索啊!把这么重要的情况都忘记了,这大概证明肯的内心深处还是有玩忽职守的地方。肯马上将这个情况报告了上司。

"奇司米"这个神秘的关键词语,被立即通知给了日本的警视厅。

三

从纽约市警察局传来的"奇司米"这个神秘的关键词语,使搜查本部十分伤脑筋。

据说被害人在起程的时候曾说了句"到日本的'奇司米'去"。这个"奇司米"最容易使人想到的是人名或者地名。

首先,假定是人名,那么,给它套上什么样的固有姓氏合适呢?

木须见、城住、木住、木隅、贵隅、久须美、久住……

如果套上其他的字,还可以再考虑几个姓氏,但是,这些全都是不太大众化的姓氏。

其次,作为地名,相当于"奇司米"这种发音的,在日本地名中找不到。

作为发音有些相似的倒有六处地方,它们是:

岸见——山口县;

木次——岛根县;

喜须来——爱媛县;

衣摺——大阪府;

久住——京都府;

久住——千叶县。

在日本地名索引中没有记载的小村庄、小部落里，也许有发音为"奇司米"的地方，但是，搜查本部要想找到它，几乎是不可能的。

而且，在被害人说"到日本的'奇司米'去"这句话时，如果他是把"奇司米"当作地名的话，那就可以考虑它是具有一定范围的街区的名称，或者是多少有点儿名气的旅游胜地。

搜查本部没有什么把握地向负责那六个地区的警方进行了查询，询问他们那里有没有什么人或者东西与一个叫作约翰尼·霍华德的美国人有某种关系。

就连提出询问的一方也弄不清楚应该寻找的对象，这种含糊不清的查询肯定会使被询问的一方也感到莫名其妙、困惑不解。搜查本部询问的是有没有"有关系"的人或者东西，但并不知道他们问的"有关系"是"有什么样的关系"。

果然不出所料，那六个地区的警方都答复说"没有能够对得上号的人以及东西"，那是事先就预料到的事情。本来将"奇司米"与那些地方联系起来，就很牵强附会。

"这个关键词语是个人名"的看法逐渐占了上风。但是，无论怎么调查，在被害人的身边，也没有发现能对得上号的人物。

也有人提出了这样一种意见："会不会是公司、西餐馆、酒吧间、茶馆之类的名称呢？"如果是这样的话，倒是正好有一家很有名的化妆品公司与其相吻合。但是，在这家化妆品公司和被害人之间却没有发现任何的关联。

此外，店名叫作"奇司米"的西餐馆、酒吧间、茶馆之类的店铺，在东京及其周围、大阪、神户、京都以及日本其他的大城市里都没有找到。

完全没有办法了。好不容易才从纽约传来的唯一一点儿线索也就此被切断了。

第四章　偷情疑踪

一

小山田武夫最近对妻子文枝产生了一种模糊不清的怀疑，他在她身上感觉到了除自己之外的其他男人的气味。然而，那并不是他在她身体的某个部位发现了明显不忠的痕迹，也不是他发现了什么证据表明她有了别的男人。

仔细地分析一下，她并没有留下什么不纯洁的东西。可是，他全身上下都缠绕在一种不协调的感觉之中。就好像是有的人在进行综合体检时，即使仔细地进行检查也查不出任何毛病来，却总也消除不掉那不健康的感觉一样。

在夫妻俩进行交谈的时候，妻子的答话往往会慢上一拍，在那种时候，他感觉到她的灵魂好像已经悄悄地溜到别的什么地方去了，留在他身边的只不过是一副空空的躯壳而已。

妻子的身体虽然留在丈夫的身旁，但是她的灵魂却在某个地方的其他男人身边游逛。所谓"心不在焉的状态"就像快速闪动的视频广告似的插入进来，使他无法清晰地捕捉到。

当小山田叫了她，她蓦地清醒过来时，那种若无其事地进行掩饰的态度十分巧妙，一点儿也看不出破绽来，但她掩饰得越是巧妙，小山田就越是感到她的矫揉造作。

她倒不如多多少少露出些破绽来要显得自然一点儿。妻子在丈夫面前武装到让他没有一点儿可乘之机，这种姿态反而不自然。这也可以理解为一种证据，证明她有着不能被丈夫知道的秘密。

小山田很爱他的妻子。他觉得妻子无论什么地方都可以拿得出手。事实上，当他们夫妻俩成双外出时，擦肩而过的男人们总要回过头来张望，在他们的眼睛里面有一种不加掩饰的羡慕和嫉妒。他觉得妻子比自己强得多，自己简直不配娶这样一个妻子。

正因为如此，小山田总以为世界上所有的男人都在打文枝的主意，因此感到十二分的不放心。他觉得，只要自己稍微有点儿疏忽大意，她马上就会被如饥似渴的男人们勾引去，如果不经常用自己实质的东西来充填妻子肉体的话，他就觉得放心不下。

小山田在身体还健康的时候，总要在上班之前与妻子调情。早晨，他将积聚了一夜的精子射入妻子的身体之中，这样就好像是对其他男人们贴上了封条，他注入她体内的精子将成为他保护妻子、防范其他男人的"禁告牌"。

由于体力不支而不能完成早晨的"工作"时，他也必定要与妻子进行"接触"。这样一来，当他想到今天妻子已经不是"处女"了，他就可以放心了。

也许是在这方面逞强过了头，再加上其他的原因，小山田得了肺病。在他的肺尖上发现了一个小小的病灶，医生吩咐他要休养两年。由于他是在一家小公司工作，生活保障只有依靠社会保险，他的工资领了半年就停发了，因此他们的生活一下子就拮据了起来。

为了维持一家的生计和小山田的疗养费，文枝只得出去工作了。要找一份时间短而收入又高的临时性差事，只有去干夜里的工作。

文枝在报纸广告上看到的一家名叫"卡特莱"的银座二流酒吧正在招收服务员，就前去应聘，当天便把事情谈妥了。酒吧的经营者一眼就看中了文枝的不凡长相，破例向她提供了优厚的待遇。

听说是在酒吧工作，小山田的脸上露出了不大乐意的神色。但是在超过自己几倍的工资面前，他也不得不保持了沉默。为了早日恢复健康，自己必须花钱服用好药，还必须加强营养，这些都需要许多钱。

妻子最终还是为了自己，才主动投身到夜间服务行当中去的。

"现在干夜间工作的女性，根本没有像以前那样为了摆脱饥饿才出来干的。想迅速赚到更多钱的人都轻松愉快地加入进来了。她们当中既有公司的女办事员，又有勤工俭学的女大学生，还有很多当太太的呢！除了你以外，别的什么人我都看不上眼。所以，无论我在什么地方工作，都请你放心好了。你与其瞎操这份闲心，还不如尽快把身体治好呢！"

文枝说了这番话，就出去工作了。小山田进疗养院疗养了半年之后，就出了院。由于他年轻又有体力，所以他的病比当初预料的要好得快一些，已经得到许可在自己家中进行休养了。但是，他的身体状况暂时还不能参加工作，家庭生活的重担还必须依靠文枝一个人来挑。

小山田总觉得自己对不起妻子，文枝就用眼睛瞪着他说：

"你看你，都说些什么呀！咱们不是夫妻嘛！丈夫生病的时候，由妻子来支撑这个家庭，这不是天经地义的事情嘛！你那种外人似的客套，我不喜欢！"

只有半年的工夫，文枝便出落得更加美丽动人，简直令人要刮目相看了。她本来素质就很高，再经过职业上的磨炼，便更加完美了。

但那对于小山田来说，就好比是本来由自己一个人所垄断的妻子却被公之于众了，使他感到很不开心。

她以前虽然有些土里土气，却有着小山田所喜爱的美丽与温柔。她现在已经失去了家庭中所烹调出来的那种家常菜的独特味道，而变成了高级菜馆所加工出来的高档菜肴，这种味道无疑会使讲究吃喝的内行咂嘴称妙，却不是为小山田自己一个人所设计、烹调的，是一种只要出钱，无论谁都可以品尝到的、进行了商业化华丽包装的味道。

小山田一说这样的话，文枝就笑着回答他：

"瞧你，在说些什么呀！我是只属于你一个人的呀！如果你有那种感觉的话，那只是对顾客使用的一副假面具罢了。我可是在为你而珍重地保存着只属于你一个人的我呢！"

可是，就连那张本该为自己所保存的不施脂粉的脸似乎都已经商业化了，在短短的半年时间内，别人的锄头已经伸到自己尽心竭力培育的花园里来了，那锄头远比自己有技巧，是经过了精确计算的专业化锄头。

为了把银座的夜色装点得美一些，妻子的那些变化也许是迫不得已的事情。文枝已经不是小山田一个人的妻子了，她已经作为"银座女郎"而被"公之于众"了。为此，小山田那条危在旦夕的生命才得到了挽救，现在他的病情已经好转了。能够像现在这样生活，全都是妻子的功劳。

那也许是作为一个窝囊的丈夫而必须忍痛付出的代价。

虽然心里很不愉快，但如果仅仅如此的话，小山田还是能够忍受下去的。他的妻子和公之于众的"银座女郎"同时存在，是为了摆脱困境而迫不得已采取的一种妥协。

可是，作为公开化了的那一部分却侵犯到作为他妻子的这一部分之中来了，侵犯在毫不留情地扎扎实实进行着，为了他而保存下来的小小花园正在受到蚕食。

小山田就连这种情况也咬紧牙关拼命地忍受了下来，他要一直忍到自己病愈为止。等到那个时候，他要一口气将现在的侵蚀通通一扫而光，使只属于自己的花园重新复苏，并且在那花园里栽培不让任何人看的、有个性的美丽鲜花。

他有那样的信心。至少在作为妻子的一部分被公开的侵犯期间，必须付出代价，那种侵蚀当中是没有个性的。无论那假面具变得多么逼真，未经修饰的本来面目都是不会改变的，它只不过是被暂时地隐藏起来了。

可是，如果一直被认为是假面具的东西变成了真面目，那么另外一种真面目就会掩盖原有的真面目，而被遮盖了的真面目最终也许就不会复苏了。这就是真面目的变质。

小山田最近开始感到了在对他妻子进行着侵犯的那一部分中，存在着另外一种个性。不知从什么时候开始，别的男人的锄头在自己妻子的身体中留下了新的开拓痕迹，那并不是千锤百炼的职业中所进行的一种训练，而是取决于女人的意志所发生的"变化"。

她正从自己的妻子变成其他男人的女人。供自己欣赏的花园已经毁了，其他男人所播下的种子已经发了新芽，孕育了另外的花蕾，就要开放出完全不同的花朵。

小山田对这些想象感到不寒而栗。这并不是单纯的胡思乱想，而是作为丈夫的本能的直觉，那个男人的脚步声甚至已经传到他与妻子两个人的卧室中的枕头边上来了。

即使他说出自己的怀疑，妻子也只是一笑了之。然后她便做出一副可怜兮兮的样子，埋怨他为什么那么不相信自己。

别的男人的脚步声渐渐地越来越响了。在妻子的化妆及穿戴的东西上都出现了微妙的变化，连身上洒的香水也变了，那不是在生意上用的，而是在迎合着某个特定人物的个人嗜好。

她迄今为止一直喜欢用国产香水，说是它与自己的体味比较协调，那是一种似有似无的谨小慎微的香味。但是现在却改用了进口香水，那是一种南方型华贵而强烈地表现自我的香水。

她的首饰中也增加了小山田所不知道的玩意儿，如俄罗斯产的琥珀项链和美国产的"印第安之泪"手镯。小山田一问，她就回答说："是从客人那里得到的。"但如果作为客人单纯的赠品，这类东西似乎过于昂贵了些。

"银座的客人是不一般的。"她说。可是，小山田总觉得那俄国项链和美国手镯，似乎是同一个人送给她的，因为在色调和形状的选择上两者很相似。

更有甚者，她还在她体内的深处放上了过去夫妻间所没有的"异物"。迄今为止，他们每次行房时，都使用避孕套。理所当然，在小山田完全恢复健康之前不生孩子,这是夫妻俩已商量好了的。

可是,最近文枝却说用避孕套会影响性快感,因而放上了宫内节育环。小山田一开始并不知道妻子在体内放上了那种东西,在干那个事之前,他仍像往常一样正要戴避孕套的时候,她才告诉他已经没有必要采取那种"预防"措施了。

小山田对妻子未经自己允许就自作主张地放上了那样的异物,感到心里很不痛快。但是,他们暂时还必须继续进行避孕,对于妻子忍受羞耻而采取的措施,小山田无法表示异议。

小山田认为妻子肯定是根据男人的要求才放上那个东西的,避孕环不会是女人根据自己的个人意见就会去放的东西,肯定有男人的意志在起作用。他是在那时才清楚地认识到了妻子不贞的。

但是,那也并不是无可辩驳的证据,只不过是"值得怀疑的情况"而已。

无论怎么值得怀疑,只要没有抓住证据,就毫无办法。自己现在是被妻子养活着的不中用的男人。但是,尽管是被妻子养活着的丈夫,也有能力把被偷走的妻子夺回来,为了尽量缩小蚕食的范围,他必须进行战斗。

当小山田竭尽微弱的体力,准备开始那场战斗的时候,妻子突然不知去向了。

二

那天夜里,妻子终于没有回家。直到目前为止,她虽然不断地散发出不贞洁的气味,却从来没有采取过如此露骨的行动,这可以理解为对小山田的挑战。敌人积蓄了充分的战斗力,公然向他宣战了,他们摘掉了假面具,露出了充满敌意的本来面目。

一夜没睡等待着妻子回来的小山田,以彻底被打垮了的感觉,迎来了早晨,这是一个丈夫彻底失败了的残酷的早晨。

对于对方的那个男人来说，这无疑是一个胜利辉煌的早晨。他大概正一边抚弄着别人妻子的肌肤，一边仔细玩味着胜利的感觉吧！那位别人的妻子终于挣脱了丈夫的束缚，其肌肤也因心满意足的做爱和充分的睡眠而极富弹性。

真惨！太无情无义了！实在是令人气愤！但是，小山田并没有完全死心，也许自己还能够把她夺回来。或许是自己太乐观了，但也可以考虑她是由于其他迫不得已的事情而没能回来，也可能是因为店里关门晚了，没了交通工具，所以就住在店里的同事家中了吧？也许被朋友开玩笑弄得她连个电话都不好意思往家里打了吧？

如果是那样的话，到了早晨之后，她也许就会回来的，自己可不能贸然出错，使妻子觉得脸没处搁。女招待有个丈夫，需要靠自己来养活的丈夫，这绝不是什么值得夸耀的事情。虽然妻子并没有隐瞒他的存在，但在妻子的工作地点，他一直尽可能地隐藏在她的背后。

一直等到正午，文枝还是没有回来。小山田再也无法继续等下去了，他拨通了老板娘家的电话。

小山田硬让人把还在睡觉的老板娘从睡梦中叫醒了。当他听说妻子是在昨天夜里规定的下班时间从店里离开的，才终于醒悟到，妻子的背叛是确实无疑的了。

"昨天夜里，直美是按时从店里离开的，与平时相比，时间并不是特别晚呀！"

老板娘用带着睡意的声音回答道。"直美"是小山田的妻子在店里使用的名字。

"她是不是和什么人一起从店里出去的呢？比如说和伙伴们或者是和客人在一起。"

"噢，我可没注意。不过，被客人邀请，在店里关门后到什么地方去玩，这种事情倒也是有的呀！"

"可是，玩一个通宵这种事是没有的吧？"

"这个嘛……如果不是和客人一起在什么地方住下来的话……"

当说漏了嘴之后，老板娘忽然发现了和自己说话的人是女招待的丈夫。这时，她那还没完全睡醒的朦胧意识好像才清醒过来。

"那个，直美她……不，您太太她还没回家吗？"老板娘改变了说话的语调。

"还没有哇。昨天夜里她没有对老板娘您讲过顺便到什么地方去一下之类的话吗？"

如果文枝把那种事告诉别人的话，那么她就应该会与自己进行联络的。但是，小山田还是以一种溺了水的人想抓住根救命稻草似的心情问了这句话。

"什么也没有说呀。"老板娘好像很过意不去地说。

"不过，她也许很快就会回来的，说不定她会从她昨晚去的地方直接到店里来呢！"

"有那种可能性吗？"

"或许她是受到了邀请，住在朋友的家里了。府上住得可是比较远哪！"

他们的家住在东京都管辖之下的 K 市的城边上，靠近与琦太县交界的地方，从东京市中心到他们家足足要花上一个小时，妻子上下班很不方便。可是，为了小山田的健康，他们还是留在了那里。

"那倒是。不过，迄今为止，她从来没有过夜不归宿的情况呀！"

"我觉得您没必要考虑得那么严重，再等一会儿看看吧！过不了多久她就会满不在乎地来上班的。到那时，我会马上让她与你联络的。我要狠狠地骂她一通，不许她让丈夫担心，因此，请你不要太严厉地责备她。"

老板娘似乎很怕小山田严厉地追究他的妻子，从而使自己陷于失去

· 71 ·

一个优秀女招待的境地,她可是店里的重要战斗力啊!

但是,到了店里上班的时间,文枝还是没有出现,也没有与店里进行联络。

文枝从那天夜里起就音信皆无了。她到什么地方去了呢?一点儿消息也没有,也没有出了交通事故和被拐骗了的迹象。如果是交通事故,警方或急救医院应该会传来某些通知的;如果是拐骗的话,罪犯肯定会传些什么话过来。

可是,从哪方面都没有传来任何消息。

小山田检查了妻子的私人物品。到目前为止,他们夫妻之间互相尊重对方的个人秘密,从没有翻过对方的私人物品。但是,如果在夫妻双方中有某一方失踪了的话,那就另当别论了。

在她的私人物品中,说不定会留下一些有关她的情夫的线索,然而,小山田不仅没有找到那种线索,反倒发现了一种奇特的情况。

文枝将首饰、宝石之类的东西全部都留下了,其中也有前面提到过的琥珀项链和"印第安之泪"手镯。此外,她所喜欢的衣服也都原封不动地挂在衣橱里,除了那天上班时穿在身上的东西之外,全部留在了家里。

这可就令人费解了。如果文枝是和那个男人商量好私奔了的话,那么她自己的财产应该一件不剩地全部带走才是。

是不是发生了什么紧急的情况,她突然决定私奔,以至于连拿走自己财产的工夫都没有了呢?

如果不是这样的话,她至少应该把从男人那里得来的疑点很大的项链和手镯带走啊!她甚至连那些东西都留下了。

第二天,老板娘找小山田来了。文枝突然离开不干了,这使店方也很伤脑筋。

"有没有和她特别亲近的顾客呢?"小山田问老板娘。

"直美是很有人缘的，捧场的男人很多。但是，好像没有特别亲近的人呀！"

老板娘不愧是在夜生活世界里锻炼出来的，她用一种很有光彩而又十分锐利的目光在屋子里扫视着，那目光就好像是在怀疑小山田把妻子藏起来了似的。

"她是不是到店里的朋友家去了呢？"

"她虽然很受顾客喜爱，可是她和朋友之间相处得并不是很好，这本来就是已婚女招待所共有的毛病。"

在这里，小山田发现了新的情况，那就是每星期大约有两次，从文枝离开酒吧到她回到家里的这段时间，有两三个小时的时间是空白的。大约每星期有两次，文枝是过了凌晨三点钟才回到家的，她分辩说是因为店里关门晚了，小山田也信以为真了，因为她说店里派了车送她，所以他也就一直很放心。

"干这种工作，就得随着顾客的意思。客人不走，我们也走不了，请你原谅啊！"她一道歉，小山田就什么话也说不出来了。

虽然他并不是完全不抱怀疑，但是他觉得自己是个被妻子养活着的人，为了平息自己的嫉妒心理而向店里进行情况证实，有些太不像话了。

但是，现在听了老板娘的话他才知道，原来店里始终是准时在午夜十二点钟就关门停止营业的。

"就算想继续营业，警察也讨厌着呢！直美总是在店里关门的同时就回家的。"老板娘说。

从银座的店里到他们的家，一个小时就可以到。如果把车开得更快，时间还可以更短些，可是，妻子却每星期有两次在什么地方有两三个小时的时间空白。她是在什么地方和谁一起度过了那段空白时间的呢？

小山田开始寻找他的妻子了。虽然就算是找到了，也无法保证她会回到自己的身边来,但是他却不想放弃夺回妻子的努力,小山田在内心里还爱着自己的妻子。

他决定先把妻子的情夫找出来,她一定在那个男人的身边。尽管妻子觉得已经将自己的足迹隐藏起来了,但是那两个人难道没有在什么地方留下不轨行为的痕迹吗?

就是在妻子晚回家的那些深夜,也许那个男人将她送到了附近。

"车!"

小山田觉得自己发现了一个目标。虽然到目前为止他一直相信"店里派车"的解释,但其实她是准时下班的,只是因为她"自己的缘故"才晚了,结果自己找了车。当小山田为回家晚的妻子担心,说要去接她的时候,她总是进行阻拦,说是乘车回来,因此不用担心。她还说,深更半夜地去接,有使小山田好不容易才好转起来的病情重新恶化的危险。

可是,现在想想看,肯定是因为她是由那个男人送回来的,所以,如果丈夫去接的话,就很不合适。

假如是那个男人开着私家车送她回来的话,那么,他们会不会在什么地方留下痕迹呢?小山田开始打探消息。

对于小山田来说,打探消息是很难的,因为这一带本来就很冷清偏僻,几乎没有人在那么晚的时间还没睡,能打听的对象十分有限。先决条件是要把那时还没睡的人全找出来。

可是,那样的人怎么也找不到。就连附近最繁华的火车站,在末班电车开走之后也冷清下来,更何况他的家是在离车站还有一段距离的武藏野杂树丛生的一个荒凉的角落呢。尽管他在同样的时间里在附近转来转去,但一个人也没碰上。

小山田每天一到深夜就在自己家周围转来转去,这成了他现在唯一的工作。他有一次曾被巡逻的警察叫住盘问了一番。大概那位警察觉得他像个梦游患者似的到处游荡的样子很奇怪吧!等把他送回家之后,警察才总算彻底弄清了情况。

小山田向警察提出了反问，因为他认为警察也许看到过送他妻子回来的车。

警察被他的奇怪问题搞了个措手不及，但是，警察也没有线索。

线索来自别的方向。因为妻子的私人物品还原封未动地躺在店里，所以他就去了"卡特莱"酒吧取回那些东西。回来的时候，小山田与下班回家的人们一起，朝着自己家的方向走去。在火车站附近的道路旁正在进行着什么工程，严重地妨碍着傍晚非常拥挤的交通。车流停滞不前，从人行道上漫出来的人群，在那车流之间曲折穿行，司机们一个个都心急火燎。电喇叭声到处乱响，不绝于耳。

在小山田前面结伴而行的两个公司职员模样的人抱怨道：

"在这种时间开他妈的什么工呀！"

"他们不是总在搞工程的嘛！"

"他们可以避开这种交通拥挤的高峰时间，在半夜里干嘛！前些时候，我家附近搞自来水管道工程时，就是在半夜里干的，因此几乎没有受到什么影响。"

"这大概是比较紧急的工程吧！"

"就算是那样吧，可他们一点儿也没考虑到给行人带来的麻烦。如果我由于这个工程而碰上了交通事故什么的，非得让工程的施工者进行赔偿不可！"

无意之中听着他们的怨言，小山田想起，是有过这么一件事：在大约一个月之前，一天半夜，他突然感到口渴，就拧开了自来水龙头，却发现停水了。

那个时候是在进行自来水工程。

在那一瞬间，小山田一下子想到了一件事。那两个公司职员的对话启发了他，使一个潜藏着的可能性浮现出来了：

负责自来水工程的人也许看到了自己的妻子。

第二天，小山田去了市建设课自来水管理事务所，弄清了一个月以前，在他家所在的街道，曾进行主供水管的管道工程。

他又进一步找了参与那项工程的施工人员，了解到从K市自来水管理事务所承包了那项工程的，是市里一个叫"冈本兴业"的工程公司。

小山田又走访了那家工程公司的事务所，从负责人那里打听到了几个工程人员的名字。小山田锲而不舍地到他们的施工现场和家里去，给他们看自己妻子的照片，并向他们询问在施工过程中，有没有看到过什么汽车或男人送她回家。

那些工程人员眼里闪动着好奇的目光，却都回答没见过，好不容易才想到的线索也就此断了。但是，小山田还是不死心。

工程人员当中，并不是只有正式的职员，也许还有一些农村来的民工或临时工。在这些人当中，可能有人看到过自己的妻子吧？曾到小山田的居住地去过的施工班中也有几个临时工，可是，他们都是些流动打工仔，工程结束后，都到别的地方去寻找挣钱比较多的工作了。小山田好不容易才打听到了其中一个人的下落。

小山田就像是溺水者抓住了一根救命稻草似的，立刻去找了那个流动打工仔。

"这张照片上的女人是你老婆吗？"

打工仔用毫不客气的目光，将照片与小山田对比着端详了一番，然后，露出毫不隐讳的好奇神色问道：

"哎呀，没有什么印象啊！你老婆怎么了？"

小山田尽量简短地讲了一下情况，他换上了一副同情的面孔说：

"这么说，你老婆是逃跑啦！那可真够你受的了。不过就算那样，她也是个蛮不错的女人哪！俺很理解你追寻她的心情哟！"

结果，小山田什么消息也没有得到，沮丧地离开了那里。忽然，他感到似乎有人从后面追了上来,回头一看,原来是刚才那个打工仔。

"俺刚刚想起来了。"

他追上了小山田之后,喘了一口气,接着说:

"是不是你的老婆,俺可没啥把握。上个月的这时候,俺还在那个工地上。在凌晨三点钟左右,俺曾见到过一个年轻的女人从车上走下来。"

"真的?"

第一次觉得有了情况,小山田浑身都紧张了起来。

"嗯,俺已经忘得差不多了。她从车上下来的时候,因为太漂亮了,俺简直怀疑她是不是狐狸变的呢!当然喽,由于那地方很暗,俺并没有看清楚她的容貌。但在工作灯的光线下,模糊不清地浮现出了一张雪白的脸,真有点儿吓人哪!她穿的衣服也不像个良家妇女。俺吓得都没敢朝她起哄。"

"她穿着什么样的衣服呢?"

"讲不清楚,但是打扮得非常好看,好像是在裙子之上又穿了另一条裙子似的。"

那大概是文枝为了参加舞会而定做的装饰礼服,是她心爱的礼服之一。在刚开始去上班的时候,她穿和服的时候比较多一些,但最近却经常穿西装。

小山田认为,那是妻子为了尽可能多争取一点儿与那个男人相会的时间,而避免穿那种穿起来很费事的和服。

"那时候没有男人和她在一起吗?"

"嗯,俺想没有。"打工仔露出了追寻模糊记忆的眼神。

"车子里面没有乘坐着男人吗?"

"确实是只有司机。"

"她是从什么样的车上下来的?是私家车还是出租车?"

如果是私家车的话,那么司机就是文枝偷情的对象。

"不是私家车。"

"那么,是出租汽车啦!"

如果是妻子一个人从出租车上下来的话,那么,那个男人就可能是乘坐了别的车子,或者是在中途下了车。小山田感到,好不容易才找到的一点儿蛛丝马迹,眼看着就渐渐地消失了。不过,还可以追查那辆出租车。

"不,那也不是普通的出租汽车哟!"

"那么,是什么呢?"

"那是辆豪华出租汽车,是司机给她开的门,车身也比普通的出租汽车要大一些而且高级多了。"

"豪华出租汽车?!"

"嘿!冷不防一辆豪华出租汽车停在了俺的面前,从车里走出来一个漂亮的女人,所以,俺还以为是狐狸成了精呢!"

坐豪华出租汽车回来,这可是小山田头一次听说。当然,这不会是店里派来的车。这么一来,车就是那个男人派来的。大概是害怕出租汽车公司在日后追问,所以文枝就在离家还有一段距离的地方下了车吧!

"你知不知道那辆豪华出租汽车是哪个公司的?"小山田觉得看到了一线希望。

"俺只顾着瞅那女人了。"打工仔好像觉得很不光彩似的摸了一下脸。

"你没有记住些什么吗?比如车牌号码啦,公司的标志啦。"小山田紧追不舍地问道。

"说到标志嘛,车门上倒是印着个乌龟的标记,但不知道那是不是公司的标志。"

"车门上印着乌龟标记?"

"俺只是一闪看到的,记得不是很清楚,但确实是个乌龟似的形状。"

"你没有弄错吗?"

"你要是那么说的话,俺可没有什么把握。不管怎么说,俺是在夜里看到的,而且只是晃了一眼。"

从打工仔那里能打听到的情况只有这些,但与迄今为止的一无所有相比,这无疑是巨大的收获。小山田马上向"卡特莱"酒吧进行了询问,回答是:那里没有用过带乌龟标记的豪华出租汽车。

豪华出租汽车是那个男人叫来给妻子乘坐的,这一可能性越来越大了。小山田在电话簿上找好了目标,向"东京都豪华出租汽车事业协会"进行了询问。他估计对了,他从那里得知,印有乌龟标记的豪华出租汽车,是总部设在池袋的"龟子交通公司"的车。

他立即前往龟子交通公司的总部。这家豪华出租汽车公司位于池袋第四大街面对川越大道的一个杂乱无章的角落里。这家公司好像也兼营着普通出租汽车,在停车场上可以看到几辆正在检修的普通出租汽车和黑色的豪华出租汽车,每辆车的车门上都印着乌龟的标志。

"大约一个月以前,贵公司是不是每星期大约派两次车到K市的宫前町去?"

出来接待他的中年办事员,用怀疑的目光打量着小山田:

"对不起,我们有规定,关于顾客的情况一概不能说。"

办事员带着毫无善意的表情,观察着小山田。

"贵公司送的是我的妻子。几天前她突然失踪了,因此,我正在寻找她的下落。如果见到那个要车的人问一下,或许能得到些什么线索。求求您啦!不会给贵公司添麻烦的,能不能帮助查一下呢?"

"您夫人失踪啦?"小山田的话似乎有些打动了对方。

"请稍候片刻,我去和负责人商量一下。"

办事员变得稍微通融了一些,他转身进了里屋。不大一会儿工夫,他就找来了一位五十来岁的胖墩墩的男人。小山田又说了一遍自己的来意。

"如果是这样的事情,我们可以告诉您。"

那男人很爽快地点了头。因为"负责人"同意了,办事员就将厚厚的账簿搬了出来,开始翻页进行查找。那账簿的封面上用毛笔字写着"顾客吩咐事项记录簿"。

"一个月以前,凌晨三点钟左右,到 K 市宫前町,对吗?要是您知道她是在什么地方上的车,我就可以快一些替您找到了。"

"很遗憾,我不知道她是在什么地方上的车。只是有人在一个月以前看到了贵公司的车,也许最近也使用了呢!"

"您说每星期两次,那么,大概星期几也是固定的啦?"

"那倒不一定,但肯定不是星期六和星期天。"

因为星期天是店休日,而避开星期六也许是因为那个男人有家,难以安排时间。

"是 K 市宫前町吧?啊!是这个吗?"办事员在记录簿上移动的指尖突然停了下来。

"找到啦?"小山田压住开始剧烈跳动起来的心,把目光盯在那一页上。

"九月十三日凌晨两点三十分,要车一辆,从南大冢第三大街的银杏下到 K 市的宫前町。噢,如果是这个顾客的话,她是经常要车的。我们在接受预约时,比较注意时间和接人的地点,因为您只说出了 K 市的宫前町,所以我没能为您马上查出来。"

"'银杏下'是什么意思?"

"就是指南大冢第三大街那棵大银杏树的下面。那里成为了一个记号,经常被用来当作出租车与顾客的碰头地点。"

"那么要车的人是谁呢?"

"总是由一个女人打电话来,说是叫川村。"

"她说没说过住址呢?"

"没有。她只是指定在凌晨两点半钟将车子开到银杏树下。"

"可是，如果不知道那要车人的住址，事后怎么要求对方付车费呢？"

"她每次都是付现款的。"

"付现款？！"

小山田觉得好像挨了当头一棒。他没有想到豪华出租汽车与普通出租汽车不一样，是要付现款的，他一直以为那个男人让出租汽车公司用豪华出租车送文枝，是事后才付车费的。不过，那个男人将车费交给文枝也是可以的。

"坐车的只是我妻子，不，只是那个自称川村的女人一个人吗？"

"这上面记载的是一个人。正好，开那辆汽车的司机现在正在办公室里等着出车，我把他叫到这里来吧。"

办事员从事务所的窗口伸出头去，大声喊道：

"大须贺君，请到这里来一下！"

很快便有一位四十岁左右的男人走进了事务所。他身穿一套制服似的藏青色西装，看上去是个性格很耿直的人。

"这位先生想打听一下，你从大冢的银杏树下送到K市的那位川村女士的事情。据他自己说，他是川村的丈夫。喏，请您直接问这个人好了。"

办事员站在小山田和那位名叫大须贺的司机中间为双方做了介绍。小山田首先让大须贺看了妻子的照片，大须贺的脸上立刻便出现了反应。

"哎呀，这位就是川村女士嘛！川村她出了什么事儿了吗？"

小山田简单地重复了一遍事情的经过，然后问道：

"我家那口子在银杏树下上车的时候总是一个人吗？有没有什么男人和她相伴在一起呢？"

"这个嘛，我倒没有看到过什么男人的身影，她总是一个人！"

"你知道她是从什么地方来的吗？"

"是从车站方向来的。"

"她是按预约时间来的吗?"

"基本上是按时的,即使迟到,最多也不过十分钟左右。"

"她为什么叫你把车子开到那个地方呢?"

"这个嘛……大概是……川村女士住的地方,车子开不进去,或者是那地方比较难找。也可能是……"

说到这里,大须贺司机支支吾吾地含糊其词起来了。小山田猜到了他含糊其词未说出来的内容,可能是因为她待的那个地方,如果让车直接开进去的话,会很不妥当。

如果是开车去接就不太妥当的地方,肯定是干那种见不得人的丑事的地方。

小山田忽然想起了一件事。

"在大约一个星期之前,对了,就是九月二十六日夜里,是否在相同的时间,她提出了同样的预约呢?"

九月二十六日,妻子就是在那一天夜里失踪的。不用翻账簿,大须贺还记得。

"哦,那天夜里是我去接的。那是川村女士提出的最近一次预约,所以我记得很清楚。"

"是从银杏树下,一直送到K市的吗?"小山田一下子来了精神。

"是的,我是在凌晨两点钟左右去接她的,两点半左右送她到了K市的老地方。"

"你所说的'老地方'是指哪一带呢?"

"是宫前町,就在牌楼前。据她说,从那里回家就只有几步路。"

司机又含糊其词地不往下说了。一定是因为他当时悟到了文枝不愿意一直坐车到自己家门口的心情。从"牌楼前"到家里没有多少路。这么说,她就是在这段路上失踪不见了的。

小山田觉得那里面一定有男人的意志在起作用,那男人和文枝分别之后，又发生了什么事情，于是就乘其他的车追赶她来了。

他追上了正朝家中走着的文枝，并让她上了自己的车，然后带着她去了某个地方。

总而言之，在大冢的银杏树附近有他们通奸的巢穴。

而且，如果去那里的话，说不定就可以查明与妻子通奸的同谋究竟是什么人。

小山田像只嗅觉灵敏的猎犬一样，又发现了一个新的疑点。

三

小山田亲自去了大冢一趟。他搭了一辆偶然碰上的龟子出租汽车公司的空车，二十分钟之后，他站在了那棵引人注目的大银杏树下。

这的的确确是一株很大的银杏树，把银杏树作为地点标志，是很明显的目标，因为它从老远老远的地方就会被看到。这棵树高约三十米，树干围似乎有三四米。小山田估计这棵树的树龄大概不下三百年。大树旁边还立着一块东京都指定它为"自然纪念物"的布告牌。正像小山田所推测的那样，布告牌上面记载着此树的估计树龄约为三百年。

树下是一片空地，被当成了极好的免费停车场。由于没有禁止停车的标志，所以这难得的"自然纪念物"也因此而受到了汽车排出废气的严重侵害。

文枝曾叫龟子交通公司把汽车开到这棵树下面来，这表明她是从这附近来的。为了尽可能争取时间，并为了尽量不使干那事的余韵所引起的热乎劲儿冷却，窝越近越好。

"据说我妻子是从车站方向来的。"

小山田从车上下来后，一遍遍地回味着大须贺司机说的话。通往火车站方向的路只有一条，他毫不犹豫地朝着那个方向走去。

那是靠近车站，却十分幽静的一个角落。在公司职员的小住宅之间，有座小小的神社。住宅之间还夹着一家香烟铺和一家"寿司"店（"寿司"是一种日本特有的食品，在用醋、糖和盐调味的米饭上，加鱼肉、鸡蛋、青菜等，再卷以紫菜，或攥成饭团，有很多种类）。正好在"寿司"店的门前，有一个提着食盒送外卖的伙计骑着自行车回来了。看到那个伙计，小山田忽然想到了一件事。

在干风流韵事的前后品尝些清淡的食品是常有的事。在那种旅店，顾客临时提出吃东西的要求，也许旅店并不是自己做，而是让外面的饮食店送来。

"附近有没有你们店经常去送外卖的饭店和旅店？"小山田突然叫住了那个正要走进店里去的送外卖的伙计。

"我就是刚去水明庄送完外卖回来的呀！"脸上长满了粉刺的年轻伙计爽快地回答道。

"水明庄？"

"就是那边小巷拐弯处的情人旅店嘛！"

"在这附近，除了水明庄之外，还有没有其他的旅店和饭店呢？"

"这个嘛，我所知道的，就只有水明庄！哎，你为什么要打听这些事呢？"送外卖的伙计突然露出了怀疑的神色。

"不，我只是想随便问问而已。"

小山田慌慌张张地从那个伙计的面前离开了。送外卖的伙计茫然地望着他的背影，歪着脑袋若有所思地打开了店前门。

小山田仔细一看，看到了伙计告诉他的小巷入口处立着根电线杆，电线杆上有块写着"水明庄旅店"的招牌。从小巷再往里一拐，便是带着一些神秘气氛的水明庄。它的前院铺满了大粒的沙子，往后去则种着各种草木花卉。

这样的话，就不能把汽车停在门口了。这里根本没有情人旅店的那种花里胡哨的装饰，反倒使人感到这儿就是干那种背人眼目的风流韵事的天然场所,在大白天进去,会让人不由自主地产生一种担心后果的感觉。如果从这里到银杏树下,根本用不了五分钟,只是隔着两道小巷,所以司机很难察觉到她是从什么地方出来的。

我总算找到你了!

小山田站在大门前,做了一下深呼吸,他终于找到了妻子偷人的老巢了!

他觉得失踪了的妻子现在似乎正和那个男人一起潜伏在这个旅店的深处。正门脱、放鞋子的地方铺着那智出产的黑色水磨石的地面,清爽地洒上了水。茶室风格的正门里面曲里拐弯,一眼看不到内部。

他喊了一声,问有没有人,但过了好一会儿也无声无息,就像没有人似的。他又叫了好几次,好不容易才从里面传来了轻微的脚步声。

不一会儿,出来一个身穿捻线绸和服的三十岁左右的女服务员,她似乎刚才在搞什么洗刷工作,正在用围裙擦着手。

"请进!"

女服务员看到小山田一个人站在门口,也没有露出特别纳闷的表情,大概是由于许多情侣是在这里碰头的吧。

"在等着您的那位吗?"果然不出所料,女服务员问道。

"不,我想打听点儿事情。"

小山田制止了女服务员的妄加猜测,正要说明自己的来意时,对方那对顾客和蔼可亲的表情马上凝固了,变成了一副戒备森严的面孔。似乎她将小山田误认为负责社会风化的便衣警察或其他什么人了。

"其实,我是在寻找我家那口子。"为了使对方放松警惕,小山田尽量若无其事地说。

"我家那口子在几天前失踪了,我正在寻找她的下落呢!我从她的手提包里,发现了一盒贵店的火柴。因此,我想她会不会在你们这里留下了什么线索呢?于是就到这儿来看看。"小山田一边说着,一边将文枝的照片递到了对方面前。

"啊！如果是这位的话……"对方立刻就有了反应，像是倒吸了一口凉气似的凝视着照片。

"果然是到这个地方来了吗？孩子想母亲每天都在哭，我想她是被男人勾引一起私奔了。我觉得她早晚有一天会像从梦中醒来一样，认识到自己的错误而迷途知返的。但是，如果等到那个时候，孩子就太可怜啦！所以，我就出来寻找她的下落了。对于她的过错，我打算既往不咎。如果贵店知道我妻子的那个男人的住址和姓名，能不能告诉我呢？"

小山田为了引起对方的同情，无中生有地编造了一个虚构的孩子，而那些谎话似乎具有相当大的说服力。

"原来那位就是您的夫人哪！"

女服务员那张对男女风流韵事已经没有什么感觉了的毫无表情的脸似乎也为之动容了。

"我想那个男人可能知道我妻子的下落。我绝不会做给贵店添麻烦的事。因此，请把那个男人的住址和姓名告诉我吧！"小山田像是缠住不放似的说。

"这个嘛……"女服务员的脸上流露出了明显的为难神色。

"求求你啦！我倒无所谓，可是孩子还小，需要母亲哪！"

"如果是那样的话，我倒是很想告诉你的。可是，说实在的，我们也不知道呀！"

"不知道？"小山田像是不能相信似的看着对方。

"我就知道川村这样一个名字，况且，还不知道那是不是真的名字呢！"

"不过，有住客登记簿吧？"

"嘿嘿，如果把那种东西保留下来的话，会让客人们觉得讨厌的。"女服务员自嘲地笑了笑。

"这么说,什么都没留下来吗?"

"是啊,真对不起。"

女服务员做出一副真的很遗憾的表情,她的态度看上去不像是明明知道却故意不说。极度的失望,在小山田的心底像乌贼喷墨似的扩散开来。

"那么,至少……我妻子的那个情夫是个什么样的男人呢?"

"你这么说的意思是……"

"他的年龄看上去有多大?"

"那个么,大概有四十岁左右吧!他是个身材十分粗壮,仪表非常出众的人。"

女服务员的眼神似乎在把那个人与小山田进行着比较。小山田本来就体质虚弱,加上又正在养病期间,这几天疲于奔命地寻找妻子,使得他骤然消瘦了下去。而且,他的衣服也穿得随随便便。小山田看得出来,女服务员的眼神好像在说:就凭你这副样子,你老婆逃掉也是无可奈何的事情。

"他有没有什么引人注目的特征呢?"

"那个么……"女服务员做出了稍微进行一下考虑的样子,"虽然不是什么特征,但他有一件东西遗忘在这里了。"

"遗忘了东西!遗忘了什么东西?"

"一本书。我们一直打算要还给他的,但是后来他却一直没有来过。"

"现在那本书还在吗?"

小山田的呼吸加快了。如果是那个男人丢在这里的书,说不定那上面会写着失主的姓名。

女服务员转身到里面去了一下,手里拿着本书出来了。

"就是这本书。"

她说着,将书递给了小山田。那本书的书名为《经营特殊战略》,副标题是《最高经营管理系列事例研究》，它是一家以出版商业书籍而闻名遐迩的大出版社最近才出版发行的。

书虽然很新，却没有带着封皮，因此不知道是在哪里的书店买的。书上也没有写失主的名字。好不容易才顺藤摸瓜找到的线索，就这样似乎一点儿用处也没有了。

虽然很失望，但小山田仍然有些不愿撒手地哗啦哗啦地翻着那本书。忽然，有样东西飘然落到了他的脚下。

他将那东西捡起来一看，原来是一张名片。在书里夹进一张自己的名片，这种事情是很少见的。大概是在交换或者接受名片时，无意之中随手将对方的名片夹到了书页中，过后就忘记了吧！

名片上印着"东都企业株式会社营业组主任"的头衔，在这个头衔的下面，印着"森户邦夫"的名字。如果向这个叫森户的人打听一下，也许他还记得把这张名片送给谁了吧！

不过日本人发名片是很随随便便的，将一张标准尺寸的名片到底送给了什么人，他能记得住吗？

小山田将名片的背面翻过来一看，他的眼睛里马上就放射出了光彩。那上面写着一段附言："您不在家的时候，我来拜访过了。关于那件事，请您多加关照。"从写在名片背面的这段话判断，很有可能是名片的主人将这张名片送给了书的主人。

虽然名片上没有写收者的姓名，但如果是这么具有"个性"的名片，森户肯定会记得是送给了什么人的。

从名片上的头衔来推测，森户大概是个搞推销的吧！他到顾客那里进行拜访时，写下了这张求他关照的"留言名片"。

"这本书能不能借给我一下？"

小山田将目光投向了女服务员，那目光就好像是打鱼人在茫茫黑夜之中发现了灯塔的灯光一样。

第五章　逃离苦海

一

　　约翰尼·霍华德在临出发的时候，曾留下了一句话，说是要"到日本的'奇司米'去"。这条信息传到了东京之后，日本的警方沉默了。不知道他们是对此感到满足了呢，还是因为不解其意而一筹莫展了。

　　纽约市警察局已经完成了东京警视厅委托他们办的事情——姑且这样认为吧！这件事就此画上了句号。在管辖东哈莱姆的第二十五警察分局，接连几天都在不断地发生着各种案件。在遥远的远东国家首都死了一个黑人的事情，就像哈莱姆河里泛起的泡沫一样，很快就被遗忘掉了。

　　肯·舒夫坦也忘掉了这件事。形形色色的新案件正在频繁发生，根本不允许他始终纠缠在一件事情上。本来他就是按照上司的命令，敷衍塞责地进行调查，连一丝一毫的热情也没有。

　　肯认为，纽约已经呈现出了一派末日的景象。

　　哈莱姆和布鲁克林的贫民窟就在曼哈顿区林立的摩天大楼边上。一方面是超高层的摩天大厦，正以各自所独具的匠心和高度争奇斗艳，象征着美国的富裕和繁荣；而另一方面则是哈莱姆、布朗斯维尔、布鲁克林的贫民区，在那破烂不堪的建筑物里，还有人在过着贫困交加的生活。

　　那已经不是人所能过的生活了。墙壁倒塌，房顶倾斜。窗户上的玻璃都已经被打碎了，那些没了玻璃的窗子上钉着白铁皮。马路上到处都是垃圾和污秽不堪的脏东西，老鼠和野狗摆出一副唯我独尊的样子横行霸道。婴儿被老鼠咬死、幼童遭到野狗袭击之类的事情实属司空见惯，布朗斯维尔的新生儿死亡率在纽约是最高的。

由于付不起钱，煤气、自来水和电都已经断了。于是，人们砸坏消防栓取水。可以想象，这里一旦发生火灾，消防车就根本起不了作用。

无法谋生的罪犯、醉鬼、吸毒者、妓女等以这里为巢穴，向整个纽约市播撒着灾祸。

在纽约，摩天大楼、华尔街、新闻机构、教育设施、大型联合企业，文学、美术、音乐、戏剧、时装、烹饪，形形色色的娱乐……世界上一流的货色全都集中到了这个地方，并进一步向着顶峰发展。与此形成鲜明对照的是，罪恶也在阴沟的深处，伸出了它那不祥的魔掌，杀人、放火、盗窃、强奸、卖淫、毒品，各种各样的犯罪活动都在进行之中。纽约现在的两极分化现象十分严重，上下之间的差距有如天壤之别，纽约正在这个矛盾当中苦闷地挣扎着。

人们在纽约的"巨大"之中迷失了自己。他们焦躁不安，不清楚自己所追求的东西是什么，只是徒劳地挣扎着。纽约的美，完全是由丑恶的东西所衬托出来的。

纽约的街上每天都在进行示威活动。在街口处，尽管没有多少听众，却总有人在那里演讲些什么。

没有示威的日子就有游行。在这里，靠救济才能生活下去的人多达一百二十万，相当于全市总人口的百分之十五。然而，就在这些人的身边，却不断举行着什么欢庆活动。

在这个被称为"各种族融合之都"的巨大城市里，聚集了来自世界上所有国家的移民，他们来这里是为了寻求自由和成功的机会。

英国人、爱尔兰人、斯堪的纳维亚人、德国人、法国人、奥地利人、意大利人、俄罗斯人、匈牙利人、阿拉伯人、希腊人、中亚人、波多黎各人，还有黑人，所有不同种族的人"合成"了这个叫作"纽约"的巨大城市。

他们认为，人聚集得越多的地方，成功的机会也就应该越多。于是，他们便来到了这里。或者是由于他们在本国无法谋生，便远涉重洋来这里寻找新的活路。

可是，成功只属于极少的一小部分人，也正是因为如此，成功才可以称得上是成功。在号称"一个胜利者春风得意，成千上万个失败者垂头丧气"的纽约，贫富胜败之间的差距正拉得越来越大。

人越多，竞争就越激烈，根本没有后来者插足的余地，移民们所追求到的自由只是饥饿的自由。而当他们觉察到这一点的时候，已经为时晚矣！他们已经被纽约那无底深渊似的红尘紧紧地包围了。在那滚滚红尘之中，只有欲望像沼气似的在膨胀着，积蓄着无处释放而被压缩的瘴气。这瘴气正孕育着危险的能量，不知什么时候便会起火并发生大爆炸。这危险的能量只会给社会带来危害。

在第二十五警察分局中，有五十一名刑警和七位警长，其中半数以上是号称"能说两种语言"的西班牙血统的警察。他们分成五班，每班有十一人执勤，实行早班、中班、晚班和夜班的四班交接制。但是大量的案件在他们屁股后面紧追不放，搞得他们连下班后和公休日都无法好好休息。

尽管如此，管辖着美国最大的贫民窟哈莱姆和东哈莱姆的第二十五警察分局和第二十八警察分局，却很受年轻警察的欢迎，因为这里比较容易得到提升。在这个地方，行为不端的青少年人数极多，发生犯罪案件的频率极高，毒品的使用量极大，所以他们碰到穷凶极恶的罪犯的机会比较多。这里的刑警经常要一个人平均负责十起案子，逮捕率是百分之五十。

但是，肯被分配到第二十五警察分局来，并不是由于他为了得到晋升的机会提出了申请，而是因为他出生在这块土地上。

今天他值晚班，从下午两点钟到晚上十点钟执勤。在这段时间里，一百二十一街发生了殴斗；一百二十五街则发生了两起拦路抢劫案和一起入室盗窃案。

在纽约市警察局，可以说已经不把入室行窃和拦路抢劫看作犯罪行为了。但是，因为它们有发展成为更加严重犯罪行为的危险，所以，如果接到报案的话，就得去进行调查。

肯大体上完成了那些案子的调查工作，心情刚刚放松下来，突然又接到了新的报警。据说是有个年轻的女人喝得酩酊大醉，正一丝不挂地在大街上走来走去。

"年轻女人脱光了衣服？随她去好啦！"

肯恶声恶气地骂道，再过一会儿，他就要下班了。但是，既然接到了报警，又不能放着不管。

肯只得到那里去看了一下。原来那女人是个吸毒者，因为毒品断了顿，她受不了毒瘾发作的难受劲儿，就把衣服脱掉了。

肯将那女人拖进了巡逻车，带回到警察分局。那是个二十多岁的波多黎各血统的年轻女人，她还那么年轻，吸毒和卖淫的放荡生活就已经侵蚀了她的全身。

她的肌肤变得干燥而苍白，四肢露在外面的部分到处都可以看到注射毒品后所留下的针孔痕迹。她瞳孔放大，满口胡言乱语。因为她乱闹个不停，所以肯不得不紧紧地将她按住，直到抵达警察分局后才松开。

这个女人的毒瘾发作是经常性的，她已经有好几次被揪到警察局了。她已嗜毒成性，治疗起来比较困难。如果不把她拘禁在精神病院或戒毒所这样的地方，就不能使她彻底戒掉毒品。

经过暂时性的治疗之后将其释放，她不久就会因为想得到毒品而卖淫，再过些日子就不只是卖淫了。为了得到毒品，她会变得什么事情都干。

吸毒成瘾的人都不过是披着一层人皮的野兽。她之所以还停留在卖淫的阶段，这大概是因为她的身体之内还残留着作为女性的"商品价值"吧！

但是，肯对于现实中居然有男人出钱买这样的女人，感到心情很不舒畅。这样的女人并不能算是一个完整的女人，她充其量只是一具浑身布满了注射针孔痕迹的女人躯体！买方也是处于社会底层的人，他们买来女人的身体，处理掉自己没地方发泄的性欲。大概他们并没有认为他们买的是女人吧！就像在没有女人的战场上，士兵们以猪和羊作为对象发泄性欲一样，他们肯定认为自己所买下的只不过是雌性的动物而已。

"双方都是畜生！"

肯的脸上堆满了极不痛快的表情，自言自语地嘟囔着。但是，吸毒现象目前已经从社会的底层逐渐朝着上流社会伸出了它那令人生畏的魔掌。

将那个女人交给了负责取缔毒品的警务人员之后，肯结束了那漫长而痛苦的一天工作，接下去他将回到布朗克斯区的公寓去美美地睡上一大觉，他一个人住在那个地方。肯曾经结过一次婚，但一次，在他追捕一名穷凶极恶的罪犯期间，他妻子却追随着一个有闲阶层的年轻男子离家出走了。从那以后，他就一直过着独身的生活。最近，一夜的睡眠已经不能使他恢复一天的疲劳了，他一直认为自己身体唯一的可取之处就是强壮，但在不知不觉之中，衰老已经沉淀到他身体的内部来了，也许是孤独正在加速自己的衰老进程。

第二十五警察分局位于东哈莱姆地区中央的东一百一十九街和一百二十街区，就连警察们都恨不得从下班的一刹那起就尽快逃离这个地区。警察本来应该站在为维护社会治安和公共秩序而进行战斗的立场上，但他们却开始争先恐后地将家属和住处从危险的市内搬到郊外去，以求得安全。从那时起，纽约的治安状况便进一步恶化了，那是社会正义的失败。

市民们已不再相信警察了，他们组织起了"自卫团"。有钱的人则纷纷雇请了保镖，大企业的高楼大厦里真可谓保镖密布。走在大街上，连个警察的影子也看不到，而保镖却格外地引人注目。

那标志着警察的失败。有人顺理成章地借口当保镖挣的钱多，干脆辞去了警察的职务。

在去年一年当中，纽约市总共发生了凶杀案一千三百五十一起，强奸案一千八百零三起，抢劫案四万九千二百三十八起，盗窃案二十九万三千零五十三起。连警察也经常遭到杀害，仅去年就有五人殉职。据统计，纽约平均每天有三人以上被杀，有大约五名妇女遭到强奸。

在警察局内部也经常有东西被盗。因此，私人物品如果不放进上锁的保险柜中，就不能放下心来。就连野狗都闯进了警察局。"当警察的是不是应该雇个保镖"之类的笑话非常流行，根本不令人觉得可笑，因此，连警察都想逃出纽约这个鬼地方，这也并没有什么不可思议的。

肯走出了警察分局的大楼。废纸和纸杯在马路上飞舞着，就像假日之后游览胜地的早晨一样脏乱不堪，但是，没有任何人去管它脏不脏。肯要步行到地铁车站去，在哈莱姆，汽车是没有什么用处的，即使是停在警察局的门口，它也会在一个晚上被弄成一堆废铜烂铁。轮胎被割开，天线被折断，车头灯和车窗玻璃被敲碎，燃料箱里被塞进沙子……肯调到第二十五警察分局执勤后，就放弃开汽车了。马路边上有一辆被烧焦了的汽车残骸，那是从外面来的人把车停放在这里的时候，被别人放火烧毁的。

"先生，请给我十美分吧！"

聚集在地铁入口处的孩子，朝着肯伸出了手。肯拨开那手走下台阶，孩子在他背后又改口说："那就给支香烟吧！"

在地铁的台阶上，有个像是吸了毒或者是喝醉了酒的人正蹲坐在那里，分不清他是活着还是死了。但是，这个像是死人一样的人，就是可怕的犯罪后备军。

有一帮黑人青年，一边高声怪叫着，一边从下面走上来。他们一看到肯，就止住了怪叫，冲他翻着白眼，因为在这一带的地铁里很少能看到白人的身影。

肯连看都不看他们一眼，就走了过去。他们大体上察觉到了肯的真实身份，其中一人朝着旁边吐了一口唾沫，正碰上肯锐利的目光，他急忙加快步伐上了台阶。

肯心想，这帮小流氓早晚有一天会因为犯某种罪而在警察局里与自己再见面的。

要进入这一带的地铁内，就需要做好某种精神上的准备。这里的电话有百分之六十都在半夜里被砸坏，即使修好也还是会再次被弄坏。上班时还好好的电话，到了下班的时候已经无法使用了，就连肯这个当地人都没有把握到底哪个电话是好的。在这里万一被卷入什么案件，连个联络手段都没有。

进了站台，肯来上班时看见的醉鬼呕吐物的痕迹依然原封不动地留在那里，没有任何人去打扫一下。大家都对其熟视无睹，任其逐渐自然干燥，化为灰尘，随着地铁里的气流四处飘散。陈旧的污物还没干透，新的污物又被吐得到处都是，在地铁里走路，一不小心就会把脚踩进那些污物中去。垃圾箱已经被装得漫了出来，并歪倒在地面上。

地铁电车左等右等都不见来。肯抬头一看，只见站台上的挂钟面上贴着一张"已坏"的纸条。他不由得咂了一下嘴，那挂钟早在一个月之前就已经坏了，站台上的口香糖自动售货机也坏了。

脏兮兮的地铁电车好不容易来了，车里车外涂满了胡写乱画的东西。上下车的乘客绝大多数是黑人，其次是波多黎各人和意大利人。车厢里很空，乘客们保持着一定的距离，默不作声地坐着，没有人与别人谈话。电车一开动，其噪音就进一步加深了车厢内的寂静。没有灯罩的昏暗的灯泡，不时地一闪一闪，发出很微弱的光亮。随着穿过车厢过道的穿堂风,一张旧报纸在车厢内飞舞着,落在了一个乘客的鞋尖上,他也不理会。

在相互之间极端的漠不关心之中,乘客们神情呆滞,每个人都很孤独,大城市中不可救药的孤独之感,紧紧地抓住了每一位乘客。虽然如此,但大家似乎都在为了生活而疲于奔命,根本没有闲暇去体会那孤独寂寞之感。

在车厢前部坐着一位上了年纪的黑人,他正在打着瞌睡,一副马上就要从座位上滑落下来的样子。他手里拿着一只廉价威士忌的酒瓶,看上去似乎只在瓶底剩下一丁点儿酒了。当酒瓶就要从他的手中掉落下去的时候,他突然一下子醒了过来,连忙把酒瓶抓紧。

接下去是一位中年黑人妇女,她大概是个在什么地方的大厦里干活的勤杂工,疲劳渗透了她的全身,她的身体随着车厢的震动而起伏晃动。稍微隔开点儿距离的地方坐着一对波多黎各母子,他们俩紧紧地依偎在一起。那孩子约莫有八岁的样子,肩膀上挎一个箱子,箱子里面装着擦皮鞋的工具。他已经到了上学的年龄,却由于生活贫困而无法上学。他大概还不会说英语吧!

对于他们来说,过"今天"都要竭尽全力,根本没有多余的力量去为"明天"而接受教育。

再接下去是个看上去像妓女似的黑人妇女,年龄不详……肯由于职业上的关系,在到达他下车的那一站之前,总是不动声色地对乘客们进行观察,这已经是他的一种职业习惯了。

肯又像往常那样进行着观察。正当他观察到妓女似的黑人妇女那里时,突然,有一件肯原来以为自己已经忘记了的事情又苏醒了过来。当那件事浮现在他的意识中时,肯不由得大吃了一惊,他惊奇的是那种事情竟然还留在自己意识的深处。

在东京被害的约翰尼·霍华德是个干一天算一天的卡车司机。

"那样的人怎么会有钱去日本呢？"

这个疑问发着磷光在肯的脑海里一闪一闪地浮现着。

二

美国的社会底层是由黑人们支撑着的。虽然黑人中也有人通过自己的努力，接受了高等教育，从社会底层脱离出去，但绝大多数黑人却被人生的重压紧紧拴住。作为社会底层的黑人，会像被判了无期徒刑的凶手一样终了一生。

他们只能得到白人们敬而远之的工作，如：污物清洁工、码头装卸工、百货商店送货人员、卡车或出租汽车的日工司机、饭店或酒吧门口的看门人、男侍者、焚尸工、屠宰工以及其他不需要什么技术的单调劳动，或在白人人手不够的领域勉强得到一份工作。而且，这些工作工资很低，一般周薪不到一百美元。就算他们经过千辛万苦好不容易找到了一份工作，也无法完全养家糊口。与其挣着低工资辛辛苦苦地劳动，继续过吃了上顿没下顿的生活，还不如男人离家出走，让自己的家庭作为"母子家庭"来接受救济要过得舒服些，所以，伪造的"母子家庭"在不断增加。

据一九七〇年进行的美国国情调查（每十年进行一次）统计，纽约总人口为八百万，其中黑人人口为一百七十万；其次是波多黎各人，人口为八十万；再加上其他有色人种，市民中有百分之四十的人都不是白种人。

国情调查表明，黑人和波多黎各人在经济和教育方面与白人相比，有着天壤之别。白人家庭的平均年收入为一万美元，而黑人是七千美元，波多黎各人则只有五千美元。大学毕业生在白人中所占的比例为百分之十三，而在黑人中只占百分之四，在波多黎各人当中则仅占百分之一。

截至一九七〇年，如果把四口之家年收入在四千七百美元以下的情况定为贫困线的话，那么情况则截然相反。生活在贫困线以下的家庭，白人为百分之九，黑人则达到百分之二十五，波多黎各人更是高达百分之三十五。

再看一下"母子家庭"的比例，白人为百分之十四，黑人则为百分之二十，而波多黎各人为百分之二十九。

在纽约一百二十万靠救济才能生活下去的人当中，黑人和波多黎各人就占了百分之六十。尽管他们从事的工作不属于连续性的技术工种，但能够有一份工作就已经是相当幸运的了，大多数的人根本连这样的工作都找不到。他们成天聚集在廉价的小酒馆里，或呆若木鸡地蹲在马路边上得过且过。

根本不能想象，当一名卡车司机的约翰尼·霍华德会有钱突然去日本。纽约的黑人一方面对贫困与种族歧视感到不满，梦想着能够从封闭自己的贫民窟中解脱出去；而另一方面却又在贫民窟中庸庸碌碌、默默无闻地度过自己的一生。对于他们来说，到海外去旅行，也是一种脱离苦海的方式。

霍华德终于逃离了苦海，然而这次脱离苦海对于他来说，带来的却是死亡。在他逃出那贫民窟之前，他绝没有预料到这一点。

卡车司机的周薪顶多也就是一百美元，要想一个月挣到七百美元的话，就必须靠违章开车去赚。靠这点儿微薄的收入，光是维持每天的生活就已经紧巴巴的了，根本没有多余的钱能够存下来，作为到日本去旅游的路费。

可是，处于这样一种情况下的约翰尼却突然像是被什么东西驱赶着似的踏上了去日本的旅途。

他去日本当然有着他自己的动机，不过，问题是他的那笔路费究竟是从什么地方得到的呢？

肯胸中点燃的疑问之火，越来越旺地燃烧了起来。那对波多黎各母子已经在南布朗克斯的梅尔罗斯站下车了,乘客也已经由黑人换成了波多黎各人,这一带是波多黎各人的居住区,刚才十分安静的车厢里,响起了带着浓重卷舌音的西班牙语。

"这个家伙似乎值得调查一下。"

在电车驶近肯要下车的那一站时,他下定了决心。连他自己都觉得奇怪,对一个本应该忘记的黑人死在异国他乡一事,为什么会有这么大的兴趣呢?这当然不是什么被日本警察的热情所打动。如果一定要说出原因的话,那也许是因为他被约翰尼·霍华德去日本这件事勾起了兴趣。

当肯提出想就约翰尼·霍华德一案再作一下调查的时候,警长肯尼斯·奥布赖恩露出了一副吃惊的表情。

"此事已经了结了,何必再去刨根问底呢……"

肯尼斯的话刚说了一半,就被肯打断了。肯严肃认真的神色中有一种威慑的力量,封住了对方刚刚开始提问的嘴巴。

这个家伙一旦摆出了这副嘴脸,就说明他对此事已经来劲儿了,就是阻止他,他也绝不会善罢甘休的。

肯尼斯根据自己积累的经验,料想到肯定会是这么一种情况。肯经常满不在乎地顶撞上司,他在执行搜查任务时的过激行为也经常受到各方面的指责。如果不是肯尼斯袒护他的话,他早就被开除出警察局,或者从搜查工作的第一线被撤下来了。

肯是个很难驾驭的部下,但是他在实际搜查工作中锻炼出来的搜查直觉和对当地地理情况的了解,使他成为警察分局里一员强有力的干将。虽然他总是处在不那么显眼的地方,但就是像他这样的刑警正在支撑着纽约市的警察系统。在如今的警界,具有公司职员性格的警察越来越多,像肯这样的人能够存在下来,是非常难得的。

但是,对于那些没有什么实际搜查经验,仅仅是靠理论武装起来的官僚们来说，在肯的身上，引人注目的只有他那不合群的个性。在他们看来，只有那些成为组织的"忠实齿轮"而按部就班地跟着转动的人，才是优秀的人才。

"不要做得太扎眼了，以免被上面的人盯上！"

肯尼斯提醒肯也正是出于那方面的考虑。

得到了肯尼斯·奥布赖恩的允许，肯马上开始了行动。

肯打算拜访一个人，那可是一个大人物。那人有个夸张的名字，叫作"莱昂内尔·亚当斯"。他还有个威风凛凛的头衔，叫作"花旗银行信贷审查总结统管部部长"。

对莱昂内尔·亚当斯这个人，肯知道得并不多，几乎可以说完全不了解。他轻轻松松地提出了会面的要求，以为马上就可以见面。可是没想到，亚当斯的秘书却将会面日期安排在了一个月以后，要是这样的话，工作就别想干了。所以肯强硬地提出，非得马上见面不可，并说这对警方的破案是非常必要的。结果双方达成了协议，约定于三天后也就是今天下午一点钟，在亚当斯回家吃午饭时见面。

肯因此而改变了自己对亚当斯的认识。

花旗银行是一家大银行，在美国存款额从未下过前五名。它在金融界有着举足轻重的地位，纽约的经济如果离开这家银行的话，就根本不值得一提。

这家银行支配着纽约的经济，也就表示它控制着美国的，不，控制着世界的金融。它对于决定美国经济政策的华盛顿，也具有很大的影响力。

向这样一个银行的实力派人物亚当斯提出会面，肯还当是见一个小巷子里的隐士，这种想法实在是太天真了。

"他妈的才给了十分钟啊！"

在驶向亚当斯家的巡逻车内,肯有些愤愤不平地嘟囔着。那就是亚当斯给他的见面时间,就连这十分钟,那位秘书还好像要让人家感恩戴德似的说什么,一般会面都是五分钟,因为是警方的人,所以才破例安排了十分钟。

巡逻车从曼哈顿北部沿第五街南下,奔驰在沿中央公园而建的超级公寓街上。这里是世界上富豪们聚集的地方。

这里耸立着一排排超豪华的公寓,穷奢极欲,大概已经达到了世界上最高想象力的顶峰,而近在咫尺的哈莱姆却仿佛是战乱地区一样。这一鲜明的对比说明了纽约的多面性。

莱昂内尔·亚当斯住在一幢三十层公寓大楼的最高层。那幢大楼位于中央公园东侧,面对着八十六街。那里虽然地处纽约市的中心地区,但由于中央公园绿树成荫,因此空气很清爽。

"这里就连空气都他妈的和哈莱姆不一样!"肯又忍不住嘟囔起来。他自己出生在贫民窟,作为下级警察长期过着受人压迫而翻不了身的生活,因此他对富豪们怎么也无法抱有亲近感。

他虽不是一个共产主义者,但是一看到财富的分配极端不合理,他就会坚持认为,这种现象并不是由于能力的大小或者努力的如何而造成的,而是由于不公平的因素在起作用。

"住这一带的人,就连自己呼吸的空气都是出钱买的哩!"开巡逻车的年轻警察说。他叫马古,是个西班牙血统中稍微混了一些黑人血统的混血儿。

"这么说,咱们到这里来,就等于是免费分享了这里的居民们花钱买的空气啦?"

"是这么回事吧!"

和马古说着话的工夫,车开到了他们要去的那幢大楼前。

"好啦,在这里等着我,很快就完事。"

反正只给了十分钟。肯下了车，径直走进了大楼的正门，那里铺满了厚厚的地毯，就好像是一流宾馆的大厅一样。与宾馆不同的，只是这里没有前台服务处，空无一人的豪华大厅显得十分宽敞。

那里就是电梯前厅。肯打算乘电梯上去，可是一看电梯的楼层指示器，每部电梯都只显示到二十九层，而据说亚当斯的住处是三十层。肯正考虑着是不是乘电梯上了二十九层之后还得再爬楼梯时，偶然一转视线，却看见了一扇门上写着"莱昂内尔·亚当斯专用"。

"还他妈的有专用电梯呢！"

肯的反感越来越强烈了。他按了一下开门的按钮，于是从电梯上方的小窗口里传出了一个声音。

"您是哪一位？"

"二十五警察分局的刑警舒夫坦，一点钟与亚当斯先生有个约会。"

肯刚一回答完，眼前的那扇门很快就打开了。

"请进电梯！"有一个声音催促道。肯觉得，自己的行动肯定正在受到安装在什么地方的电视摄像机的监视。

肯一进入电梯，那门就自动地关上了。连电梯里面都铺满了厚厚的地毯，几乎要把整双鞋子都陷进里面去。不知道从什么地方飘来了悠扬的音乐声，充满了电梯内狭窄的空间。肯觉得自己好像正被运往另一个世界。

肯还没来得及细听那音乐，电梯就停了，这一次是相反一侧的门被无声无息地打开了。肯的眼前出现了另外一个世界。

电梯前，身穿礼服的管家恭恭敬敬地鞠躬行礼。在管家的背后，喷水池正在喷着五颜六色的水花。大概是从天花板上垂吊下来的水晶玻璃枝形吊灯和喷水池中特殊的照明装置，使喷起来的水花颜色五彩缤纷、变幻多端。

看上去那个管家就好像是站在那喷水池中迎接来客似的。这里的地毯就更厚了，它把脚步声完全吸收掉了，第五街的噪音根本传不到这个地方来。

不知从什么地方飘来了阵阵扑鼻的花香。喷水池后面有个室内花坛，这里是脱离了纽约喧嚣的一片雅致的小天地。

"欢迎您到这里来！亚当斯先生正在等您。"

管家一字一顿地讲完了这句话之后，便领着肯沿喷水池旁边朝里面走去。花坛内盛开着这个季节里十分罕见的鲜花，大概是把在温室里栽培的鲜花移植到这儿来了吧！

"这花也许一朵就相当于我一个月的工资吧！"一想到这，肯就感到了自己是多么微不足道。

莱昂内尔·亚当斯正在可以俯瞰到整个中央花园的客厅里等着肯。从这里鸟瞰下去，中央公园就好像是亚当斯家的私人花园，这可真是豪华的"借光"。

亚当斯舒舒服服地靠坐在一张全部包上了皮面的真皮沙发上，那沙发皮面的质感看上去就好像是丝绸一样。他的年龄在五十岁左右，长着一副与他的地位十分相称的厚实身板，却并不使人觉得他有多么肥胖。他长着金黄色的头发、蓝色的眼珠和宽宽的额头，鼻子稍微有点儿鹰钩，嘴唇闭得紧紧的，显出他是个自信心很强的人。

"是舒夫坦先生吧！我就是亚当斯。欢迎，欢迎！请坐吧！"

看到肯，亚当斯将手伸了过去。在亚当斯的身上，肯可以感觉到人生道路上的成功者那种充满自信和从容不迫的态度。

亚当斯背朝着窗户和肯面对面地坐着。在缺少大自然恩赐的纽约，为了尽可能多地取得一点儿外景，窗户总是被尽量地开得大些。在亚当斯的背后，越过中央公园，从纽约西区的建筑物向哈得孙河那边的新泽西方向望去，简直就像大海一样辽阔。

由于亚当斯背对着窗户外的光线，形成了逆光，所以肯看不清他脸上的表情。不过,肯心里非常清楚,亚当斯肯定正在目不转睛地观察着自己。他和初次来访的客人见面时,大概总是坐在这个位置上吧!

"请允许我免去客套,舒夫坦先生,今天有何贵干?我可是要严格按照日程安排进行活动的。"初次见面时的寒暄一结束,亚当斯便看了看手表,催促道。那副样子就好像是在说,十分钟的约会时间是不会延长的。

肯根本没有把握用十分钟就把事情办完,但是他心里却自有打算:既然来到了这里,一切就得由我来进行安排了。

"其实,我今天到这里来,是想打听一个叫威尔逊·霍华德的人及有关的事情。"

"威尔逊·霍华德?"

果然不出所料,亚当斯的反应很迟钝。看来在他的记忆中,早就没有那个可怜的黑人的位置了。

"您已经忘了吗?六月份的时候,您的车曾撞了一位老年人。"

"我的车撞了人?"

亚当斯的脸上仍然没有反应。

"是一个上了年纪的黑人,他由于那次车祸受伤,后来死了。"

"黑人?噢,那么说的话,是有过那么一档子事。"

亚当斯的表情里好不容易才稍微出现了一丝反应。对于他来说,撞了一个黑人给他所留下的印象,大概就像是压了一条狗吧!

"我想打听一下发生那次车祸时的具体情况。"

肯对于眼前这个家伙感到十分恼火:他的车撞倒了一个人,可他却表现得如此漠不关心。于是,肯便直奔主题而去。

"你说要详细了解情况,可当时并不是我在掌握方向盘哟!"

"不过,在车祸事故的调查记录上,肇事者一栏内可是填着您的大名哟!"

"'肇事者'?简直把我当罪犯看待了。关于那次事故,我们已经向对方支付了赔偿费,应该早就解决了呀!"

亚当斯因为自己被当作"肇事者"看待而显得十分恼火,他摘掉了那副彬彬有礼的假面具,露出了他那副惯于受人前呼后拥的傲慢相。

"您已经做过赔偿啦?"

"虽然我们并没有什么错处,但不管怎么说,总是造成了人身事故嘛!"

亚当斯气哼哼的,好像想起了发生车祸事故时的情景。

"您是说您这一方并没有什么错处?"

交通事故的当事者双方往往都强调错在对方。

"是对方主动撞到我的车上来的。我的司机是个二十年行车无事故的老手了,但那人是突然扑到车前来的,因此没能够躲开。"

"您说他是突然扑到您车前的吗?"

"是的,那是品质恶劣的亡命之徒的一种惯用手段,目的就是为了捞些赔偿费。因为对方已经上了年纪,而且赔偿金额也不是那么太大,所以我们就按照对方提出的要求给了钱,但心里终归不是很愉快。"

亚当斯由于不愉快的记忆被肯挖掘了出来,心烦地皱起了眉头。

"详细的情况,我的司机瓦戈都知道,因为和对方进行交涉等一切事宜都是交给他去办的。"

在亚当斯说这番话的时候,刚才那位管家微微地躬着腰走到他身边,对他低声说了些什么。

亚当斯大模大样地点了点头。

"对不起,下一个约会的时间快到了,我失陪了。我将瓦戈留在这里,详细情况你问他好了,再见!"

说着,他摇摇晃晃地站起身来,朝外走去。

接下去,肯又与司机瓦戈会了面,但也只不过是证实了一下亚当斯前面所说过的话而已。瓦戈说,他忠实地遵守市内限定汽车时速的规定,慢慢地开着车的时候，突然从并不是人行横道的地方，冷不防蹿出了一个人来。

瓦戈说，他踩了急刹车，但已经来不及了，那个人突然猛扑过来的样子看上去就好像是要自杀似的。瓦戈还说，他认为不是己方的责任，因此没有必要进行赔偿，但亚当斯说不愿意找麻烦，于是就连同汽车保险的赔偿费一起，给了对方一大笔慰问费。

"能不能告诉我，加上保险金，实际上共付给他多少钱？"肯紧追不舍地问道。

"保险公司方面付给他两千美元，我们又出了两千美元。"

"共付了他四千美元吗？"

有这么一笔钱的话，就足够维持约翰尼去日本的路费和在日本逗留相当天数的费用了。

"自损行为，即自杀或者故意往车上撞的情况是不能索取保险金的。但是，我们的证词对保险公司产生了很大的影响，保险公司才同意支付保险费了。不，这并不是说我们作了伪证。我们只是陈述说，那人没有自杀的迹象而已。我的主人和保险公司也有关系，因此主人所说的话对于保险金的支付起了决定性的作用。"

好像是怕自己所说的话会对雇主产生不利的影响，瓦戈说完一句话之后，就要喋喋不休地加上一大堆解释。但是，对于肯来说，使他感兴趣的只是威尔逊·霍华德以近乎"自损行为"的形式去撞亚当斯的汽车，并因此而得到了四千美元巨款这一事实。

而且，在此人死后不久，他的儿子约翰尼·霍华德就去了日本。

威尔逊所撞的是在纽约金融界屈指可数的大人物的车。他在撞车之前是不是已经知道了对方的身份呢？也就是说，他是不是"选择了对象"呢？

如果对方和自己一样穷得叮当响，就是撞上他的车，也不知道能不

· 106 ·

能得到赔偿费。如果对方坚持说是受害人主动撞到车上来的,那就连保险金也有可能拿不到。

如果对方是有钱人的话,会非常讨厌纠纷,他们肯定会采取措施,从一开始就靠金钱的力量来避免纠纷。威尔逊撞了亚当斯的车,就是为了要得到赔偿费吗?

"就谈到这里可以吗?"瓦戈小心翼翼地催问了一下陷入沉思的肯。

第六章 娇妻失踪

一

小山田发现了新的目标后，立即付诸行动。这个目标就是东京企业股份有限公司的营业部组长森户邦夫。

第二天，小山田根据名片上的电话号码，拨通了那家公司的电话。原来，那是家专门经营各种办公用品的销售公司。在电话里，小山田告诉对方，说自己想见见他们公司的森户。对方回答说，森户下午五点以后才能回来。

小山田向话务员打听到了该公司的所在位置，决定在森户回公司的那个时间直接去找他。

东京企业位于港区芝琴平街十字路口的一角上，是一幢狭长形的五层大楼。一楼是商品展示大厅，陈列着各种各样的档案柜、卡片盒、书架等商品。东京企业看来是个专门销售情报管理用品的公司。

小山田把一张很旧的名片递到接待处，要求面见森户邦夫。也许误认为是公司的客户了吧，接待员客客气气地把小山田领到了接待室。

可能是在举行结束一天工作的晚仪式，从楼上传来了许多男人一唱一和的合唱声。

哎哟，我们必须有丰富的知识！
哎哟，我们必须有充沛的精力！
哎哟，我们必须有竭诚的态度！
哎哟……

号子声、附和声阵阵传来，震荡着整个大楼。这一定是公司在结束一天的营业活动后，公司职员在齐唱《推销员之歌》，借以激励斗志，鼓舞士气。

约莫十分钟后，晚仪式像是结束了。楼上气氛一下子活跃起来，接着从楼梯口传来了许多人下楼的嘈杂的脚步声。有人推开接待室的门，走了进来。

"我是森户，你就是小山田先生吗？"

森户大约二十五六岁，细高挑的个儿，穿着一身笔挺的西装，看上去是个典型的推销员。他手上拿着小山田的名片，认真地打量着小山田。

"突然造访，真是对不起！我叫小山田，想跟您打听一些事。"小山田说着，站起来欠身行礼。森户的脸上立即泛起和蔼可亲的笑容，很友善地用手示意对方坐下，说道：

"没关系，这是我分内的工作。"看来他也是将小山田错当成公司的客户了。

小山田刚要张口说明自己的来意，森户却先开口说道：

"今天一笔生意也没做成，被科长训了一顿。做我们这种生意，起伏性本来就很大，而公司却不管这些。"

"我今天来……"

"公司最近让我负责企业单位保密设备的推销工作。从目前的情况来看，与军事机密和政治机密相比，人们对企业保密的认识还远远跟不上时代的需要。近来企业谍报活动十分猖獗，来势凶猛，但人们对企业间谍的认识，还停留在小说或电影里，不当一回事。在许多公司里，那些能左右公司命运的绝密档案材料和重要的技术资料被乱扔一气，简直是等于让人家公开来盗窃。他们明明知道被窃后再吵再嚷也是亡羊补牢了，但就是对企业防失密、防谍报的重要性，要么毫无认识，要么认识十分不足。"

"……我今天来是想打听……"

"在人们对企业保密重要性还缺乏认识的情况下，做保密设备的推销工作，是相当不容易的，你得首先从改变人们的认识做起。公司的密级可分为A、B、C三个等级。A级为绝密级，这类资料一旦失窃，就会给股东们带来重大的损害；B级为机密级，一旦失密也会有损股东们的利益，同时还会直接影响公司的生意；C级为……"

"森户先生，你还记得这本书吗？"森户口若悬河，没完没了地说，让你插不上嘴。这回小山田趁这家伙换口气的当儿，终于得到了开口的机会。他拿出从水明庄借来的《经营特殊战略》一书，送到森户面前，目不转睛地盯着对方，看他有何反应。

"这本书，这是……"

森户脸上没有出现什么异样的变化，也看不出他有故意控制自己情绪的异常反应。

"这不是你的书吗？"

如果这本书是森户的，那么，他很可能就是妻子的那个奸夫了。"不是，我不看这种书，看这种书的人，其地位和身份比我这样的人要高得多。"

"那么，你还记得这张名片吗？"小山田拿出了夹在书里的森户的名片。

"这……这是我的名片啊。"森户望着小山田拿出来的名片，十分诧异，问道：

"这名片又怎么啦？"

"请你看一下背面，这背面的签字是你写的吧？"

"啊！这确实是我的字，你是在哪儿弄到的？"森户迷惑不解地望着小山田。

"这张名片你是送给谁的，现在还记得吗？"

"你问得这么唐突，一下子也想不起来，况且我是做生意的，名片也不知发了多少，你还是快告诉我，这名片你是在哪里……"

"在一个有点儿特别的地方。实话告诉你，前些日子，我和一个女朋友进了一家所谓的'情侣旅店'，在客房里看见了这本书。这本书像是前面一个住客遗忘在那儿的，我们在离开那家旅店的时候，无意之中把它带了出来。后来翻开书看了看，发现书中有许多地方都画着红线，觉得这书对失主来说，很可能是一本非常重要的资料，于是，我一直在寻找这个失主。森户先生的名片，就夹在这本书中。从名片背后写的内容判断，我猜想这可能是你送给某人的名片。"

"哦，是这么回事啊，所以你就找我来了？"

"是的。"

森户好像是恍然大悟了似的，重新仔细地看着名片。

"啊，知道了！"森户的眼睛突然一亮，大声说道。

"你知道了吗？"小山田不禁瞪大眼睛屏息盯着森户。

"我想起来了，这张名片是送给东洋技研的新见部长的。"

"东洋技研的新见？"

提起东洋技研公司，小山田也曾听说过，那是一家制造精密机器的大公司。

"'新见'，就是新旧的'新'，看见的'见'。那是家十分重视企业防失密的公司，是我们的好主顾。"

"这是送给那个新见部长的名片，没错吗？"小山田由于一时兴奋，无意之中说话声音都变调了。一直在寻找的"情敌"，现在终于露出了真面目。这个新见，很可能就是自己妻子的那个男人。

"千真万确。切纸机，也就是销毁文件的碎纸机，他们公司想新订购一批，于是我就带了商品目录去拜访他。不巧的是他因急事外出了，我只好留下了这张名片。你这一提醒我倒想起来了,当时在新见的桌上,我好像是看到了这本书。"

森户说得明明白白。

"这个新见部长,究竟是个什么样的人啊?"

已经了解到了这一步,下面的问题完全可以自己去调查了,但小山田觉得这个森户挺好说话,嘴又不紧,可以抓住这个机会,尽可能地从他那里多套出些有关新见的情况来。

"他可是东洋技研的第一号能人啊,还很年轻,刚进入不惑之年,就快要被破格提拔为董事了。近来,东洋技研对于本公司的绝密和机密资料频频外泄,感到十分头痛。为了防止情报泄露,公司最近新设了'情报管理部',正式开始与泄露机密行为作斗争。新见就是情报管理部的第一任部长。近年来,碎纸机十分时兴,在东京证券交易所注册的公司中,百分之八十以上的公司都引进了碎纸机。但是,那些公司大都是买一两台大型碎纸机,对机密文件进行集中处理。新见部长却不赞成这种方式,想采取分散普及的方式,由每科一台,逐步过渡到每张桌子一台。机密资料,接触的人越少,就越有利于保密。归根到底,以个人为单位处理密件是最理想的了。新见首先看到了这个问题的根本所在,正试图实行机密文件分散化管理的措施。总之,他是个非常能干的人。而且,他不光是在工作上,就是在女人身上也是个老手啊。"

森户独自笑了笑,好像是在指桑骂槐地讥讽小山田!你不也带着女朋友到"情侣旅店"去了嘛!

小山田心想,自己想打听的,大抵上都诱套出来了。

"今天打搅你了,十分感谢。我想尽快将这本书给他送去。"小山田站起来就要告辞。

"不用了吧,你用不着特意去跑那么一趟,我这两天就要去拜访新见部长的,还是让我顺便捎给他吧。"森户这样说道。

"不用了,还是我送去的好。因为对新见部长来说,把书遗忘在'情侣旅店'这件事,他一定想竭力保密。你刚才不是说,保密以个人为单位是最理想的吗?!"

"哎哟,我算是服你了。那好吧,我就装作什么也不知道了。"

森户朝着小山田哈哈地笑了起来。

小山田告别森户后,立即意识到,与夺己之妻的那个家伙进行决斗的时刻终于来临了。同时他还感到,迄今为止自己所搜集到的各种材料,都是为了找到那个夺走妻子的男人——新见,而且根据本能,他认为这个男人就是自己一直要追踪的情敌。

与此同时,也许本能还在告诉他,他是个戴了绿帽子的可怜巴巴的淫妇之夫。

在进行情场决斗之前,小山田悄悄地对新见作了一番侦查,结果对方的身体特征、年龄都和水明庄的女招待员说的完全一致。

小山田第一眼看到新见,直觉就告诉他,此君就是妻子的奸夫。新见确实是文枝所喜欢的那种男人。他肌肉发达,膀圆腰宽,体格魁梧,胸厚和胸宽几乎是小山田的两倍,这体形显然是年轻时受过很好的体育锻炼。在与众不同的四方脸上闪着一双浓眉大眼,目光炯炯,聪颖机敏。他给人总的感觉是有男子气,精干,浑身上下蕴藏着旺盛的精力。

总之,与一副病态、穷相、因担心妻子失节而总是疑神疑鬼的小山田相比,新见确实是截然不同的另一种男人。一个是在人生的道路上惨遭败绩,不得不依靠妻子出去挣钱维持生计;一个却是凭借自己的实力积极地开拓着人生。

自己的妻子,在被那强悍、散发着男人味的厚厚的胸脯紧紧地搂抱着,肯定以一种连自己都没有见过的十分放荡的体位,异常兴奋地享受着本能的快感。

从小山田那里绝不可能得到的性快感，在新见这里会得到补偿。

——做爱竟是如此的美妙、痛快，我才知道啊！

——我同小山田的夫妻生活，与你相比，简直是没意思透了。

——动作再猛一点儿，让我体验个够，我要把以前失去的全补回来。

妻子张开双臂，挺起胸脯，热烈地投入新见怀抱的淫荡情景，浮现在小山田面前。想到奸夫淫妇相互搂抱，违背人伦，一股妒火在小山田心中熊熊燃烧。

小山田由于妒火攻心，简直都快要发狂了。但他仍极力控制住自己，在决斗前进行了"明察暗访"，因为自己面临的对手很强，必须作好充分的准备。

经过详细调查，得知新见今年四十一岁，东京工业大学机械系毕业后就进了东洋精工（东洋技研的前身）。一九五八年，由当时的常务理事（现社长）做媒，他和现在的妻子结了婚，生有一儿一女，今年女儿十五岁、儿子七岁。他凭着生就的才能，加上极强的个性，深得现任社长的器重。在社长的栽培下，新见作为该公司的第一号能人很快出人头地。今年三月，他出差美国，七月份又去了苏联，这一情况与妻子今年新增添的一些服饰恰好吻合。

然而，却没有听到有关新见乱搞男女关系的艳闻，这可能是因为由社长做的大媒，不得不小心谨慎吧。但是，戴了绿帽子的小山田，却知道新见制造风流韵事的手段极其高明。他充分运用自己是情报管理部长的专长，漂亮地隐瞒了自己的私生活。小山田为了抓住新见的狐狸尾巴，着实是费了一番周折。这家伙就是如此善于精心掩盖自己的风流韵事。

一切都准备就绪，与新见情场决斗的钟声就要敲响。是直接闯入那家伙的家中，还是袭击他的工作单位，小山田虽有些犹豫，但很快就觉得还是到工作单位去好，这样更能给对方以威胁，所以决定去东洋技研。

东京技研公司总部在麴町四丁目，总部大楼是一幢现代化建筑，墙面用蓝色的遮光玻璃装饰，看上去同公司的名称十分相称，呈现出一派现代潮流的气势。

上午十点，小山田来到东洋技研的接待处。新见是否在公司里，小山田没有十分的把握，但事先已打听到，新见每天总是在早晨八点半上班，而且最近也没有到别的地方出差。

上午十点左右，一般例行公事的晨会、碰头会，都结束了，这会儿是一天当中公司职员在岗率最高的时候。

"您想见新见部长吗？是否与他预约了呢？"接待小姐果然照章办事地问道。

"没专门预约，不过，只要你告诉他说东京企业的森户，现在有非常要紧的话要告诉他，他是会来见我的。这不会使您为难的。"

"是东京企业的森户先生啊！"

小山田早就盘算过，如果接待小姐认识森户，自己冒充森户那就出洋相了，所以就打算谎称是森户的代理人。从森户的口气来看，好像新见非常赏识他，如果搬出森户的名字，即使没有预约，恐怕他也会来见面的。

接待小姐将小山田领到了会客厅，并说新见马上就来。她好像并不认识森户。

决斗的第一道关卡总算是通过了，小山田上身高度紧张，身体都僵硬起来了。

没等多久，会客厅的门打开了，新见走了进来。

"哎呀，我让他在这儿等我……"看到这儿没有森户，新见纳闷起来。

"是新见先生吧！"

小山田两眼死死盯住对方的脸，慢悠悠地站了起来。此时此刻，他是第一次面对着这个夺己之妻的男人。在近处看，他确实是比自己要强，无论是体格、容貌、社会地位、经济实力，还是对人生的自信，等等，一切方面都比自己要强得多。

——就是这家伙和自己共享着妻子。扒开了深信只有自己一个人知道的妻子身体的……不！不是共享，而是疯狂地、贪婪地将妻子的肉体、心灵全部夺去了。

——新见用他那强壮有力的手臂，紧紧地搂抱着妻子丰满的躯体，用手指抚摸和玩弄着那细嫩的皮肤，同时嘴唇紧贴着妻子的嘴唇，全身贪婪地享受着她的肉体。

小山田强压住胸中翻滚的怒火，像是要压倒对方似的走了上去。

"我是新见，你是……"新见的脸上露出了疑惑不解的神色。

"我嘛，你看看这个就知道了。"小山田将名片递到了对方面前。

"小山田先生？"新见满腹狐疑。他不是在装什么糊涂，实在是没有将小山田的名片同文枝联系在一起。他和文枝是在"卡特莱"结识的，文枝在酒吧间的化名叫"直美"。

"你不明白吧，我是直美的丈夫，就是'卡特莱'的……"

"啊！"新见那张充满自信的脸出现了变化。那是十分强烈的反应，小山田突然放出的第一支箭击中了目标。

"你认识我妻子，对吧。"

"哪里，我只知道她是我常去的那家酒吧间的女招待。你就是直美的丈夫啊！"

不愧是新见，他立即恢复了常态，说道：

"你今天来找我，有何贵干？"

"新见先生，请不要装蒜了。你和我妻子的那些秘密，我都知道了。"

"你说什么？我告诉你，不要跑到这里来说这种莫名其妙的话。"

新见一旦从突然袭击中恢复常态，马上就显示出自己天生的自信，想用气势压倒外表看上去十分寒碜的小山田。

"你说我莫名其妙？那好，让我把水明庄的女招待员带来，怎么样？"

新见好不容易才恢复常态，现在又失态了，脸色变得煞白。

"这本书是你的吧。"

小山田不失时机地穷追猛打。新见看到小山田送到自己面前的这本《经营特殊战略》，张了张嘴，却什么也没有说。由于是在毫无防备的情况下突然被人捅了脊梁骨，他一时答不上话来。

"你和我妻子在水明庄睡觉，这本书，就是你遗忘在那里的。怎么样，还想装相吗？"

新见沉默不语，等于是默认了他和文枝的不正当关系。

"我妻子当招待员，晚上出去上班，做的工作是献媚卖笑，所以我是多少有些思想准备的。这一切，说来说去都是因为我太窝囊造成的。新见先生，你有家庭，也有社会地位，这种事闹出去了，可是不光彩的啊！只要你老老实实地将我妻子还回来，以前的账，我也就一笔勾销了。"

小山田好不容易争取了主动，趁对方还没有醒过闷来，立即就提出了自己的要求。他真想对盗妻之贼好好教训教训，但现在首要的问题是先让他把妻子还回来。

"小山田先生，我干了这种事，真是对不起你了。"

新见不愧是个脑瓜子转得快的人，当发现自己已无法抵赖时，采取了以守为攻的策略，在小山田面前低头认错。他是著名的东洋技研的第一号能人，深得社长的信任，现在居然和有夫之妇，而且是个女招待搞在一起，这种事一旦声张出去，就麻烦了，不仅社长要指责他，家庭也要破裂。

新见彻底投降了。

"既然知道做错了，就把我妻子还回来。"

"我今后绝不再和直美……不，不再和你太太来往了。我向你发誓，我和她一刀两断。为此，请你不要将此事公开。"

新见此刻简直就要跪下来求饶了，公司首屈一指的大能人，现在已是泥菩萨过河，自身难保了。

——什么顶尖能人，什么精明强干，现在不也是如此狼狈嘛！

小山田积压在心中的"夺妻郁愤"，现在稍稍地得到了发泄。

"所以嘛，请你把我妻子还给我。"

"我也并不是一味地求你宽恕我，为了赎罪，哪怕是补偿，只要我能办得到的，我都会尽全力去办。"

"只要你还我妻子就行了。"

"今后，我一定与你太太断绝来往。"

"你把我妻子藏到哪儿了？"

"我没有藏你太太啊！"

"你还想装相啊！"

"你到底要多少钱？开个价，我也好办，只要我承受得起，马上付给你。"

"开个价？你错了！我要的不是钱，只要妻子回来就行。"

"你太太不在家里吗？"

"你在说什么？"

直到这个时候，俩人才发现话不投机，没有说到一块儿去。

"这些天，你太太一直没有跟我联系，没有她的音讯，我也好担心呢！你太太真的不在家里吗？"

"开什么玩笑，她跟你私奔去了，怎么会在家里呢？"

"等……你等一下，直美……不，你太太真的不在家里吗？"

"不在，已经十来天没回家了。"

"真的吗？"

新见脸上露出十分惊愕的神色，看样子不像在演戏。一种不祥之感立即袭向小山田的心头。

"不是你把我妻子勾引出去的吗？"

"没有，我没有勾引她出去。这些天一直没有她的音讯，我还在拼命找她呢。"

"你说谎！"

"我没说谎。我们俩事先约好，即使我不能去酒吧，也要每天联系一次。可十来天了，她既没到酒吧上班，也没同我联系。想直接给她家里打电话，又怕她丈夫来接，所以电话也没敢打。没办法，我只好在你家附近来回转悠，悄悄地探听情况，但看上去她也不像在家。因此，我还以为是你发觉了我和她的关系，故意把她藏到很远的地方去了呢！"

新见已经顾不上自己的姿态了，只是一个劲儿地极力辩解着。这并不只是为自己申辩，文枝的失踪，对他来说恐怕也是个重大的打击。新见的表情很认真，看不出他是在撒谎。

"这么说，你是真的不知道文枝的去向了？"

"真的不知道。这么长时间不同我联系，这种情况以前还从来没有过，我也非常担心呢。"

小山田感到了事情的严重性。好不容易才找到了妻子的奸夫，而这家伙也不知道她的去向，那么妻子究竟到哪儿去了呢？事到这个份儿上，小山田也顾不上生新见的气了。

"你妻子有可能去的地方，你都去打听了吗？"新见一改刚才的口气，很亲切地问道。现在，他们已是同一战壕里的战友，在搜寻着共同的目标。

"你最后一次和我妻子见面是什么时候？"

新见回答的日子，同文枝始终没有回家的那天晚上完全吻合。如果他说的是实话，那她就是在和新见幽会后，在回家的路上失踪的。

"你和我妻子最后一次见面的时候，她有没有什么反常的表现呢？"现在已不是遣责这种伤风败俗行为的时候，事到如今，妻子和新见的最后一次幽会，竟成了寻找她下落的唯一线索了。

"看不出她有什么反常，和往常一样，午夜零点左右我们俩在水明庄见面。第二天凌晨两点左右，我叫了'龟子'公司的出租车，将她送回家的。"

"那辆出租车的司机是……"

"我每次都指名要大须贺司机。不过，我已经核实过了，途中没有发生什么事，司机平安地把她送到了家门口。"

这个情况，小山田也核实清楚了。这样看来，问题就出在文枝从出租汽车上下来到自己家这么一小段路上。直到现在，小山田一直以为是新见把自己的妻子藏了起来，现在既然与他没有什么关系，那么其中肯定有个身份不明的第三者插手了。

这第三者是谁？为什么要把她藏起来呢？

除了自己和她丈夫以外，文枝竟然还有别的地方，与外面断绝一切联系，躲在那里十来天不露面，新见甚感意外，受到很大打击。他本来自信，既然已将这个女人从她丈夫身边偷抢过来，应当说，她是最倾心于自己的了。没想到，她现在还有更倾心的别的男人。

此时此刻，新见的立场和心理十分复杂，一方面他是偷抢人妻的人，另一方面也是自己心爱的女人又被人偷走的人，因此心理完全错位，就好像自己也被戴上了绿帽子。从这个意义上说，他和小山田同属被害人。

小山田也好像多多少少看出了新见那错位的心理，迄今为止一直积压在心中的反感和憎恨减轻了许多。现在他们都意识到，只有互相合作，才能夺回妻子和心爱的女人。

"新见先生，你刚才说了，在我妻子和你失去联系之后，你曾多方寻找过她的下落，是吧！"

小山田这回也改变了说话的口气。这也许是因为对拐走妻子的第三者产生了"同仇敌忾"的心理。

"我已千方百计地进行了寻找。"

"就没发现什么线索吗?"

"很遗憾,什么线索也……"

新见好像没脸见人似的垂下了脑袋。俩人陷入了沉默,这是一种阴沉郁闷的沉默。在沉默中,俩人之间的敌对关系又恢复了,新见依然是夺走小山田妻子的不可饶恕的奸夫。

"不知道这能不能说是线索。"像是要努力打破那郁闷的沉默似的,新见抬起头来说道。

"你找到什么了?"小山田迫不及待地问。看他问话的架势,与其说是关心有无线索,不如说是巴不得从眼前的沉闷气氛中解脱出来。

"你妻子没去卡特莱上班,无故缺勤的第二天,我就到你家附近去过,并在牌坊前拾到了个很怪的东西。"

"什么东西?"

"是个布狗熊,这么大。"新见张开两手比画着布狗熊的大小。

"布狗熊?"

"这东西与你妻子的失踪有没有关系,我也不知道,但觉得它是掉在她下车的地点附近的,就捡回来了。"

"会不会是住在附近的小孩扔掉的呢?"

"也许吧。那布狗熊已经很陈旧了,现在就放在公司的衣帽柜里,我去把它拿来吧。"新见说着,便起身出去了。

这东西很可能是因为不敢拿回家去,所以才放在公司里的。不一会儿,他抱着那个布狗熊进来了。这布狗熊个儿挺大的,大得几乎小孩子都可以骑在上面,但它的确非常旧,背上的天鹅绒已经被磨光了,露出了线底子。它好像是小孩子经常放在身边玩过似的,浑身上下沾满了油垢,油黑发亮。的确,这布狗熊即使被扔掉了,也没有什么好奇怪的。

"你是在牌坊前的哪个地方捡到的?"

"在牌坊前右边柱子的石台阶附近。它掉落在路边的草丛里，不注意看的话，是不容易发现的。"

"你认为，那布狗熊是什么时候被扔在那儿的？"

"不敢断定，不过你已经看到了，它虽然很旧，但不像是个长时间被扔在露天里任凭风吹雨打的东西。如果说它是被扔掉的，那也就是在我捡到的前一两天被扔掉的吧。"

"哦，我明白了，这东西可能是在文枝失踪前后被扔掉的。"小山田瞪大了眼睛。

"是的，当时我也是这么看的，就把它捡回来了。"

"新见先生，这个'狗熊'会不会是那个带走我妻子的家伙留下来的呢？"

"虽不能肯定，但我认为有这种可能。"

"如果是这样的话，为什么要将这玩意儿丢在那儿呢？"

"这我不太清楚，但有可能不是有意丢在那儿的，而是不小心遗忘在那里的。"

"遗忘在那里的，这可能吗？这么大个东西。"

"如果说有人在带你太太走之前，就抱着这个玩意儿，是不可能把它遗忘在那里的，但我刚才突然想起来，如果这个人是把布狗熊装在什么上带来的话，那就……"

"装在什么上？这么说是有人开着车来的喽。"

"在深夜，要把她带到什么地方去，没有车子是不行的吧。也许是为了给你太太腾座位，那家伙就把原来放在座位上的'狗熊'丢到车外去了。"

"新见先生！"一直在细心翻看着布狗熊的小山田，突然惊叫了起来。

"这个'狗熊'的右后腿内侧像是有块新的斑迹。"

新见瞧着小山田手指的地方，说道：

"经你这么一说,还真是块斑迹啊,我倒没发现。"

这个布狗熊,全身上下脏得油黑发亮,到底是污垢还是什么斑迹,不十分明显。

"这不会是血迹吧?"

"你说什么?"新见对小山田的话颇感意外,用惊异的目光看着他。

"不过,光看是弄不清楚的,但如果这是血,而且是人的血的话,那么……"小山田目不转睛地盯着新见,好像是在暗示着什么似的。

"小山田先生,你是不是认为,这就是你太太的血迹?"

新见似乎是明白了小山田那暗示的严重性,表情一下子紧张起来了。

"这会不会是我妻子的血,虽是突然闪过的一个念头,但这念头闪过后,倒越想越觉得是我妻子的血似的。"

"假如这真是直美的血,那么意味着什么呢?"

这时,新见也顾不上文枝在店里化名与否,直呼起"直美"来了。

"新见先生,我想坦率地问你,请老实告诉我,你到底对文枝有多少自信?"

"自信?"这问题问得如此突然,新见一下子没有反应过来。

"就是文枝爱不爱你,你有多少自信?"

"……"

"说心里话吧,现在这个时候,我也顾不上谴责你了。"

"既然这样,我也就实话告诉你吧,她真心爱我,我也绝不是心血来潮,一时冲动。受社会清规戒律的束缚,虽不能结婚,但我们已相互发过誓,要在社会束缚的枷锁中,真诚炽烈地相爱。"

"那文枝不和你打一声招呼,就突然下落不明,杳无音信,这你想到了吗?"

"没有想到啊。所以,这些天来,我担心得觉都没睡好。"

"最后一次幽会时,约好下次见面的时间了吗?"

"约好了。"

"那下一次幽会约的是什么时间？"

"约好三天后，跟往常一样的时间，在水明庄见面。"

"然而，她却失约了，而且突然失去了踪影。因此，她的突然失踪，能不能认为并非是她本人的意志呢？"

"不是她自己的意志？"

"是的，我妻子既然那样地爱你，就不会招呼都不打一声，就弃你而去，女人是绝不会干那种事的。再说了，在此以前你们每天不都是要相互联系的嘛！"

新见被小山田的话完全吸引住了，用一种急于想知道下文的眼神，望着他点了点头，问道：

"你是说，直美是被什么人强行诱拐走的？"

"在现场附近，还留有一只布狗熊，上面沾有像是血样的斑迹。很可能是什么人开车到那儿，在硬把我妻子拉入车里的时候，把这只布狗熊碰到车外去。假如说我妻子就在那时和这只布狗熊换了位置的话，那么，只有在那个时候布狗熊才能沾上我妻子的血。这样看来，我妻子在被拉入车子里去的时候，身上已经在流血了。"

这时，小山田的头脑如此清醒，推理的思路来得如此之快，连他自己都感到吃惊。当然，这种推理是建立在布狗熊身上的斑迹就是文枝的血迹这一假设的基础上的。

"小山田先生，难道你……"新见明白了小山田那可怕推理的意思后，害怕得脸都变形了。

"布狗熊是车拉来的，这可是你先说的呀。的确，如果不开车来，是绝对不会把它遗忘在那儿的。文枝被拉进车后，坐到了原来放布狗熊的位置上，而沾了血迹的那个布狗熊，却被遗弃在那里了。她一天也不想离开你，但从那天晚上起，同你彻底失去了联系。因此，她失踪，肯定是那天晚上突然发生了意外事件。现在我们只能这样认为。"

"小山田先生,你是说直美已经不在人世间了?"

"非常遗憾,但又不得不这么想。没有消息已经十来天了,即使是发生交通事故被送到某家医院,现在也该有消息了。"

"尽管送进了医院,但要是她神志不清,弄不清楚她的身份呢?"

"可根据她随身携带的物品判断,即使带的东西都散失了,也应该有报道的。"

小山田和新见俩人的立场,此时好像完全颠倒过来了。新见像是在挂念着自己的妻子似的,硬是要往乐观的方面去想;而小山田好像是事不关己似的,站在客观的立场上进行分析。小山田已认识到,这就是两个男人现在对文枝的爱所表现出来的态度与实际的位置。

身为丈夫,承认这一点是件非常痛苦的事情,但在同新见交谈的过程中,发现自己不得不予以承认。小山田的那种客观态度,可以说已是他爱情失败的标志,但尽管如此,他寻找妻子下落的热情却没有消失。哪怕找出来的是具尸体,他也要作为已经失去了爱情的遗物,亲手将她埋葬掉。

然而,他们俩现在谁都不愿说破由推测所得出的结论。尽管他们有悲观和乐观两种不同的立场,但都十分担心和害怕这个结论成为事实。

——有人坐在黑乎乎的"凶器"(车子)上,在黑暗中从背后向文枝冲去。文枝毫无防备,遭到突如其来的袭击,立时不支。那人本来并不想伤害她,但由于过失,招致了严重后果。他惊恐万分,但是,当他从短暂的惊慌中清醒过来后,为了逃避罪责,就将文枝带到什么地方去了。当时,文枝已经死了,还是活着,就不得而知了,不过这倒是无关紧要的。这场事故是在夜深人静的情况下发生的,现场没有目击者,只要把被害人藏匿起来,那人就可以逍遥法外了。这虽完全构成了犯罪行为,但连作案地点都搞不清楚。就这样,肇事者把文枝运到某个地方藏了起来。肇事者出现的唯一差错，就是给文枝腾座位时，将布狗熊留在了现场。

这就是他们两个人推理所得出的结论。

"总之，在对布狗熊身上的斑迹进行化验分析前，是不能断定的。"

"交通事故的现场，时间越久，留下来的痕迹也就越少。事情已过去好多天了，在现场寻找证据看来是没有多大希望了，但我还是要尽自己最大的努力，对布狗熊掉落的那一片草地进行搜查。如果能断定布狗熊身上的斑迹就是我妻子的血，那么警察也会出面处理。新见先生，你能助我一臂之力吗？"

"那还用说，只要是我能做到的，一定尽力。朋友当中有专门从事化验的医生，我可以让他化验一下。"

就这样，两个人结成了一种奇妙的"同盟"。共同拥有或相互争夺一个女人的两个男人，现在已经联合起来，向那个夺去了这个女人的第三者宣战了……

也许正因为争夺的激烈，所以使他们结盟的纽带异常的坚固。

第七章 飞车横祸

一

"你想去哪里呀?"朝枝路子盯着被车灯撕裂的黑暗问。

"顺着这条路走到哪儿算哪儿。"郡恭平用一种虚无主义的腔调答道。

"你这种说话的腔调真让人讨厌。"路子像是冷笑了一声。

"我就是这么想的,有什么办法呢?"

这是一个寻常的深夜,马路上几乎见不到一辆汽车的影子。郡恭平的汽车上显示着速度、燃料、油压、水温等各种仪表,宛若飞机驾驶室的仪表盘。速度仪表精确显示汽车正在以时速一百二十公里的状态高速行驶着,仪表盘中央的时钟已过了凌晨两点。

"别开这么快!"

"你害怕了?"

"怕倒不怕,不是高速公路,你开这么快,如果蹿出什么来,刹不住车。"

"就让它蹿出来好了,反正我也不想刹车。"

"你是没事,对方可就糟了。"

"你今天晚上怎么净为他人着想。"

"真无聊。"

"无聊?"

随着郡恭平和路子的聊天,车速慢了下来。本来,在这段路上很难把速度保持在一百公里以上,日本的普通公路还没修到可以飙车的程度。

"什么东西无聊?"恭平反问道。

"什么都无聊。反抗母亲离家出走、跟你驾车乱跑都无聊。"

"你这话才讨人嫌呢!"

"是吗?哎,我说,我们究竟是为什么才生下来的?"

"这谁知道呀,我又没特意去求父母把我生下来。"

"谁也没去求,大家都这么活着,谁对此都没抱什么疑问。"

"我最近猛然想到了一件事:我这种人还是别生出来更好些。"

"别净胡思乱想了。"

恭平从旁边的盒子里抽出一支香烟叼在嘴上,路子边拔出点烟器递过去,边说:"我这个人呀,我妈经常念叨说是一次失误才生下来的,说是他们当时算错了安全期。"

"嘿,这可真没劲。"

恭平用一只手握着方向盘,喷出一口烟。

"没劲吧!我这个人出生本身就挺没劲的,生出来父母都不欢迎,不能跟你这种地道的公子哥相提并论。"

"什么?我是地道的公子哥?真是滑天下之大稽。我老娘踩着我的肩膀成了明星,然后我爸又利用了我老娘的明星声誉,我们全家都是在互相利用。"

"如果能得到幸福的话,这岂不是也挺好?"

"别跟我背歌词啦。我自打生下来起就不知道什么叫幸福。"

"你呀,根本就不知道什么叫真正的不幸,你这叫'饱了蜜不甜'。"

"我的所谓幸福,就是在郊游时得到一张千元的票子。父母认为只要拿钞票装点好孩子的生活环境,就算尽到了父母的责任。我现住的公寓也好,这部车也好,都一样,和那张'郊游用的千元大钞'没什么区别。你说自己是父母一次失误生出来的,而我呢,根本就是不应该生出来。"

"这么说我们是同病相怜喽?"

"是啊,我从不多想,顺父母的心就行。不过我要尽可能地榨取他们的钱财，向他们复仇。"

"那样做能复仇吗？"

"当然可以了。'全国母亲教'的教祖，八杉恭子的儿子是一个毫无出息的'花花公子'，这岂不是一件大丢其脸的事吗？"

"这种事根本就起不了什么作用，因为只有我们几个朋友圈的人才知道你是个'花花公子'。你如果真想复仇，就必须做得漂亮点儿，引起人们的注意。"

"……"

"只要你还在电视里和你母亲表演模范母子的双簧，复仇？门儿都没有。"

"……"

"怎么了？一下子就没词了吧。总之，你干的这点儿事，充其量是公子哥使性子，不过是在父母的手掌心里跳跳而已。车啦，公寓啦，都是你父母的手掌心。不管你跑到哪里，都挣不脱父母的枷锁。你就像是在如来佛手心中翻跟头的孙悟空一样。"

"你骂我是猴子?!"

"和猴子没什么区别。"

"混蛋！"

恰好车子驶上了一条直道。恭平把刚吸了几口的香烟狠狠地戳在烟灰缸里，灼灼发光的眼睛盯着前方。

被路子挑起来的愤懑，转嫁到了控制油门的脚上，刚降到七十公里的速度又冲到了一百公里以上。计速器的指针迅速攀高，由于突然加速，他们的身体被迫后倾，紧紧地靠在了座位上，马达也怪叫起来。

"GT6MK2"摆脱了所有的限制，它的功能发挥到了极限。引擎的声音似是鬣狗的咆哮，排气管的声音似是鬣狗狂奔的脚步声，汽车像一只钢铁做成的鬣狗，开始在公路上疾驰。风声呼啸着，像是嗜血的野兽的吼声。

"慢点儿！慢点儿！"路子喊道，恭平装作没听见，她的声音仿佛被引擎声吞没了。

"你开这么快干什么？"路子接着喊道。恭平毫不理会，继续加速。随着速度加快，视野变窄了。突然间，似乎有个黑色的东西正在前方横穿而过。

恭平慌忙踩下刹车，因为用力过猛，受到强力制动的车体发出了刺耳的声音，像在用全身抗议那强制性的刹车。路面与轮胎啮合在一起，冒出的白烟在黑暗中看得一清二楚。

车的重心移到了前轮，变轻了的后轮被制动一下子"抱"死了。前重后轻的汽车尾部一下子被甩到了左边，车体立刻旋转起来。恭平根本无暇想到先松一下制动再重新刹车。失去控制的汽车像在冰上滑行一样，被推进了充满死亡的黑暗中。

在剧烈的移动中，汽车的四个车轮几乎要四分五裂。在汽车摩擦的"尖叫"声中，还夹杂着人的惨叫声。

二

汽车打了五六个转后，终于停了下来。两个人在停住的车里好半天不能动弹，心脏似乎在恐怖的强烈压迫下紧缩作一团，好久不能跳动。

最先恢复神志的是路子。

"哎，撞着什么东西了？"她问，但恭平仍是一副魂不附体的样子。

"喂，振作点儿，刹车之前是不是有个黑色的东西从前面擦过去了？我觉得确实是撞到了什么东西。"

"撞到……"恭平好容易才说出一句话。

"你在说什么呢，不是你开的车吗？赶紧看看去吧。"

在路子的催促下，恭平慢吞吞地开始挪动身体。由于撞击，可能车身扭曲了，司机一侧的门打不开。

"从这边下。"

抢先下车的路子招呼他。恭平艰难地通过助手席，爬出了车外。汽车前部的保险杠和散热器格子窗有些变形，显然这是撞到了什么东西留下的痕迹。在那么快的速度下，撞到什么东西情况都会很严重。

如果撞到的是猫狗之类的倒没什么，但如果是人……恭平感到不寒而栗，一种与刚才在汽车里旋转时不大一样的恐惧透彻心底。

"哎，这是什么？"在汽车后方巡视的路子叫了起来。接着她又补了一句令人毛骨悚然的话："是人！撞了人了！"恭平醒悟到已经陷入了自己所预想的最坏的状态中了。他跑过去一看，只见在离路牙子不远的草丛中，有个人像一堆黑色的破布似的堆在那里。

"是个女的。"

恭平借着远方的微光凝神一看，只见那堆破布就像一只降落伞，两条白色的腿扭在了一起，从里面伸出来，是个年轻的女人。

"伤得很重，头发好像都浸在血里了。"路子的声音中带着颤音。

"还活着。"恭平发现这个人虽已呼吸微弱，却还活着。不，更确切地说，是还没死。

"那赶紧送医院吧。"

"叫救护车也找不着电话啊！"

荒野的尽头零星地点缀着几处灯光。这是一个偏僻的地方，见不到来往的车辆。

"哎，这可怎么办才好！"

路子完全是一副不知所措的样子。恭平抱起了受伤的人。

"喂，你到底想怎么办？"

"先送医院再说吧。你抬脚！"

两个人把受伤的人抬到了汽车后座上。

"不赶快送医院,她会死的。"

但是即使送到医院也不能保证救活她,而且就受害人的状况来看,即使保住了命也不知身体能不能完全康复。

不管怎么样,恭平应负重大的责任。飞车轧了人,而且是半夜里带着个女人飙车,这种人身事故的责任是无法搪塞过去的。

恭平把车朝灯火密集的方向开去,感到自己所面对的事态极为严重。

"她死了!"路子惊叫了一声,她一直在观察后座上的情况。

"你说什么?"

"她,没气儿了。"

"真的吗?"

"真的,你自己看吧。"

恭平停下车来,把脸凑近浸在血泊里的被害人,察看着。

"是死了吧?"

恭平茫然地点了点头,他彻底绝望了。

"我们不去医院,去警察局吧。"

路子像说胡话似的嘟囔着。恭平像是被这话惊醒了似的,马上回到司机座,猛地发动了汽车,轮胎发出刺耳的声音,飞速地旋转起来。

"你想去哪里?"

路子吃了一惊,因为车子与灯火密集的方向背道而驰。恭平也不答话,向着黑暗疾驶。

"那边有警察吗?"

"你到底想干什么?"

"说话呀!"

恭平用一种疯狂的眼神盯着前方,只顾一个劲儿地开车。路子有一种不祥的预感。

"你,难道……"路子不敢说出自己的预感。

"你给我闭嘴,老老实实跟我走!"恭平终于开口了。

"你别想邪门歪道了,逃不掉的。"

"不试一下怎么知道。"

"这么说你真想逃掉?"

"现场任何人都没有,我们只要把尸体藏起来就行了。"

"别说了,太可怕了。现在去投案,罪还轻;但轧死了人把尸体藏起来的话,那可就是杀人了。"

"是杀人又能怎么样呢?只要不被发现就行了。我们把尸体藏到一个别人绝对发现不了的地方。"

"那根本不可能。赶紧掉头回去吧。"

"真烦人,深更半夜一个年轻女人转来转去准没好事。是她自己硬要撞上来的,却要我来承担这份责任,我可不干。"

"你疯了。"

"现在已经走不了回头路了!就连你,也是个同犯!"

"你说我?是个同犯?"

"是的,坐在同一辆车上,保不准还是你开的车呢。"

"你这是什么意思?"

"也就是说,没人看见是谁开的车。"

"卑鄙!"

"我也不想成为那么卑鄙的人,所以你还是闭上嘴跟我走吧。"

"同犯"一词吓住了路子,使她放弃了抵抗。越来越浓的黑暗遮住了他们的前方,就像是走近了一座山,或是什么东西的巨大的影子逼压在他们前进的路上。

三

一时的不慎,导致了一起无法补救的事故。对郡恭平和朝枝路子来说，在这次事故之后，魔鬼的陷阱就打开了它那深不可测的黑暗之口。

在事故发生时，如果他们尽全力救护被害人的话，那这仅仅是一场行车事故。

撞伤对方，甚至撞死了对方，说到底还是过失，过失犯与故意犯之间有着本质的差别。

但恭平的自卫本能却把他引向了错误的方向。在确认被害人死亡之后，他背离灯火密集的地方，把车向着黑暗开去。路子的制止和劝告被当作了耳旁风，他只是一味地向黑暗浓重的方向猛开。

这个方向像是暗示了他今后的人生。深夜、没有目击者，这些都加速了他陷入魔鬼的陷阱。

他们像蟑螂一样躲避着光，把车开向了深山。在远离山村的森林中掩埋被害人的尸体时，两个人都醒悟到自己已经陷入了无法逃脱的黑暗的深渊。

路子意识到自己无法改变恭平的决定，开始帮着恭平隐藏尸体。他们在奥多摩山区阴暗的树林中，用修理汽车的工具挖土，这是一件艰苦的工作。但是开弓没有回头箭，既然已经落入地狱，就起码要保证在地狱里的安全。

坑必须挖得很深才能防止被野兽、野狗扒出来。他们不敢开灯，只能借着从树梢透过来的一点儿微弱的星光挖土。他们所犯的罪行以及绝望的程度，也随着坑的深度的增加而深到了顶点。

好不容易掩埋完毕时，天色已近拂晓，东方的朝霞即将喷薄而出，这对他们来说是一个危险的信号，他们必须尽快离开这个地方。这里虽是远离村庄的山地，但也难以保证没人进来。

尽管他们知道存在危险，但完工后已经累得精疲力竭，半天动弹不了。恭平好不容易清醒过来，便急迫地向路子寻欢，路子也没有拒绝。

他们在刚刚掩埋了尸体的土地上疯狂地贪欢，当俩人合二为一时，他们全身心地感到他们真正成为了"共犯"。

两个人确认了对方的肉体，就像是确认了在今后的逃亡生活中，只有对方才是自己的同党。

事件一点儿也没被报道，发生在黑暗中，又被埋没在了黑暗中。他们俩被受害人的死亡吓得魂不附体，连死者的身份都没弄清楚，死者随身携带的东西就一起被掩埋了。因此他们俩并不知道被害人是谁，只知道是一个女招待打扮的年轻女人。由于猛烈的撞击，尸体伤得惨不忍睹，他们连她的脸都没好好看一下。

"因为现在不知去向的人很多，也许突然不见个把人，不会引起什么大惊小怪。"

胆战心惊的恭平看到接连几天报纸上都没有什么消息，多少有些放心了。

"说不定她的家人正在打听她的下落呢。"路子像是在警告他不能过早地放松警惕。

"说不定她连家属都没有，单身住在公寓里呢！"

"这只不过是我们的愿望。只要没发现尸体，仅仅是家属向警察提出寻人申请，是不会上报纸的。但我们应该想到，在这期间，她的家属正在追查我们的行踪。"

"外行人即使追查过来了又能怎么样呢？况且警察又不是仅接到一张寻人申请就会出动的，谁也不会知道是我们干的。这期间尸体就会在地下变成白骨了，所以没必要那么提心吊胆的。"

恭平的胆子逐渐大了起来。那辆车子性能还挺好，只受了一点儿损伤，自己虽然也很舍不得，但为了安全起见，他还是听从路子的劝告，把汽车拆成一个一个的零件，弄成了废车。他打算把汽车拆掉后，把引擎和其他车的零件安装起来，拼成一部"合成车"，如此一来，便无任何痕迹了。

在最初的不安和紧张刚刚有所缓和时,路子想起了一件令他们胆战心惊的"遗失物"。

"我说恭平,最近好像一直没看见那只狗熊。"

"狗熊?"

"就是你的那只用布缝制的'宠物'狗熊呀,你不是走到哪儿都带着的吗?你到底把它弄到哪儿去了?"

"经你这么一说,最近还真没看见过它。"

恭平的表情说明他也刚刚注意到这件事。这些天因为犯了罪的意识和紧张的心理,他已经无暇理会什么宠物了。

"你最后一次看见它是在什么时候?"路子随口问了一句,但表情却变得僵硬起来。

"哎,那天晚上你是不是把布狗熊带在车上了?"

"那天晚上"自然指的是发生车祸的那天夜里。

"难道……"恭平的脸上马上流露出不安的神色。

"别什么难道不难道了。你好好回忆一下,那天晚上你到底带没带那只布狗熊?"

"我想……可能没带,不过……"

"什么可能,你整天像抱着个祖宗似的抱着那只布狗熊走来走去,我记得那天好像在车里见到过。"

"如果那狗熊丢了的话……"

"现在不是你慢悠悠地编故事的时候,车中的东西如果不见了,那肯定是掉在哪里了。"

"你是说,把布狗熊掉在了那里?"

"有这个可能性。因为那天晚上途中停车下来的,只有那两个地方。"

"两个地方?"

"撞人的地方和埋人的地方。不管掉在哪个地方，都是留下了一个关键的证据。"

"不过，也可能是在那天晚上前后丢的。"恭平总是想得乐观些。

"这么说，也还是等于说可能是在那天晚上呀。"

此时，两个人都已变得脸色苍白，刚刚淡去的恐惧心理又重新攫住了他们的心。

"怎么办？"恭平颤抖的声音里带着哭腔。

倒是路子更冷静些："说不定布狗熊还留在现场呢。"

"现在去找回来的话，有没有危险？"

"当然有危险。不过，这件事现在还没有上报纸，从这一点来看，我想还没有人怀疑那个女的被车轧死了，更何况肇事现场又不会有人知道。撞人的地方紧靠路肩，那个女的又是倒在草丛里，即使流点儿血也会被泥吸收了。咱们的汽车很结实，只不过车身凹下去一点儿而已，玻璃又没碎，几乎不会留下什么痕迹，所以我想不动声色地去那个地方看看。你呢，就装作旅行的样子到埋尸体的地方找找看，只要尸体还没被发现，我们就没事。不过只要那里有一点儿危险的迹象，你就千万别靠近。"

"我一个人能行吗？"恭平心虚地问。

"你在说什么呢，这还不都是你种下的祸根！一个人去比两个人去更不引人注意。"

"我记不清那个地方了。"

"你可真是个孩子，真拿你没办法。还是我跟你一块儿去吧。你如果办事漂亮，也不用冒这么大的险了。"

"对不起。"

现在路子已经完全掌握了主动权，恭平只不过是受她意志支配的傀儡而已。

不过，他们的搜索一无所获，没有找到布狗熊。

"这么说来，还是掉在了其他地方。"恭平马上又乐观起来。

"你别高兴得太早，说不定在我们去找之前，有人已经把它捡走了。"

"那么脏的一个布玩具，谁会去捡！"

"你可真不动脑子，追查我们的人就不会捡了？"

"你净吓唬自己，都被吓破胆了。我们从最坏的角度想一下：就算那只布狗熊落到追查的人手里，又怎么能知道那是我的东西呢？布狗熊身上又没写我的名字，没什么能证明我和那只熊有联系。况且即使布狗熊掉在了现场，也不能说它就和这事有关系，那种破烂，随便扔在哪儿都没什么可奇怪的。"

"你真天真。"路子挖苦他说。

"什么，你说我天真？！"恭平勃然大怒。

"是的，你不是曾经亲口说那只布狗熊是你母亲的代用品吗？都这么大的人了，还像个小孩儿似的，抱着个布狗熊四处跑，当然就会有很多人知道那只布狗熊是你的喽。如果那只布狗熊作为证据摆在你面前，我看你还怎么抵赖。"

"同样的布狗熊多啦！"恭平虽然还嘴硬，但已显得底气不足了。

"不管怎么说，东西丢了也没办法。不过今后绝不能再大意了，我们要随时随地警惕那些追查我们的人。"路子严厉地叮嘱道。

第八章　往事之桥

一

约翰尼·霍华德遇害案件的搜查工作陷入了僵局。纽约警方提供的关键词"奇司米",一直没弄明白是什么意思。

案件发生后,为期二十天的"初步搜查"很快就过去了,在这期间,休息日全部搭了进去,腿都跑断了,却还是一无所获。所有的假定都被排除了,案情显得扑朔迷离。

"妈的,该死的美国佬,他们国家的人被杀了,却又弄了个什么'奇司米'来耍弄咱们。"

刑警横渡破口大骂,猴子似的脸越发涨红。可能在他看来,一个洋鬼子不远万里跑到日本来寻死,纯属找麻烦。

"世界上有的是可以死的地方,非要跑到这么狭窄的国家来死!每天那么多案件,已经忙得我们团团转了,哪有时间再去管这些洋人们的闲事!"

河西刑警慢条斯理地反驳说:"不过,老外也不想被杀嘛。"他是搜查一课的刑警,却更像一个银行职员,在衣着随便的办公室里,他连夏天都规规矩矩地穿着西装,甚至系着下摆上的扣子。这种过分的讲究反而使他显得像个乡巴佬。

"我就看不惯,我见了那些老外就烦,特别是美国和欧洲来的那帮家伙。日本生活水平已经超过他们了,可他们却还要摆出一副发达国家的派头。那些连本国的纽约、巴黎都不知道的外国乡巴佬,猛一下子来到东京,看花了眼,却还要拼命地虚张声势,硬撑出发达国家的架子来。"

"横渡！"

"日本人在纽约遇害的时候，他们也没这样郑重其事地搜查过吧。日本人一见外国人就满脸堆出奴才相，所以才会被人看不起。"

搜查陷入僵局，使人无名火直往上冒，那须班的人都相视苦笑。

不管横渡怎么破口大骂，搜查仍是毫无进展。初期搜查的锐气已经被疲劳所压倒，搜查本部里的空气显得极为沉闷。

这时，一位名叫野野山高吉的男子来到搜查总部，他是"共荣交通"出租公司的一名司机，公司的总部设在中野区。

栋居刑警当时正好在场，他接待了野野山高吉。

"本应该早些来报案的，但是不巧我正好回了趟老家，也没能读到报纸。"

野野山是个五十岁左右的男子，看上去老实巴交，从一开始就显得非常惶恐。

"报案？报什么案？"栋居问，同时他心里产生了某种预感。搜查本部也收集到了一些五花八门的情况，但大都是道听途说来的。

野野山的来访，使栋居有一种大鱼咬钩般的感觉。

"是这样的，九月十三号我从羽田机场送一位客人到东京商务饭店，他很像是在皇家饭店遇害的那个黑人。"

野野山的话使栋居全身的肌肉都紧绷起来。

"你没弄错吧。"

"我想大概没错吧。黑人的脸虽然看上去都差不多，但是那人的肤色却不那么黑，感觉有点儿像东洋人。"

"你为什么不早报告呢？"

"因为我回了趟老家。我好长时间没回去了，攒了几天假，好容易才向公司请下假来。"

"那你现在为什么来报告了呢？"

"我在公司的食堂里偶然翻了一下旧报纸的装订本，看到报上的那张照片非常像我送过的那位客人。"

"你来得太及时了，我们也找过你呢！"

"是吗，那实在是太不好意思了。"

"不，太感谢你了。不过，我还想打听一下，是你带他去新宿的那家饭店，还是他自己要求去那家饭店的？"

"是那位客人吩咐去的。"

"这么说他原来就知道那家饭店喽？"

"可能是。不过他好像只知道那家饭店的名字，看样子像是头一回去。"

"他没说是怎么知道那家饭店的名字的吗？"

"没有，他不爱说话，几乎就没开过口。"

"他是用英语说去东京商务饭店的吗？"

"不，他是用结结巴巴的日语说的。他好像懂一点儿日语，下车的时候还用日语说过'谢谢，零钱不用找了'。"

"此外再没说过别的吗？"

"没有，除了上车和下车时，他一直都是一言不发，让人觉得他比较忧郁。"

"你还注意到什么其他的情况吗？"

"其他没有什么了。"

野野山知道的似乎只有这些了。不管怎样，通过他提供的情况，总算弄明白了约翰尼·霍华德一开始就要去东京商务饭店。但在此前的搜查中，丝毫没有发现这家饭店里有谁和约翰尼有什么联系。

约翰尼是在哪里知道有这家商务饭店的呢？如果说他在某处偶然知道了这个饭店的名字并且奉若神明，尽管初次游历这个陌生的国度，可他还是一心直奔他所知道的"唯一的饭店"，这么假定是不是有些单纯呢?

目前还不能下结论。栋居道过谢后,正想把他打发走,这时野野山怯生生地把一件东西递到栋居面前,好像是本书。

"这是什么东西?"栋居边瞄着书,边审视着他。

"这是掉在车上的东西。"

"你是说这是约翰尼·霍华德掉的吗?"

"不,我不清楚这是不是那位客人的东西。这本书滑到了座位与靠背的夹缝中,是他之后的第三位或第四位乘客发现的。"

这本书已经破旧不堪,封面都被磨破了,陈年老灰使得书名都无法辨认了。虽说这是本精装书,但装订粗糙,线都开了。因为破损得厉害,拿在手里稍不注意就会散架。

既然这本书是约翰尼·霍华德下车之后的第三位或第四位乘客发现的,那就难以辨别这本书是不是他的了,说不定是那位发现者的前一个人落下的。书滑进了座位和靠背之间,因此还有可能是约翰尼上车之前的许多位乘客之中的一位落下的。

这时,栋居从书的陈旧程度联想到了在清水谷公园里发现的那顶旧麦秸草帽。那顶草帽和这本书一样,也很破旧,帽圈破得七零八落,帽顶还破了一个洞,麦秸褪了色,像旧纤维一样,拿在手里让人感觉很不踏实,似乎马上就能变成一堆灰。

草帽的陈旧程度恰好和这本书的陈旧程度差不多,栋居注意到了这种"相似的陈旧"。

"你每天都检查座位和靠背间的缝隙吗?"

"我每天拉完客人后,都要检查的。因为遗失的东西和从客人口袋里掉出来的小东西,基本上都会滑到那里边去。"

"在前一天的检查中,什么都没发现吗?"

"我们出车早班、晚班隔天轮一次,要是乘客有什么东西落下了,前一班的司机会移交给我的。为了慎重起见,我在出车前也要检查一遍,但是那天却什么也没发现。"

这么一来,就可以肯定这本书是在约翰尼坐野野山的出租车那天掉在车上的。

"遗失了这么久的东西,为什么现在还在你手里呢?"

"啊,说起来可真是不好意思。除了贵重物品以外,失物每周都要集中一次送到当地的警察局去。不过像食物啦等等一些不太值钱的东西,我们就酌情处理了,因为那些东西警察也不会去理会。"

如果严格地履行遗失物法的规定,把所有的遗失物都上交的话,警察也难办。根据遗失物法的规定,车、船、建筑物等的主人可以代替警察局保管遗失物,但像食品等不值钱的东西,可以由负责人酌情处分。

"那这本书呢?"

"我翻了翻,觉得挺有意思,带回家后就忘了。绝不是……成心的。"

野野山像是害怕被追究他的私吞罪,栋居苦笑了一下。

"好像是诗集嘛。"栋居像摆弄宝贝儿似的翻了一页。

"是西条八十的诗集。"

"西条八十?就是那位作词家吗?"在栋居的印象里,他是一位流行歌曲的作词家。

"西条八十以歌词作家而闻名,同时他还是一位出色的诗人,其充满浪漫幻想的诗风无人能步其后尘。早在早稻田的学生时代他就和日夏耿之介等一起创办了《同人》杂志,后留学法国,和耶茨、马尔德尔赫克一道发表过许多优秀的儿歌诗,与北原白秋齐名。我很喜欢他那种细腻、甜蜜的感伤情调。"

野野山没想到在这个地方卖弄了一下他的文学造诣。他是西条八十的崇拜者,所以才把诗集带回了家。正因为是崇拜者,那本诗集对他而言是很有价值的,所以他怕被追究"占有离脱物私吞罪"。

如果说这本书是约翰尼·霍华德遗失的,那么他又为什么会有日本诗人的诗集呢?栋居觉得这是个新的谜。

这本诗集是战后不久出版的,已经过了二十多年了,自然就比较破旧。书上没写主人的姓名。

不管怎样,《西条八十诗集》有可能是约翰尼遗失的,只要有这个可能性,这就是一份不容忽视的证据材料。

栋居收下了诗集。

二

栋居对小说和诗集之类的东西没多大兴趣,简直可以说是毫无兴趣。他认为这些只不过是想象力丰富的人玩弄文字游戏而建立起来的虚构的世界。他在现实社会中同凶恶的罪犯斗智斗勇,根本无暇理会那些虚构的东西。

栋居偶然从野野山那里搞到了这本《西条八十诗集》,就想调查一下这个诗人。警视厅的图书室里有按学科分类的百科事典,他抽出其中的文学部分,查到了"西条八十"这一条目。那上面介绍说:

西条八十(一八九二——一九七〇),诗人。生于东京牛込。经早稻田中学、正则英语学校,进入早稻田大学英文系、东京大学国文系学习。在早稻田中学时期受其英语教师吉江乔松的文学熏陶,一生从事文学创作。一九一九年(大正八年)他发表了处女诗集《砂金》,以其充满幻想、洗练的文字和甜美的感伤受到好评。一九二一年任早稻田大学讲师,出版了翻译诗集《白孔雀》(一九二〇年)和诗集《素不相识的爱人》《蜡偶》(一九二二年)。一九二三年留学巴黎大学,致力于研究十六世纪以后的法国诗歌。在法国,他成为马拉尔梅会员,与巴莱拉一同游学。回国后任早稻田大学教授，成为抽象诗派的旗手。他在出版《西条八十诗集》（一九二七年）、《优美的丧失》（一九二九年）、《黄金之馆》（一九四四年）等的同时，还主持了《诗王》《白孔雀》《蜡偶》《诗韵》等刊物的编辑工作，培养了众多的诗人。他在《红鸟》的儿歌诗运动中起到了核心作用，著有《西条八十童谣全集》（一九二四年）。他还为六千首歌曲作过词，成为演艺界作词的泰斗。第二次世界大战后，除诗集《一把玻璃》外，还出版了《尼古拉·兰波之研究》等。一九六一年成为艺术院会员。——摘自分类日本《文学》杂志。

"西条八十……约翰尼·霍华德……"

栋居把视线从百科事典上移开，眼睛看向屋顶。这位生于日本的杰出抒情诗人和来自纽约贫民窟的黑人青年之间到底有什么关系？

栋居开始一页页仔细地翻阅刚才一目十行看过去的诗集，还是不能肯定这本诗集是约翰尼带来的。但是栋居似乎有这样一种预感。

诗集是昭和二十二年（一九四七年）出版的，这家出版社也早已不存在了。昭和二十二年距现在有二十多个年头了，这与在约翰尼被刺的公园中发现的麦秸草帽的陈旧程度是相同的。

约翰尼·霍华德——麦秸草帽——西条八十，连接这三者的桥梁是什么呢？或许正隐藏在诗集里。

栋居打算发现这座桥后，再把诗集提交到搜查会议上。

栋居小心翼翼地翻看着。这是战后大量生产出来的劣质的"战祸纸"，再加上天长日久，如果不仔细翻的话，装订线就会散了。

剩下的页数越来越少，栋居眼中失望的神色越来越重。仔细地看了这么长时间，还是没发现"桥"的线索。

诗集难道真是不相干的客人落下的吗？

书被一页页地翻过,栋居感到越来越失望。剩下的页数已寥寥无几,书页翻完,也就该绝望了。

翻到最后几页时,栋居眼前猛然一亮,翻书的手定在了空中。那些字刚一映入眼帘,栋居就感到眼前似乎闪过一道光芒。

妈妈,您可曾记得我的那顶草帽?
就是夏日里的那顶草帽,
在从碓冰去雾积的路上,随风飘进了路边的溪谷。

"就是它了!"

栋居不禁叫了起来。草帽出现在《西条八十诗集》中,栋居不由自主地兴奋得浑身发抖。

诗中继续写道:

妈妈,我喜欢那草帽,
一阵清风却把它吹跑,
您可知那时那刻我是多么惋惜。

妈妈,那时对面来了位年轻的采药郎中,
打着玄青的绑腿和手背套。
他不辞劳苦帮我找,
无奈谷深草高,
他也无法拿到。

妈妈,您是否真的记得那顶草帽?
那路边盛开的野百合,

· 146 ·

想必早该枯萎。
当秋天的灰雾把山冈笼罩，
草帽下是否每晚都有蟋蟀歌唱？

妈妈，我想今宵肯定会像这儿一样，
那条幽谷也飞雪飘摇，
我那顶闪亮的意大利草帽，
和我写在背面的名字，
将要静静地、凄凉地被积雪埋掉……

栋居反复地吟诵了几遍这首颇长的诗，最初的兴奋平静下来后，终于发现了这座"桥"的喜悦又漾上心头。读诗的感动给这种喜悦推波助澜。

本来对诗毫无兴趣的栋居，这回却深切地体验到了诗中夏天到溪谷旅行的母子俩寄托在草帽上的情感。

幼年便被母亲抛弃的栋居，深深地被那怀念同母亲一起度过旅行时光的诗歌打动了。作者写这首诗时，可能已和母亲分别，那顶草帽是那位母亲给儿子买的吧？

栋居眼前浮现出一幅图画：在一个凉爽的夏日，一对母子在被绿荫遮盖的溪谷中，手拉手走在路上。母亲年轻漂亮，孩子还小，盛夏中午的溪谷，幽静、清凉。

栋居简直也想去那条山谷看看了。

——雾积温泉，在哪儿呢？从诗里提到的碓冰来看，是不是在群马和长野两县的交界处呢？

栋居正在漫无边际地想象着那陌生的山谷，猛然想到了某种相似，一下子呆住了。

"基利斯米……"

约翰尼·霍华德动身前曾说要到日本的"奇司米","奇司米"和"基利斯米"的发音有些相似。

听到他说"奇司米"的是美国人，会不会是他把"基利斯米"听错了呢？

"草帽和雾积"，《西条八十诗集》中有与约翰尼有密切关系的两种东西！栋居站起身来，觉得应当把自己的发现提到搜查会议上。

栋居的发现使搜查本部的人兴奋起来。大家对于"草帽"都没有什么异议，但对"奇司米"是"基利斯米"的误听这一说法，却都有不同意见，认为有些勉强。

栋居作为发现者坚持自己的主张："我认为这不是牵强附会。以前不是也有个出租车司机把约翰尼·霍华德说的'斯托罗-哈特'误听为'斯托哈'了吗？这两个人都漏听了'r'音。我认为这说明霍华德有个弱化'r'音的发音习惯。"

但是谁也没听过生前的约翰尼讲话。

在纽约的市井中，据说也有类似于东京人的京腔那样独特的方言和腔调，说不定就有这种省略掉"r"的说法。

但不巧的是，搜查本部中找不出精通英语的人，对于这种和标准英语极为不同的独特的美国俚语更是一窍不通。

"光凭我们这些门外汉瞎猜是不行的，还是去请教一下专家吧。"那须警部马上提出了一个稳妥的调停意见。

于是大家决定向东京外国语大学的美国英语语音学权威宫武敏之教授求教。

"美国英语从总体而言，由于其国土辽阔，因地区和阶层的不同而使用的词汇和发音差别很大。按地区大致可分为三种：标准美语、东部美语和南部美语。纽约地区虽属标准美语区，但还掺杂了不少东部美语。

再加上它是一个被称为'人种大杂烩'的混居城市，由世界各地移来的居民，都讲着带乡音的英语，所以发音五花八门。你所问的'r'音的省略，也就是 kirizumi 中的'r'和 stra what 中的'r'省略不发，这种情况在美语语音学上还没见过。"

"没有啊。"

作为新突破口的发现者，奉命前来求教的栋居，脸上露出失望的神色。

"不过有时一个音会受下面的音的影响而脱落不发。这种情况既有可能是一个单词，也有可能在同一段落中相邻的两个单词间发生。比方说：像 asked 和 stoppd 这样有爆破音和摩擦音的时候，'k'和'p'音就会脱落。再就是有鼻音和重复音时也会脱落，但是没有你所打听的这种情况。"

"没有吗？"

栋居感到越来越丧气，自己费了那么大的劲才想到的这个突破口又要搁浅，他觉得几乎无法承受这失望的打击。

"本来美式英语中的'r'音是发得比较重的音，甚至经常影响到其他的音，有时根本没有'r'音素却还要在与以母音开头的下一个词中间，加进一个'r'音。比方说表示'看见它了'的'sawit'、'他和我'的'he and me'听起来却是'sawrit'和'her and me'。当然，这是不规范发音。"没有"r"音却会听出"r"音来，这与栋居打听的正好相反。难道说把"奇司米"和"基利斯米"联系起来真的是牵强附会？

栋居一副垂头丧气的样子。

"但这也并不是说完全没有省略'r'音的可能性。"教授像是要安慰他似的，接着说道。

"啊，有这种情况吗？"栋居马上又面露喜色，心里暗想：既然有，为什么不早说？

· 149 ·

"但在学术上尚未得到认可。"

"不,管它什么学术不学术的,只要能确定现实中有这种发音方法就行。"

"你不是为了听我这个学者的意见才来的吗?"宫武教授似乎对栋居轻视学术的说法有些不满。

栋居赶紧打圆场说:"啊,对、对,您说的一点儿没错。我是说……也就是说,我是来向您这位专家请教一下:学术上虽未承认,但实际上有没有这种发音。"

他唯恐因为自己轻率的言谈,失掉教授的协助。

"英语是美语的母语,它除了地区差异之外,阶层之间的差异也是纷繁复杂的。我们在学校里学的英语是知识分子阶层的标准英语,在学校里学英语的人,根本就听不懂伦敦方言和美国俚语。尤其是在纽约的市井中,从爱尔兰、意大利、西班牙、波多黎各及美国南部来的黑人等,各自群居在一起,说的话就像一个语言大杂烩。当然,英语受各国语言的影响发生变化,有时会产生像日语的东京腔那样大胆的省略。尤其是西班牙语系出身的人,他们有把'r'音发成颤音的特点,他们中的有些人为了隐瞒自己的西班牙裔身份,有意识地弱化'r'音或把它省略掉,这就像是人意识到了自己的毛病时,往往会矫枉过正。"

"如此一来,这些人就会把'斯托罗-哈特'说成'斯托哈',把'基利斯米'说成'奇司米'。"栋居不由自主地叫了起来,因为约翰尼·霍华德正是住在西班牙裔聚居的贫民区——东哈雷姆区。

"有这个可能性。"

教授点了点头。看来,那个美国人极有可能是把"基利斯米"听成了"奇司米"。搜查本部由此终于找到了"雾积"这个新线索。

约翰尼来日本的目的地很可能是雾积。不管怎样,这是一个搜查本部绝不能忽视的新的突破点,解开约翰尼·霍华德遇害之谜的钥匙肯定就在雾积。"

栋居草草地谢过了教授，就告辞了。

三

几乎在搜查本部找到目标的同时，纽约市警方传来了新的情报。

约翰尼的父亲威尔逊·霍华德自己撞死在有钱人的汽车下，换来的赔偿费，很可能是用作了约翰尼来日本的路费。也就是说，做父亲的豁出自己的老命，给儿子换了一笔路费。

"都做到了这个份儿上，究竟是为什么非把约翰尼送到日本来呢？"

父子两个都死了，不可能向他们本人打听了。约翰尼来日本似乎有一个迫切的目的，到雾积打探一下，说不定就会搞清楚。搜查本部里沉闷已久的空气重新活跃起来。

雾积温泉位于群马、长野两县交界处的碓冰岭中，是一个带有山野风光的山谷温泉，行政上属于群马县松井町。

交通公司印制的导游图上简单地写着：雾积河位于海拔一千零八十米的高处，比轻井泽山还要高出二百一十米，它的上游从碓冰岭后绕过。这里山清水秀，秋季，附近山上的枫叶美丽，适于野营，离温泉步行一个半小时路程的鼻曲山的红叶之美尤为动人。

这里的温泉是石膏性苦味泉，对外伤、动脉硬化、神经痛、妇科病和胃肠病等都有疗效。去那里要先从信越县的横川坐汽车，然后步行九公里，大约花三个小时的时间。

"要走三个多小时啊！"

"都这年头了，还有那样的深山温泉啊！"

刑警们惊讶地面面相觑。在雾积有两家旅馆，事先打电话一联系，老字号的"金汤馆"马上就表示欢迎。

西条八十的《草帽诗》是作者生前为纪念在雾积游玩而作的，据说"金汤馆"还把这首诗印在了为住宿的旅客和过路的游客所准备的盒饭的包装纸上。

约翰尼·霍华德很有可能和"金汤馆"有联系，栋居和横渡奉命出差前往。

另一方面，小山田发现的"布熊身上的斑迹"的化验结果也出来了。"斑迹"是人血，现已判定是 ABO 血型中的 AB 型或 MN 型中的 M 型，与文枝的血型相符。

他们的推测不幸中的。小山田把自己收集的情况提交给了警察，警察根据他们这些详尽的资料，认为不能以单纯的寻找离家出走来办理。

在发现布熊的牌坊前，专家又进行了仔细的搜索。但是由于犯罪的时间离现在太远了，作案痕迹已经不见了，根本就找不到有价值的线索。

第九章　夜宿深山

一

　　栋居和横渡从上野乘上信越线的列车，下午一点钟左右到了横川车站。现在虽然已过了赏枫叶的最佳时期，但周围山上的残叶依然很美。从这里去雾积先得乘车去"六角"，然后再走一公里的山路，或是由横川步行过去，不论哪条路都得从六角步行一公里。

　　出了站，却看不到等候拉客的出租车。车站前像条窄窄巴巴的胡同，一点儿也没有乡村车站应有的那种开阔。这里家家户户的屋顶上都竖着电视天线，这竟成为了这个乡村小镇独特的景色。

　　车站前仅存的一处空地，也被停在那里的一堆汽车塞得满满的，越发显得憋气。

　　但是，就是在那一堆车中，也还是没有出租车。因为不是节假日，所以下车的只有他们和几个当地人。他们在附近找到一个出租汽车办事处，却原来只有一辆车，而且不巧去了生憎、高崎。

　　他们打听出步行去雾积要花四个小时。

　　"你们是去雾积的啊！要是给旅馆打电话，他们会派小巴士来接你们的。"

　　办事处的一个男人不仅热心地告诉他们，还帮他们打了个电话。

　　"先生们，你们运气真不错。他们的小巴士正好拉一批返回的客人下山，再过十分钟左右就到这儿了。"

　　两个刑警听办事处的人这么说，都放下心来，要不然的话得走四个小时的山路，真叫人受不了。

没过多久，来了一辆写有"雾积温泉"字样的小巴士，车上下来几名青年男女。

司机是个中年人，看到他们俩后，就招呼他们说："请问，是东京来的横渡和栋居先生吗？"

俩人点了点头。

"东京方面已经和我们联系过了，我是来接你们的。来，请上车吧！"他一边说着，一边接过俩人拎在手里的小提包。

"东西很轻，我们自己拿好了。"

横渡觉得很不好意思。在从搜查本部出发前，那须警部说过"车子会到车站来接的"，看来他指的就是这个。

小巴士轻快地行驶着，不久就跑上了与信越线平行的十八号国道。又跑了五分钟，到了一个小小的驿站，那里的房檐都是既低又深，不时可以看到装着古老的格子门窗的房屋，这些房屋就像是重现了江户时代的驿站。国道的前方，突兀地耸立着一块崔嵬的岩石。

"这里是坂本町，听说以前是妓女住的地方。"

这是靠十八号国道才发展起来的典型的驿站。刑警们不禁想入非非，好像驿站的妓女至今还在那些格子窗的后面向他们招着手。

汽车在房屋开始稀少的地方停了下来，上来几个小学生和一名中年男子。看不出这个人是本地的，还是从城市里来的。他同司机打招呼的样子很亲热，但他的穿着打扮却是一副城里人的样子，一只手还拎着一个皮包。

这里正好在雾积温泉旅行社前面，孩子们像是从山里坐温泉的巴士去上学的。

栋居饶有兴趣地看着这个古老的驿站。刚上车的那位乘客和气地向他搭腔说："老房子基本上都改造完了，现在没多少了。"

经他这么一说，栋居果然发现在一排排的老式房子中夹杂着不少新房子。由于房子的高度和宽度几乎都是一样的,所以,保持了一种古驿站的味道。它的周围有好几条路,但一辆车也看不到。道路的两旁,低矮的屋檐绵延不断,笔直的白色道路上一个人也没有。

"这里的驿站兴旺的时候,可热闹啦,现在却变得冷冷清清。老房子也几乎没了,再也没有过去的景象了。"

他的话很伤感,看来他是个本地人。或许刑警们感觉街道古老,不是因为那些老式格子门窗,而是由于这座衰败的小镇的那种无生气的寂静。

那位旅客接着解释说:"你发现没有,房屋的宽度都是一样的,因为这是根据幕府的命令而建立起来的驿站。据说,因为街道两侧的土地有限,除官员住的客房外,其他所有房子的宽度都是两米七。这一带的房子,以前全部是驿馆、妓院、澡堂和马车店。"

他的话引起了栋居的兴趣:"现在这里的人都从事什么工作呀?"

大街上除偶尔驶过一两辆车外,连条狗的影子都看不见,越发让人觉得像个空镇。

"现在还不错,碓冰岭通了车后,大家都靠这个岭吃饭了。"

"靠岭吃饭?"

"就是铁路。现在镇上的人基本上都在铁路上干,有的是在车站工作,有的干些养路护线的活。"

正说着,巴士已经驶过了坂本。

没过多久,他们离开了国道,从信越线的高架桥下穿了过去。孩子们指着窗外乐不可支地喊:"猴子,猴子!"沿着公路的草木枯黄的山上,有一个黑点,还没来得及仔细看就已经跑远了。据说这里经常有五六十只的一群猴子出现。

沥青路铺到这里就断了,一直很平稳的汽车,一到这里就马上开始剧烈地颠簸起来。

在汽车右边出现了一个挺大的水库。

"那是雾积水库。"

司机介绍说:"这座水库宽三百二十米,高六十七米,已经建了四年,预计不久就会完工。水库还未开始贮水,混凝土结构的大堤居高临下地俯瞰着干涸的水库底,那里孤零零地散落着一些即将被淹没的废弃房屋和灌木丛。"

被人征服了的自然总是显得与大自然格格不入。

司机提醒说:"从这儿又要开始颠了,请大家扶稳点儿。"

"你们要是来得早点儿的话,就能看到这里的枫叶,那可真是漂亮。"司机好像是在替自己惋惜。

"现在也很漂亮嘛。"

横渡从车窗望着外面的山岭,有些红叶已经开始飘落了。他们看腻了城里那些几何图形般的建筑物,来到这个大自然主宰的地方,无论从哪个地方看,都感到耳目一新。这里没有深山的景象,但四周被绵延不断的优美的山丘所环绕,别有一种山峡的风情。

这种恬淡的自然风光对于厌倦了都市生活的人的全身心都是一种抚慰。

巴士沿河逆流而上,山坡上长满了疏疏拉拉的灌木丛。

"请问,你在这里干多长时间了?"横渡开始慢条斯理地打听起来。

"开始我在松井田的纺纱厂工作,因为不景气,一年前又跑到了这里。"

"一年前?"

两个刑警相互点了点头,明白他不会知道太早以前的事。

"以前这里不通车吗?"这次是栋居问。《草帽诗》中说"走在山洞中的路上,风吹走了它"。但前面又说是"从碓冰去雾积的路上",恐怕不是指这条路。

"通车是昭和四十五年（一九七〇年）的事。这以前都是从横川步行过来，那时旅馆只有金汤馆一家，来温泉疗养的客人一般在此逗留一到两个月。"

"现在有几家旅馆？"

"只有两家。实际上是同属一家。在公路尽头的那家叫雾积馆，是金汤馆的分馆。"

"分馆是什么时候建的？"

"昭和四十五年。"

"有开到金汤馆的车吗？"

"没有，要去的话得沿鬼见愁坡上的山路走三十分钟。"

"要走三十分钟的山路啊！"横渡一副愁眉苦脸的样子。

"以前要走四个小时呢！现在的游客，连三十分钟的路也不愿意走了，除了爬爬山之外都待在旅馆里。"

谈话的当儿，汽车开进了深山，山野风光越来越美。

本来在汽车右边的小溪，现在转到了左边，汽车反复拐着U字形的弯越爬越高。溪流沉到了脚下，那种深山的感觉越来越浓。

不久，就到了一个盆地，盆地周围环绕着枫树、橡树、桦树、山毛榉、栗子树等杂树，在它的一角有一幢两层的红瓦蓝墙的房子，小巴士在它的门口停了下来。下车一看，是一个山谷的谷底，视野狭窄。雾积馆不像是家旅馆，倒像是宿舍。

一进大门，就见门厅里杂乱地摆放着土特产和沙发。一位中年妇女热情地迎了出来。

"是横渡先生和栋居先生吧，我正在等你们呢。"

女招待接过司机手里的包，就往里让他们。栋居见此情况赶紧说："我们说不定要去金汤馆住呢！"

"我带你们去金汤馆好了。你们先在这儿休息一下吧。这儿离金汤馆只有一公里的路程,跟到了那里也没什么两样。"

女招待一副胸有成竹的样子在前面带路,把他们让到了过道尽头的一间能放八张榻榻米的和式房间里。

窗外,鸡爪枫的枝头仍有一些红叶飘摇着。虽是大白天,但说话声一停,就会感到一种压迫耳膜般的寂静。

"我这就给你们端茶。"

女招待把两个人的皮包往地板上一放,就走进了过道里。打开窗户,山中的清新气息迫人肌肤。

"真静啊!"

"静得有些压迫鼓膜。"

"我们不习惯这么安静,反而适应不了。"

"这就是我们每天都处在噪音状态下的明证。"

"这么偏僻的地方,会和约翰尼·霍华德有什么联系呢?"

横渡点上一支烟,摇了摇头。连他们这些住在东京的人,都是头一回听说"雾积"这个地方。不过,不管怎么样,他们正是为解开这个谜才来的。

过道里传来了脚步声,刚才的那个女招待端来了茶。

"欢迎你们来这里。"她郑重其事地表示欢迎。他们一开始以为她是这里的女招待,但从她的态度和说话口气上来看,倒更像是这里的老板娘。

"这里可真是个好地方,被烟雾熏得发黑了的肺,到这里好像被彻底地洗刷干净了似的。"横渡的话也并不全是客套。

"是啊,到这儿来的游客都这么说。"她喜滋滋地答道。

"冒昧地问一下,你是这里的老板娘吧?"横渡想弄个明白。

"是的。我们是全家上阵。"

"只靠你们全家人照看新馆和旧馆,够呛吧?"

"旺季的时候我们就雇几个帮手，其他时候我们一家人就足够应付了。雇了外人就有很多事要操心，对一些重要的客人就会招待不周。"

"那这里可真称得上是家庭式服务了。"

"是的。"

"哎，东京打电话来预约时，没介绍我们的情况吧？"

横渡不动声色地换了个话题，因为老板娘的举动似乎表明她已经猜到了他们的身份。

"没有啊，预约不是你们亲自联系的吗？"

"哦，我们是委托公司办理的。"

横渡赶紧打圆场。在询问情况的时候，一上来就暴露身份，就有可能使对方缄口不谈。当然也有可能相反，说明自己的刑警身份反而会使对方讲得更多。不管怎样，得先观察一下对方，再见机行事。

"你到这儿来有什么公事吧？"

"你怎么知道我们是来办公事？"

横渡一直小心翼翼地掩盖自己的刑警身份，但是他觉得对方好像猜出了自己的职业，声音中微微透出些惊奇。

"这个嘛……到这儿来的人基本上都是一个旅行团、一对情侣或是一家老少洗温泉兼作徒步旅行。两个大男人结伙到这儿只是为了洗洗温泉，是很少见的。"

"啊，真的吗？早知道带个女孩子来就好了。"横渡向栋居作出一副遗憾的表情。

"我来猜猜你们是干什么的吧。"老板娘含笑说道。

"你能猜着吗？"

"我想说是新闻记者，但又不像。你们是刑警吧！"

两个人吃惊地面面相觑。

"真是一语道破啊，你是怎么知道的呢？"

横渡觉得既然被猜中了,就没必要再隐瞒了,也就公开了自己的身份。老板娘像是个健谈的人,与其笨拙地加以遮掩,倒不如向她摊牌要求协助,这样效果或许会更好些。

"要是报社或杂志社的记者的话,你们肯定有一个人会带着照相机,但你们俩人的皮包都很轻,不像带着照相机。此外,多数记者都比你们打扮得时髦。"

"哎呀,真厉害呀!"

横渡苦笑了一声。这年头儿罪犯都开着飞机或赛车作案了,追捕他们的刑警也一改身穿二手西装、脚蹬大头鞋的形象了。在年轻的刑警中,有的人穿着打扮打眼,一瞧就像是一流公司里的白领职员。他们两个人虽没到那个地步,但是自己觉得至少也没到"大头鞋刑警"的份儿上。

不过和吃新闻饭的一比,他们还是有点儿土气。

山沟里的这个温泉旅馆的老板娘竟然看出了这一点。

"真对不起,我并不是说你们穿得土气。记者的那种时髦老让人觉得有些出格。"

老板娘像是意识到自己刚才失言了,连忙改口。

"这没什么。既然你自己看破我们是刑警,那就跟你实说了吧。实际上我们是东京警视厅的,来这儿是为了调查一个案子。这位是横渡刑警,我是栋居,我们有很多事要请教您和您丈夫,您能协助我们吗?"

既然已经暴露了身份,栋居就向她出示了警察证,并且自报了家门,况且晚上要住在这里,还要登记姓名。

"能帮上忙的话,我一定尽力,刚才说话冒犯两位了。"

老板娘刚才信口说出的话,也算不上是失言,但她却觉得似乎很对不起这两个人。他们俩不失时机地利用了这一点。

"这里经常有外国人来吗?"栋居代替莽撞的横渡,单刀直入地提出了问题。

"这个嘛，这个地方这么偏僻，外国人很少来。"

"不会一个都没有吧！"

"旺季的时候也会来几个。"

"最近有美国黑人来过吗？"

"黑人？这个，在我的印象中，没来过。"

"在九月十三日到九月十七日期间，没有黑人来过吗？"

栋居紧盯着老板娘的脸。根据海关的登记，约翰尼·霍华德这次是头一回到日本，因此，来雾积只有从九月十三日入境后到死在皇家饭店这四天时间。据说他住在东京商务饭店时，每天晚上都回宾馆。他来雾积当天便可以返回东京。

"九月份的游客倒是不少，但是没见过什么黑人。"

"就是这个黑人，没来过没关系，他有可能和这个地方有什么联系。虽说是黑人，但长得却有点儿像东洋人。"

栋居把约翰尼·霍华德死后整容的照片和从护照上复印下来的照片拿给老板娘看，但老板娘却没什么反应。

"你没有印象，你丈夫不会不记得吧？"

"你是指这个黑人吗？"

"是的。"

"如果有黑人在这儿投宿的话，这可是前所未有的事，我肯定会有印象的。呃……这个黑人怎么了？"

老板娘的脸上露出一丝不安的神色。

"没什么，我们追查这个是为一个案子作参考，没什么可担心的。"

栋居缓和了老板娘的不安情绪。如果老板娘经常看报纸的话，就会明白他打听的这个黑人已经在东京皇家饭店被害了。在这个僻静的山谷中开温泉旅馆的善良老板娘，不会对东京那种血腥的案件感兴趣的。即使她随便看过这段内容，也不可能在栋居出示的照片和仅在报纸上登过一次而且模糊不清的照片中发现相同之处。

"有没有这种情况,只有老板在,而您却下山了呢?比方说,您病了或有其他什么事的时候?"

"啊,要是这么说的话,我倒是生过两次孩子,每次都要回娘家坐月子。不过孩子现在都已经上小学了。"

一起坐小巴士的那几个孩子中,可能就有她的小孩吧。

"黑人会不会在那期间来呢?"

约翰尼·霍华德此前没来过日本,虽然他本人没来过日本,但他肯定与雾积有某种联系。也可能是他亲近的人与这里有联系。

"这个,我想大概不会吧。这么稀罕的游客来的话,我丈夫肯定会对我说的。"

"你们的住宿登记保存多长时间?"

"大约保存一年左右就处理掉了。"

和老板娘谈话,栋居越来越感到像是白跑了一趟。"但是还有她丈夫,说不定他在老板娘不知道的时候和约翰尼有过联系呢。"栋居这样安慰着自己。

"你丈夫现在在哪里?"

"我丈夫现在在山上的旧馆里。有事的话,我去叫他。"

"不用,还是我们去找他吧,反正要住在旧馆里。不过冒昧地问一句,您是一直住在这里的吗?"

如果老板娘没有印象的话,那也有可能是在她来之前或是不在的时候,约翰尼或他的亲属就和老板有过联系了。

"我和我丈夫是在昭和四十年(一九六五年)结的婚,从那以后就一直住在这里。"

"在这期间没有来过黑人游客吗?"

"我想没有。"

"来这里的外国人都有哪些国家的？"

"还是美国的最多，大都是基地里的美国兵，其次是学生。仅次于美国人的是法国人、德国人和英国人。"

"在你嫁过来之前，也就是说战后，有没有一直住在这里的外国人呢？"

"我丈夫的双亲住在金汤馆里，仍很硬朗。那些旧事只要问问他们就会知道。"

"您丈夫的双亲还健在？"

"是的，两个人都七十多岁了，但还挺硬朗。"

"您丈夫的双亲一直住在这里吗？"

"对，他们继承了上一辈的生意，一直没离开过这里。"

"上一辈？"

"听说上一辈是指我公公的叔叔。这些事我也不太清楚，不如你直接去问我公公吧。"

听老板娘说话的口气，现在雾积的老板，是她的丈夫，她的公公似乎在旧馆隐居了。很难想象二十四岁的约翰尼会和七十多岁的老头的上辈人有什么联系。

"你对这首诗有印象吗？"

栋居换了个提问方向，拿出了约翰尼·霍华德的"遗物"《西条八十诗集》。

"啊，这么说前些天打听这首诗的，就是你们啊！"老板娘像是一下子明白了。

"是的，这本诗集就是那个黑人的。他离开美国时，说是要到日本的雾积来。"

没有必要向她解释他们是由"奇司米"推测出可能是雾积的。

"这首诗，同一名黑人，名叫约翰尼·霍华德，有着确凿的重大联系。诗是咏叹雾积的,他来日本的目的地也是雾积。他来雾积究竟想干什么,我们认为这个秘密就藏在诗中。关于这首诗,你能提供一些线索吗?"

"听说这首《草帽诗》是西条八十先生回忆小时候与母亲一起来雾积时所作的。据说我丈夫的父亲偶然在西条先生的诗集中看到了它,就印在了我们这里的小册子和彩色包装纸上。"

"现在还有那种小册子吗?"

"这个嘛,那都是很久以前用过的小册子和彩色包装纸,现在没了。"

"真是太可惜了。"

栋居露出了失望的神色。"你知道那些彩色包装纸和小册子用到了什么时候吗?"

"我想我丈夫或公公知道。"

"这首诗和约翰尼·霍华德有着某种渊源,这么说你不清楚喽?"

旅馆的老板娘虽然已说过连黑人的影儿都没见过,更不会清楚这些事,但栋居还是不死心地追问了一句:

"雾积这个地名指的就是这一带吗?"

横渡好像突然想到了什么,自言自语地嘟囔说:"如果是这样的话,约翰尼所说的雾积或许不仅仅是指这里。"

约翰尼的"遗物"《西条八十诗集》中出现了"雾积"这个地名,所以他们就联想到了"雾积温泉",当然也包括"雾积一带"。

"雾积只有这个地方有人住。"

老板娘给横渡好容易才挤出来的想法兜头泼了一盆冷水。如果在雾积温泉之外没有人住的话,那么约翰尼·霍华德想去的地方不可能是其他地方。

也许不是与"雾积的人",而是与这里的"地方"有什么联系?但如果是这样的话,就无从着手了。

"你是说从很早以前,这一带除了温泉就没有人住吗?"栋居接着横渡的问题往下问。

"以前还有一个叫汤泽的小村,不过现在一个人也没有了。"

"汤泽?在什么位置?"

"从坂本来的途中有个水库吧!就在紧挨着那里的上游。因为快要被水淹了,现在大家都搬到别处住了。"

"这是什么时候的事儿?"

"从三年前那里变成了废村,不过汤泽不叫雾积。"

结果还是没能从老板娘那里打听出约翰尼·霍华德和雾积有什么关系。因此,他们想马上就去旧馆。

"麻烦你这么长时间,真是不好意思。我们这就去金汤馆。"

"我给你们带路吧。"

"不用了,反正只有一条路。"

"那倒是,不过我正好也要去那里,是顺路。"

老板娘轻快地站了起来。

二

去金汤馆要经过山林中的小路。太阳已经落到了山的另一边,晚霞映红了天空。爬上一个七百米左右的缓坡后,他们来到一个小山坡的顶上,旧馆金汤馆映入了眼帘。两名刑警累得气喘吁吁,老板娘却连大气都不喘,山里人就是不一样。在比新馆的位置更往深山里去的峡谷中,悄然矗立着一座老式建筑。一股淡淡的烟霭和水汽从房子上飘出,在上空的冷空气的冷却下,水平散开,使山谷中温泉旅馆的景色愈加柔和。残阳从空中照下来,背阴的山谷宛若浮在梦幻般的微明中。

走到陈旧的旅馆正房前,他们看到水车正在旋转着。

"城市里来的游客都喜欢这类东西,所以还保留着。"

老板娘一边解释着,一边走进了旧馆正房的大门。室外还挺明亮,屋里却已点上了灯。一个看上去憨厚朴实的中年男子出来迎接他们,他就是老板。老板和老板娘在稍远的地方嘀咕了几句后,老板马上诚惶诚恐地招呼他们入内,说道:"你们大老远地跑来,真是太欢迎了。你们先洗个澡,冲冲汗吧!"

这边的房子,看上去比新馆庄重。泛黑的柱子略微有点儿歪斜,拉门和隔扇之间的缝子都能伸进一只手。过道里的地板一块块地翘将起来,脚踏上去便会发出令人毛骨悚然的嘎吱声。

"这声音简直跟老母鸡叫似的。"横渡的嘴很损,也不管老板在眼前,张口就说了句刻薄话。

"唉,我们本来也想翻修一下这座房子,可是钱都花在了盖新馆上了。"老板显得更加惶恐起来。

"不,还是这样好,我们就是喜欢这种情调。怎么说呢,有一种古风,这座房子就像陈年佳酿一样,越老越有味道。"横渡好不容易想出了一句赞扬的话。不过,这里确实有一种优美的与世隔绝的古老情调,让人联想到古人夜宿深山的情形。

"在离东京几小时远的地方,想不到竟然还幸存着这么有情调的深山旅馆。"栋居的话里充满了感慨。这种旅行真是久违了,他觉得时光一下子倒退了十年,简直不敢相信在和东京同处一块的大地上竟有如此宁静安详的地方。

从正房的过道尽头出去,经过踏石,通向一间与正房分开的独立的厢房。这是一间相当于六个多榻榻米大的和式房间,打开窗户,就能看见小溪哗哗地经过引水的竹管流向水车那里。

当他们走进房间时,外边的天色已经暗下来了。一度把天空打扮得流光溢彩的夕阳落下去了,墨一般浓黑的暮色从山谷的底部喷涌上来。店主点上灯时,外面已是一片夜色。房间里安着暖炉。

"内人马上就端茶来。"老板鞠了个躬,想要退出去,栋居抬手叫住了他。

"别急,茶先别急,我们还是先向老板您打听点儿事吧,就是刚才问过老板娘的那些。"

从旅馆的内部情况来看,估计没有其他游客住宿。栋居想一鼓作气地问个水落石出。

"啊,那件事我刚才听内人说了一些,我也是毫无印象。"

"就是这个人,你还是先看一下照片吧。"栋居说着,把照片塞到了老板手里。

"没印象。如果有这种客人来的话,是很惹眼的,我肯定会记得的,但我对他一点儿印象也没有。不过我父亲知道一些我不知道的旧事,吃过饭后,我带他来见您。"

他们本想一鼓作气问个明白,但考虑到对方可能有事,也就客随主便,决定先洗个温泉浴。浴室在正房另一头的边儿上,穿过长廊时,一股香喷喷的饭菜的香味扑鼻而来,他们顿时感到饥肠辘辘。

听说温泉有三十九度,皮肤感觉十分舒适。据说以前是三十七度,来洗温泉的客人把棋盘浮在水面,一边悠闲地泡澡一边下棋。后来又深钻了一次,水温这才提高到了现在的温度。

"想不到这么舒服。"横渡在浴池里舒展着身体说。浴室外,夜色渐浓,树丛的遮掩使夜色更浓了。

"如果不是因为这事,恐怕咱们一辈子都享受不到这个温泉。"

"这也都是那个遇害的黑人成全了我们。"

"我说横渡,你是怎么想这案子的?"

"什么怎么想?"

"我是说,被害的是外国人,我感觉搜查的时候有些地方让人提不起情绪来。也就是说,那个外国人怎么偏要特意跑到东京来寻死,我们光是本地的案子都忙不过来呢。我觉得本部这么卖命，纯粹是为了日本警方的面子？"

"你这是怎么了？"横渡也斜着眼问，他的眼神此时显得极其别有用心，本来嘛，这话就是横渡说过的。

"我呀，老实说，我觉得个把外国人在某个地方遇害也没啥大不了的。我的意思是说，遇害的人我倒无所谓，只不过那些害人的人，实在是太可恶了，你说是吧。"

这时横渡隔着水汽发现栋居的眼里像是要冒出火来，不过也可能是因为蒸汽才显得这样。

来雾积出差，栋居开始的搭档是山路，但山路推辞说："那家伙工作太狂热，被他拖着在大山里跑来跑去，我可受不了。"就把这个差使让给了横渡，横渡现在才明白了其中的原委。

栋居对罪犯有一种异乎寻常的憎恨，立志当警察的人，都对罪犯有一种憎恨和愤怒。但是栋居却不太一样，他对罪犯怀有一种个人感情，就像是自己的亲人受到了凶手的伤害一样。

可能是因为这个，他才对搜查本部的态度感到不满。本来嘛，不能因为受害人是外国人就敷衍了事，相反，正因为对方是外国人，才要比是日本人更努力才对。但在刑警们的潜意识里，或许对这个黑人都有一种心理上的懈怠。

如果真像栋居所说的那样，大家都抱有"遇害的人是谁无所谓，只是杀人的人可恨"的态度的话，就不会产生这种懈怠。

实际上横渡对栋居工作的狂热劲头也有点儿发怵。那须班的成员人人都是身经百战的老将，其中横渡更是一个破案老手，经手的案子仅次于山路。横渡作为刑警的素质是无可挑剔的，但栋居后来者居上，那股固执的狂热劲儿都要把横渡给压下去了。

"如果很好地引导这股热情的话，他会成为一个优秀的刑警的。"横渡一边泡在水里，一边想着。他以前也像栋居一样喜欢冒着风险拷问案犯和进行过火的搜查。但在完全是靠组织进行搜查的现代警察系统中，那种喜欢出格的刑警是不可能有的，只会在小说里出现。现代的刑警们只能在组织和刑事诉讼法的五花大绑的网眼里追查凶恶的罪犯。

横渡明白了为什么让自己替山路和栋居出差：比自己年轻的刑警是压不住栋居的。

"唉，真是的！"想到这里，疲劳感一下子冒了出来，刚洗澡时忘掉了的饥饿感又攫住了他的肚肠。

"先上去吧，我饿了。"

洗完澡回来时，房间里已经准备好了饭菜。早已做好的饭和汤被端了上来，鲤鱼生鱼片、鲤鱼段酱汤。以朴树蘑菇、蕨菜、水芹、香菇、芹菜、野香薷、野当归等山菜为主的炸、煮菜肴，满满当当地摆了一桌。

"真丰盛呀！"两个人叫了起来。和著名温泉胜地的饭店里端上来的那些看上去令人眼花缭乱，却毫无人情味的现成饭菜不同，这里的菜全是老板娘亲手做的，具有本地风味。

"在我们这种乡野小店，也没啥好东西，不知道做得合不合你们的口味。"老板娘客气地招呼他们吃饭。两个人无暇答话，只顾闷头吃饭。忙碌了一天的他们只有在这个时候才暂时忘记了来这里的目的。

三

丰盛的饭菜被席卷一空后，他们总算恢复了常态。踏石那边传来了小心翼翼的脚步声，主人领来了"上辈"夫妇。

"哎呀，让你们特意跑一趟，真是太过意不去了，我们本想去拜访你们的。"平时大大咧咧的横渡此时却变得异常客气起来。

"没什么，人老了，就喜欢和别人说说话儿。"

走进来的这位老人虽说清瘦，但很矍铄，他身后像影子一样跟着一个比他小一号的老太太。老板把老夫妇领来后，像是有事，回正房去了。

四个人围着暖炉坐了下来，暖炉不用电，而是烧现在已经很少见的煤球。

"刚才我听儿子说过了，这里有过外国人，战前有许多外国人来过这里。他们都挺喜欢这里，有的每年都来，有的还长期住在了这里。"

寒暄了一番之后，老人慢吞吞地讲了起来。刑警们最想听的是有关约翰尼·霍华德的事，但在此之前却不得不先听上一堂雾积的历史课。

据老人讲，发现这个温泉是一千多年以前的事了，据说是源赖光的一个家丁——碓冰贞光的父亲养的一条狗发现的，所以一开始这里叫"犬汤"。

开发成一个温泉疗养地是在明治十三年，由十个人发起开办了"株式会社碓冰温泉金汤社"，这就是现在的雾积温泉的前身。这座正房就是那时建的，所以看上去古香古色。在这金汤社的十个发起人中，就有这个老人的祖父，后来他掌握了经营权。在明治四十四年，第二代人接管产业时，改店名为"雾积温泉金汤馆"，雾积的名字的由来却不太清楚。

"可能这里像是一个雾气积聚的地方，所以才起了这么个名字吧。"

老人的眼神好像在追溯遥远的记忆。这两名刑警来打听事，不料却勾起了他的回忆，他眼中的神色好像在回顾那漫长的七十年的生涯。

传到老人这里是第三代，现在的老板当然就是第四代了。在四代人的岁月里，曾有各式各样的人来过。

"胜海舟、幸田雄伴都来过这里，我们店的登记簿上都有。西条八十先生也应该来过，但我没见到。可能是我们家第二代人时的事儿，那首诗是我偶然在西条先生的诗集里发现的，并请人印在了彩色包装纸上。"

"这是什么时候的事？"

"是战前吧。具体是什么时候，已经记不清了。那本诗集也不知道被丢到哪儿了，找不着了。"

"那些彩色包装纸现在还用吗?"

"不,现在已经没有了。大概一直用到昭和三十年(一九五五年)左右吧。"

约翰尼·霍华德是战后不久出生的,不管他懂不懂那些诗句的意义,反正他有可能见过那种彩色包装纸。

"不过刚才已经打听过老板和老板娘了。您记不记得有黑人来过这里?或者说您知不知道和这名男子有关的什么事?"栋居直截了当地问。

"外国人倒是来过不少,但没见什么黑人来过。"

老人从栋居手里接过照片,隔着老花镜一边看一边摇头。

"我说老太婆啊,你也没印象吧。"

老人盯着照片看了一阵后,就把它递给了呆坐在旁边的老伴。老太太看也没看,干瘪的嘴蠕动着,自言自语似的念叨说:"老种婆,我们不知道的事,她或许知道。"

"对呀,老种婆,她直接招待客人,我们不在的时候她也一直在。"老人好像一下子想起了什么。

"这个老种婆是什么人呀?"

终于有些眉目了,刑警们立刻振作了精神。

"是个老用人,在我们家干了有年头儿了。我们去东京玩儿的时候,也是她留在这里看门的,她对雾积的事,知道得比我们还多。"

"那个老种婆现在在哪里?"

刑警们感到有必要见一下这个老种婆。

"住在汤泽。"

"汤泽?"

他们觉得好像在哪里听说过。

"你们来的时候不是有个水库吗?就在水库的略靠上游的村里,那儿不久就要被水淹了。现在她一个人住在那儿。"

这个名字是在新馆里喝茶时，从老板娘那里听到的。

"老种婆的孙女现在正好在我们家帮忙。"

"什么，她孙女在这儿吗？"

"真是个可怜的闺女，小时候就死了爹娘，是老种婆把她拉扯大的。老种婆年纪大了，干不动活儿了，在这里我们照顾了她一阵。阿静，那个闺女叫静枝，中学毕业后就来替老种婆干活，养活老种婆。我们劝她说你上学去吧，我们来照看老种婆，但她坚持说扔下奶奶一个人她不放心，学不进去，所以就在我们家干活了。我这就去叫她来。"

说着，老太太已经站了起来，轻快得不像这么一大把年纪的人，拉开门走了出去。他们俩夫妻多年，已经心意相通了。

一会儿工夫，老太太带进来一个十六七岁的女孩，长得挺丰满，看上去很健康。老板娘也端着茶跟了进来。

"这姑娘就是静枝，很能干，这儿里里外外都离不开她。老是把她留在这深山里，我们也觉得不太好，可是……"老板娘像是在为自己辩解，换上了茶。静枝原本就红的脸更红了，她迅速地给刑警们鞠了一躬。

"是静枝姑娘吧，初次见面。我们有些重要的事想问问你奶奶。你奶奶还记得以前的事儿吧？"栋居为了消除姑娘的紧张，温和地说。

"是的，我奶奶喜欢讲些旧事，经常讲些以前的客人的事。她甚至连客人的一些细小的嗜好都清楚地记得，真叫人吃惊。"静枝说到自己亲爱的奶奶，显得十分高兴。

"这可真不简单哪。不过你奶奶有没有说起过在客人中有黑人之类的事？"

"黑人？"

"是美国籍的。"

"这倒有。奶奶说过在很久以前有个当兵的黑人领着孩子来过。"

"当兵的黑人领着孩子！"两个刑警情不自禁地叫了出来。

"你是说那个黑人领着个孩子吗？"栋居再次追问。

"是的，我好像是听她这么说的。不过是在很久以前听她说过一次，记不太清了。"

"我们想见见你奶奶。"

"太巧了，明天静枝休息，要去汤泽，你们一起去吧。"

老板娘笑眯眯地交替看看静枝和刑警们的脸色。在雾积该问的都问过了，大有收获。刑警们似乎都等不到明天了。

送走四个人，来到门外时，天上已是繁星点点了，刑警们已经很久没仰望这样的夜空了。每天完成任务回家时，经常是很晚了，城市里的夜空好像褪了色一般，那微小的星星若有若无地发出惨淡的微光。

可是你看这里的星空！就像是在有限的空间挤进了太多太多的星星，星与星相互碰撞，放出灼灼的光辉。

这种像研磨过的金属发出的又冷又硬的光，宛如一把把尖利的凶器要直刺下来，令人毫无温暖之感。

站在星空下的两个人，感到无数的星星看着他们，像是饥饿的野兽发现了猎物一般，全都骚动起来。

"不知怎么搞的，这星空好像挺吓人。"

横渡缩起脖子，像被人追着似的逃进了门廊里，栋居也唯恐被落下似的紧随其后。

四

第二天仍是秋高气爽。旅馆前面一片嘈杂之声。隔着窗户一看，几个游客打扮的男女正准备出发。

"昨天晚上在这儿住宿的，好像不只是我们嘛。"

"住了不少呢！瞧他们乐得那样儿！"

"我好像听说从这儿翻过一座叫脐曲的山之后，就有一条通向浅间高原的徒步旅游路线。"

"那不叫脐曲山,是鼻曲山。"

从背后传来了女孩子含笑的话语,原来是昨天那个叫静枝的姑娘送饭来了。

"哎呀,是静枝呀!"

"睡得还好吗?"

"啊,好久没睡过这样的好觉了。因为肚子饿,我们这才醒了。"

"很多客人都这么说。"

"我也是,我有很长一段时间不想吃早饭了。空气一好,连胃口都变好了。"横渡瞅着饭桌插嘴道。

"哎,静枝,你想什么时候出发?"

"随两位客人的便,你们要是准备好了,现在就可以出发。"

"这么说,我们要是再慢悠悠地吃饭的话,就不太像话了,你好不容易才有这么一个宝贵的休息日。"

说话间,横渡就急急忙忙地往嘴里扒饭。

"没关系,反正是我伺候你们吃饭,你们慢慢吃好了。"说着,静枝就在两个人的旁边坐了下来。

两个人在出发前结了账。他们吃了用丰盛的野味做成的一顿早饭和一顿晚饭,再加上一夜的住宿费,一共是三千日元。这么便宜的价钱,使两个人颇感惊讶。

旅馆的老夫妇俩前来送行,两位老人相互搀扶着站在一起,一直望着他们消失在山的另一边。两个刑警看着坡上两位老人的身影,大为感动。朝阳幻化出无数的光的粉末飘洒下来,两位老人的身影在这光的粉末中越来越远,不久便成了谷底的两个黑影,最后变成一个黑点,和那栋古老的房子融为了一体。

"他们还在那里目送着我们呢。"栋居有些魂不守舍地说。

"他们俩一直都是这样送客人的。"静枝说。

横渡颇有感慨地说:"他们两个人就这样在山谷的旅馆里相依为命,平静地安度晚年。"

"真是美好安详的一生啊!"

"表面上看起来是这样,但说不定他们也是经历了千辛万苦的历程,才有今天的呢。"横渡正说着,他们已经到了山梁。翻过山梁旧馆就看不见了。

"再见。"栋居想,反正他们也听不见了,就只挥了挥手,在嘴里轻声地和他们道了别。静枝在前面开始下坡了,新馆映入了眼帘。

"真想再来住一次啊!"

"是啊!"

两个人嘴里念叨着。但他们也知道,这只不过是因为一时的伤感而已,他们是不会再来的。

他们从新馆乘小巴士沿来时的路返回,司机还是昨天那个人。昨天同坐这辆车的那个男的也在车上,他好像在新馆住了一夜。上车时,老板娘送给他们的小册子上印着"本馆常年都空着",这也是闻所未闻的宣传广告说辞。

"我多句嘴,他们这么写好吗?"横渡有些杞人忧天地问。

"他们肯定不想挣很多的钱。可能光靠那些节假日和旅游旺季里来的客人,就可以维持他们一年的生活了。"

小册子上也写着"春秋季的节假日、夏天里的一段时间和正月里放假时这里比较热闹",却没说会"客满"。

"这种特色的旅馆真该一直好好地保存下去。"

"是啊。"

两个人相互点了点头。

老种婆住在汤泽仅存的一间房子里。虽然人们劝她搬到村子里已准备好的新房子里住，但她坚持说要尽量住得离孙女近些，所以直到现在还在这间废屋一般的房子里凑合着。

老种婆在那儿安度晚年，静枝休息日回来看她是她唯一的乐趣。

静枝不在时虽然有些寂寞，但是"雾积"的人们照料着她的生活，所以倒也没什么不方便的。

静枝是个懂事的女孩子，中学毕业时，她的同学有的升了学，有的到高崎或东京工作，但她却不为"离乡"所动，说是不想把奶奶一个人留在家里，就在本地的雾积温泉找了份工作。

为了孝敬奶奶，她放弃了自己的青春梦想，把自己封闭在寂寞的深山里。

"整天待在山里，不寂寞吗？"栋居问。静枝腼腆地抬起眼睛说："那些在东京工作的朋友说，那里听起来什么都好，但每次回来他们的脸色都不好，而且瘦。那些年纪和我差不多的客人说，那里的收入也绝不比雾积好到哪里去。每个人都像是在熬着自己的身体，打肿脸充胖子。我呀，还是喜欢山，这里风景、空气都挺不错，老板和老板娘又是好人，没什么复杂的人际关系。另外，最重要的是我能紧挨着奶奶住。"静枝的语气变得深情起来。

"你的想法很对，东京那种地方，一点儿好处都没有，尤其不适合你这种女孩住。"横渡告诫般地插嘴说，"经常有打工的学生来这里吧，如果有东京人，你可不能大意。"

"怎么不能大意？"

"他们马上就会要求和女孩子约会，并且光耍嘴皮子，最不爱干活的，就是那些从东京来的打工学生。"

静枝用惊奇的目光瞅着他。

小巴士沿着山路而下，高度逐渐降低，出现了一个刀削斧劈般的山谷，景色变得平缓起来。

"奶奶在我回来的时候，经常到水坝的这个地方来接我。"

静枝兴奋得双颊泛红。前方已经看得见水库了，只见大堤和堤下的水闸附近围着很多人。在大堤上的人眼睛都一齐向下面望去。

"好像出了什么事。"司机一边减速，一边嘟囔说。

"出事了吗？"静枝不安地皱起了眉。

"好像有人掉下去了。"

"从大堤上摔下去，肯定是活不成了。"

两个刑警相互看了一眼。

"我奶奶怎么没在那儿？"静枝望着水库岸边的底部，不安地皱着眉头。她奶奶总是在那里迎接她的。

"去看看发生什么事了吧！"栋居说这话，与其说是在安慰静枝，倒不如说是在打消自己心里正在萌发出来的不祥的预感。汽车开到了大堤顶上。

"到底是谁掉下去了？"司机向围在那里的人们喊道。他们聚集在岸上，盯着发生事故的方向。

"听说好像是一个住在附近的老人掉了下去。"其中一个人答道。

"万一是奶奶的话，那可怎么办？"静枝几乎要哭出来了。

"怎么会呢！老人又不是只有你奶奶一个人。给，别瞎操心了，快回家吧。"

司机一边安慰她，一边把装有土特产的包袱递给了静枝。

"是啊，她今天早晨肯定是有什么事，才没来接你的。你这么瞎猜她，她肯定会不高兴的。"栋居也一起安慰道。

"站长，我去看一下就回来可以吗？"司机没有马上开车，问在新馆上车的那位乘客。他倒不是为了去看热闹，可能还是有些担心。

"当然可以了，阿常。今天不值班，我也正在担心是谁掉下去了，想

· 177 ·

去看看呢。"

被称为"站长"的中年乘客也一起下了车。他好像也是"靠碓冰岭吃饭"的国家铁路职工。他们可能知道这附近没几位"老人",似乎都有点儿替静枝担心,就一起下了车。在下大堤的台阶入口处,一个头戴安全帽的施工人员拦住了他们:"不准再往前走!"

"到底是谁摔下去了?"阿常问。

"谁知道呢!走吧,无关人员都回去吧,回去吧!"施工人员像撵狗似的挥着手。

"这女孩是汤泽人,她的亲奶奶就住在那里。"

"什么?汤泽?"施工人员的脸变了颜色,这是一个不祥的预兆。

"怎么了,汤泽的人出了什么事吗?"

"你是说她的奶奶住在这里吗?"

"是的,难道说……"

阿常的表情都僵硬起来。静枝脸色苍白,几乎都要晕倒了。如果不是栋居在旁边搀着她的话,或许她真就晕倒了。

"不管怎么样,你们先去现场看看吧,我只不过是在这儿维持秩序的罢了。"施工人员说着,指了指水库底部。

"我害怕。"静枝僵在了那里。她害怕去辨认那摔下去的人。

"阿静,你在说什么呢!奶奶没事的,快回家吧。"阿常提高了嗓门说。不过要去汤泽,无论走哪条路都必须经这条台阶下去。在雾气茫茫的谷底,有几间破房子、几丛干枯的树林和一条浅溪。老种婆大概就住在那些破房子中的某一间里。

虽然施工人员的言语带有一种暗示,但他们仍抱有很大希望。老人嘛,也可能今天身体不舒服在家里躺着呢,何况在这么陡的台阶上爬上爬下,连腿脚利落的年轻人都会感到吃力。

到了水库底下,更是一片忙乱。人好像是从稍稍靠近右岸的大堤上摔下来的,在摔下来的现场,围着一圈人,其中也有警察。

"是谁摔下来了?"阿常隔着人墙向里张望。

"喂,你们是干什么的?"一个人不客气地向他们喊,像是保护现场的警察。

"我们是雾积的,听说有个汤泽的人摔了下来。"

"谁让你们进来的?"

"在我们那里干活的女孩是汤泽人,她有些不放心……"

"汤泽的?"

"哎呀,这不是站长吗?"

警察中好像有人认识站长,他们的态度马上就变了。这位中年乘客好像还是这一带的名人。

人墙让开了一条路,他们来到了事故现场的最前面。六十七米高的水泥大坝垂直地耸立在面前。这里靠近右岸的固定部,在溢洪道闸门右端的正下方。

尸体横在大堤底部的一块岩石上,上面胡乱地盖着一张草席。但在旁边的岩石和土地上,有一些四溅的血肉,草席没能遮住。验尸的人们正在清理现场。

一个警察稍微掀了一下草席,露出了令人不忍目睹的碎肉块。一望即知,已经摔得没有人样了。

"奶奶!"一直盯着尸体的静枝惨叫一声,抱住了草席子。

"果真是……"

"是这个女孩的亲属啊?"

周围的人们全都同情地叹息着。

"奶奶,你怎么会……怎么会这样了呢?你死得太惨了。你明知道我今天要回来的……这是为什么呀?"静枝放声痛哭,周围的人只能暂时由她发泄一下自己的悲痛,如果不让她先哭一会儿,再怎么劝也是无济于事。

"她究竟是怎么摔下来的?"站长问。

"唉,这个我们也不太清楚。大堤两侧都有栏杆,如果不是她自己把身子探出太多,或者背后有人推的话,是不会那么轻易就摔下来的。"一个穿副警部制服的警察回答说。一般验尸官都是由检察官或是警部以上的人员担任,但在地方警察局,有时也由巡查部长以上的人员担任。

"背后有人推?"横渡的眼睛一亮,问道,"有这种可能性吗?"

"谁知道呀。不过不会有人对这么大年纪的人下此毒手吧!肯定是老年人腿脚不利索,失足摔下来的。或者是从高处往下看,一时眼晕掉了下来。大堤正在施工期间,本来是不准人到大堤顶上来的,但又不可能整天派人守着。不知道会不会因为这个而追究刑事责任。对了,你是什么人?"

副警部说完这话,好像发现横渡和栋居不像本地人,只因为他们是和站长一起来的,一时没有在意,把他们当成了本地人。副警部马上露出了警惕的目光。

"噢,我该早告诉你的。我们是从警视厅来的。这位是搜查一课的横渡刑警。我是麹町警察署的栋居。"栋居说明了身份。

"从警视厅来的……哎呀,真是辛苦你们了。我是松井田警察署的涉江。"副警部直了直身子,自我介绍过之后,又满脸不解地问:"不过你们是为了什么案子,从警视厅跑到深山里来的?"

"其实我们是来找这位从大堤上摔下来的老太太的,想向她打听点儿事。"

"啊?找这位死者?!这么说她和哪个案子有牵连喽。"涉江的表情紧张起来。这位副警部已到中年,他那张圆滚滚的脸被营养滋润得闪着油光。他的警衔虽比两位刑警高,但一听他们是从总部的搜查一课来的,还是对他们敬之以礼。

"还不敢肯定,但这位老太太也许知道我们正办的案子的重要情况。"

"重要情况……这个老太太从大堤上摔下来一死,这可就……"涉江好像终于明白了事情并不是那么简单。

"所以,我想尽量详细地了解一下老太太掉下来前后的情况。"栋居一边斜眼看着扑在奶奶的身体上泣不成声的静枝,一边冷静地开始了自己的工作。静枝虽然很可怜,但他的注意力已经不在那个可怜的姑娘身上了,更何况现在任何安慰都不能减轻她的悲痛。

五

涉江副警部介绍说:"中山种也就是老种婆,她的尸体是今天(十月二十二日)早晨八时许被发现的。发现者是个施工人员,他在事故现场正上方的大堤的护栏旁,发现了一只旧草鞋,觉得好奇,就从护栏那里往下一看,发现了一具尸体,全身都摔在了大堤基部的岩石上。他大吃一惊,赶紧报告了工程指挥部,随后我们就赶来了。"

经验尸,推测其死亡的时间是在凌晨六点左右,死因是由于从高处摔下来导致头盖骨粉碎。令警察们百思不得其解的是:老太太为什么会在这么一个不前不后的时间从大堤上摔下来呢?正在分析原因时,静枝和横渡等人赶到了。

听了涉江的介绍,两个刑警感到非常失望。好不容易才找到的一丝线索又断了。

中山种是被谋杀的。他们一路追查过来,痛感到了这一点。

罪犯一直在监视着警察的动向,他觉察到警察注意到了"雾积",就抢先一步把掌握线索的关键人物老种婆杀掉了。

经过长时间徒劳的追查,好不容易才找到的线索又断了,这个打击让两个刑警几乎无法承受。

"不过,老太太遇害一事不正说明了我们追查的方向是正确的吗?"

经过一阵沮丧之后,栋居猛地意识到。

"还说什么正确错误呀,这下可好,我们又是两眼一抹儿黑了。"横渡的话显得有些丧气。

"早晨六点钟的时候,天已经亮了。罪犯在这种危险的时间里把老太太骗到大堤上并把她推下去,我分析,这说明他已经乱了阵脚,或许他已经没有时间了。罪犯冒着极大的危险才杀死了老太太,说不定有人见过罪犯呢。"

"他会犯这样的错误吗?"

"这就难说了。不过罪犯大可不必在我们来之前才慌慌张张地把老太太杀掉。他想杀的话,应该是什么时候都可以动手的。尽管如此,他还是选择了最紧要的关头才下的手。这是不是意味着罪犯认为我们不可能摸到老太太这里来呢?但我们却出乎他的意料,很快地摸到了老太太这里,使他极为惊慌,这才杀了老太太灭口。"

"你的意思是说,他匆忙之间没有时间准备,可能会留下什么破绽,是吗?"

"是的,从老太太毫无戒心地就被他骗了出来这一点推断,老太太肯定认识他。"

"这么说,杀害约翰尼的凶手就是老种婆的熟人喽?"

"有可能老太太认识罪犯。正因为这样,对罪犯来说,她才是最大的危险。"

"杀害约翰尼和老种婆的罪犯,是同一个人吗?"刚才还灰心丧气的横渡,逐渐振作起来。

"那倒不一定。不过为了掐断杀害约翰尼的线索而杀掉老太太灭口,凶手不太可能再找一个新的同伙,因为那样的话会埋下新的危险。"

"如果是一个人的话,就有可能是日本人。"

"为什么?"

"你不是说凶手认识老太太吗?"

"她认识外国人也没什么可奇怪的呀!"

"即使认识,那也是在雾积认识的,对吧?果真如此的话,难道说老太太真会记得那么久以前见过的一个外国人吗?"

"……"

"更何况如果罪犯真是外国人的话,他就必须要冒着非常大的风险才行。这附近如果有外国人出现的话,肯定是非常惹眼的,肯定会有人见到他的。"

"嗯,有道理。不过即使不是外国人,这个罪犯也肯定要冒很大的风险。我们搜查一下,说不定会找到什么线索。"

刑警们终于振作了起来。他们又开始在绝望的深渊中摸索,在黑暗中寻找光明了。

静枝抱着奶奶的遗体痛哭,验尸的工作人员拉开了她的双手。刑警们的心中想着追查凶手,但对她的悲痛却于事无补。当警察的搜查无法改变被害人的不幸时,这种搜查是多么有限和空洞啊!

松井田警察署的人原以为这是事故造成的死亡,但由于警视厅来的两名刑警的介入,情况就复杂了。他们立刻决定以事故和谋杀两种假定立案进行搜查。横渡和栋居同东京方面进行联络,接到了新的指示,命令他们延长出差时间,与松井田警察署合作对中山种的情况进行彻底调查。

第十章　叛逆之子

一

"好久没亲热了,今晚到你的房间去好吗?"半个月来,夫妻二人难得同桌吃一次晚饭。饭后,郡阳平向妻子试探道。

"说的是真的吗?该不会是太阳从西边出来了吧!"八杉恭子夸张地说着,还故意朝窗外张望。

"怎么,你没有兴致?"

"你才没兴致呢,真傻!"八杉恭子说着,脸红了起来,举起手做出要轻轻地打丈夫的样子。她肤色红润,富有光泽,使人很难猜出她的实际年龄。

"不常打扫卫生会结蜘蛛网的啊!当然,结没结,还得用双眼看看。"

郡阳平露出淫靡的笑容,这种笑的含义只有他们夫妇之间才明白。

"说话净带刺儿,我也好久没受了,早把那种感觉忘光了。"

"不管怎么说,你是誉满全国的家庭问题评论家八杉恭子女士嘛,连我这做丈夫的也不能随便和你同床共枕了。"

"别胡说八道。我当了评论家以后,拒绝过你的要求吗?当然,有时因工作关系错过时机,可我还是尽量随你的方便。再说,我当评论家,你也是同意的嘛!"

"唉……别那么认真嘛,我是为有你这样的妻子而感到骄傲。你漂亮,而且是有名的评论家,我不过是由一种优越感而引发了几句感触。世上的男人都为想象中你那漂亮的体肤而神魂颠倒,但他们最多也只是在想象中享有你,以其自我安慰罢了。可我已娶你为妻,尽情享受。男人还能有比这更幸运的吗?"

"你过奖了,我只是个妻子,在外是评论家,回到家里也不过是个普普通通的家庭主妇而已。可你就不一样了,作为一个民友党的年轻旗手,人们都认为你是下届政权有竞争力的人物。男人嘛,不满足于只有妻子一个女人,这是没有办法的,我为不能独自拥有你而感到遗憾。"

"我不是整个都是你的吗?"

"行了,行了,我什么都明白,我不会那么俗气的。你这么年轻,精力这么充沛,和妻子一两个月不亲热能受得了吗?"

"哎,哎,别找那些怪碴儿啦。"

郡阳平用他那厚厚的手掌不由自主地抹了一下自己的脸,像是为了不让妻子看到自己面部表情的变化似的。

"好了,难得你这么主动,今晚你整个人都是我的,我马上去准备一下。"

八杉恭子说着,离开了饭桌。和普通家庭主妇不同的是,饭后的拾掇都是由家里的女用人来做的,她从不操心。今晚她的任务是化好晚妆,以充分得到丈夫的爱抚。

八杉恭子一边挑选着丈夫可能喜欢的睡衣,一边计算着已经和丈夫有多少日子没有同床了。夫妻寝室分开这一习惯是从新婚不久后开始的。

八杉恭子是二十三岁那年结的婚,当时郡阳平三十岁,已经经营着一个规模较大的钢铁厂。结婚四年后,他得到财界某个大人物的支持,参加了众议员竞选,首战告捷,进入了政界。他成了政治家之后,工作越来越忙,睡眠时间减少,为了有效地利用那有限的时间,夫妻将寝室分开,说好谁想对方了就到对方的房间去,可往往还得看男方是否方便。

新婚初期,丈夫每晚都到妻子的房间里一直睡到早晨,后来究竟为什么分室也说不清楚,但郡阳平随着自己政治家地位的逐步提高,到妻子房间去的次数也越来越少了。而且,他好像在外面还有别的女人。

八杉恭子起初觉得很寂寞,但生了儿子恭平、女儿阳子后,没想到还成了家庭问题评论家,受到了社会上的重视,所以也就忘掉了婚后因丈夫繁忙而带来的寂寞感。对一个已变得有些忙碌的妻子来说,丈夫的繁忙倒真是个意外的幸运。

夫妻俩总是凑不到一起的情况越来越多。即使偶尔都在家里,也因各自带回家的工作太多,夫妻同房的次数减少到了极点。尽管如此,但夫妻间的感情却并没有冷淡。

好久没做爱了,两个人都欲火烧身,紧密地结合在一起。

"简直不能令人相信,你是一个有一双大学生儿女的四十八岁的母亲。"

恭子好久没这么满足过了,兴奋得浑身发热,肌肤发红。阳平在发泄后的愉快的松弛之中,边欣赏妻子一丝不挂的肌体边这样说道。多年的夫妻之间已无所谓羞涩了,有的只是被经验所证实的从容和协调秘诀,使这对老练的夫妇更加充满自信。

热情奔放的恭子并没有想把自己的赤身裸体从丈夫的目光下移开,这倒不是因为她不知羞耻,而是其充满自信的一种体现,她相信自己具有成熟女性那种完全可以吸引丈夫的魅力。她的社会影响力与这种成熟的女性魅力也是分不开的。

"不要老提年龄,我可很在乎呀!"

"怪事,你还在乎年龄,你不比任何一位年轻姑娘差,成熟美,正处于女人最美好的时期。"

"究竟和哪位姑娘比呢?真讨厌!别在我这老太婆跟前说那些好听的话了,你要是真觉得我那么好,为什么不常到我房间里来呢?"恭子埋怨道。

"不是常不在家嘛,莫非你在外边是为了让年轻男人欣赏你那美丽的身段吗?"

"这就是你的不对啦，我现在的工作对你所从事的事业也是很有益处的呀，你那么说太伤人啦。"

"我知道。我也受不了这种没有规律的夫妻生活。我只爱你一个人，尽管我们夫妇现在分居生活，但对我来说，你是我唯一的妻子，在我心目中你是至高无上的女性。"

"我知道你是在阿谀奉承，可我还是爱听。对我来说，你也是我唯一的、至高无上的男人。"

"给你这么一捧，我觉得太惭愧了。"

"你惭愧了多少次啦，我要看你以后的行动，我们毕竟是夫妻嘛。"

"孩子们怎么样？"与妻子和睦相处的郡阳平，意识到自己的年龄，突然想起了两个孩子。

"阳子好像在自己的房间里，但最近恭平连家也不回，真叫人伤脑筋。"

"都是因为你给他买了什么公寓。"

"哎，不是你说恭平不会永远是个孩子，最好让他体验一下独立生活的滋味，而且是你说'OK'的呀！"

"是啊！"

"真是，做父亲的这么不负责任！"

"唉，我并不是不负责任，而是对他那样年纪的青年人不理解。先不说什么代沟啦、亲子隔绝啦之类的事，我觉得他们有点儿像从另一个星球来的。"

"别这么说，咱们家里可没有什么亲子隔绝之类的事。"

"是啊，孩子们都是你做生意的工具嘛。"

"'做生意的工具'？你说得太过分了！孩子们听见了会生气的。"

"不对啦？哎呀，人也罢，工具也罢，反正还是不要放任他们的好。他们是郡阳平和八杉恭子的长子和长女嘛，父母在社会上有名望、有地位，要经常提醒他们，所作所为要与父母的身份地位相符。"

"这些，孩子们都知道。"

"反正孩子们都交给你了，你可要好好管教。"

夫妻之间的对话，到这儿就中断了，不一会儿就传来了郡阳平均匀的鼾声，今晚看样子他是打算睡在好久不曾来过的妻子的房间里了。

二

此时此刻，阳子呆呆地站在自己的房间里，脸色苍白，睁着大眼睛，任凭大颗的泪珠从脸上滚滚而下。她似乎受到了沉重的打击，嘴唇不住地颤抖，像是在自言自语，更像是在抑制内心深处涌起的痛苦呜咽。

如果那个房间里有人，肯定会听到她那断断续续的自言自语："无情！真是，太……无情了。"

"卑鄙！"她把内心的痛苦归结成这两个字爆发出来，接着便是一阵哭泣。为了不让自己的呜咽声传出去，她努力控制着自己的哭声，但情感全憋在了心里。

阳子眼前的桌子上放着一台袖珍收音机，她想听调频广播，在扭动调频旋钮时，无意中收听到了装在母亲房间里的小型窃听器发送过来的父母亲的"恐怖对话"，使她看清了父母的真面目。

当然，阳子马上就明白，在母亲房间里装窃听器的是哥哥恭平。

她听着父母的谈话，浑身仿佛被锁链紧紧地绑着动弹不得。

哥哥曾对她讲过父母的为人，这次通过高性能的窃听器得到了证实，太残酷了。

哥哥要离家搬出去住时，阳子曾极力劝阻，但哥哥根本不听妹妹的劝阻和恳求。恭平撇着嘴说："阳子，你最好也早点儿离开这个家，父母不过是把我们当成宠物而已。"

"宠物？说得太过分啦。父母这么喜欢我们，你怎么……"

"这个嘛,不叫喜欢,我们都是母亲在人前炫耀的漂亮玩具。你想一想,父亲抱过你一次吗?你感受过母爱吗?没有吧!从一生下来就全托给用人了,父母从没为养育我们动一下手指头。那两个家伙所做的,不过是为我们付了些'养育费'。"

"不能这么说,怎么能把父母亲说成'那两个家伙'?"阳子带着哭腔说。

"还有什么别的叫法吗?对他们,用'家伙'两个字也就够客气了。"

"不过,哥哥,你不是总和妈妈一起上电视、上广播,并且在杂志上进行对话吗?"

"那只不过是给母亲做生意时帮个忙。无论说得如何冠冕堂皇,如今这个世界还不是有钱能使鬼推磨!他们虽然没有爱情,但毕竟为我们支付了足够的'养育费',他们现在已经熬出头了。我帮他们的忙,是为了让他们付出更多的'养育费'。你不也在帮忙么,你可以把这当作能赚钱的'母女游戏'。"

"什么'母女游戏'?你怎么说得出这样可怕的话来?"

"我算是看透了他们的本质了,他们虽说是我们的父母,却不像个做父母的样子。"

"不像做父母,又像什么?"

"寄居在同一屋檐下的人。打我们出生之日起就住在一起,可实际待在一起的时间却很少。"

"哥哥是在闹别扭吧,你不是和父母一直都很亲热吗?现在……"

"什么,闹别扭?哈哈,这真太可笑了!说什么我和他们很亲热,喂,阳子,别逗了,真是太好笑了,笑得我眼泪都要出来了。"

恭平真的笑得泪水在眼眶里打转转,像是得了什么病。因为笑的时间太长,他肚子都疼了。笑了一阵之后,好容易才平静下来。他说:"好,让你看看他们的真相吧。"

"你究竟想干什么？"

"我在他们的房间里装了个窃听器，用调频就能收到。你如果听了他们说的话，就会了解他们的本质。里面装有微型电池，能用很长时间。"

"求求你，别这么卑鄙。"阳子说话的声音明显在发颤。

"什么卑鄙，这是跟母亲学的！你大概也知道，她偷看我的日记，连续看了一年我都不知道。还瞒着我以日记为素材编了一本书，这本书很畅销，使她一举成名。她因此而出了名，可是我的秘密却被完全公开了，这种感觉就像是自己上厕所的样子被人拍成了电视，还自以为没人看到。打那时起，我算看透了这个女人，什么全国母亲的偶像，相夫教子的贤妻良母；什么聪明美丽，具有上层社会的风度和品质；还有什么让任何地方的孩子见了都会有亲切感，并能感受到一位普通'母亲'的母爱……可是透过现象看本质，她是一个自我表现欲极强的怪女人，想以孩子为跳板成名成家。成名之前，她一边扮演在老爷子的庇护下过日子的家庭妇女的角色，一边又以协助老爷子的方式表现自己。也许你的日记、信件也被她偷看了。"

哥哥这么一说，阳子也有些同感。她本没有写日记的习惯，可母亲却多次劝她写。

"写日记，习惯了就不觉得难了。相反，如果有一天不写，就会觉得别扭。过去的日子会一去不复返的，人人都应该写日记，把自己美好的人生记录下来。"母亲经常这样说，难道也是为了要偷看吗？

阳子写信时有爱打草稿的习惯。有好几次，她写信后将草稿扔到纸篓里，等想再看看草稿时却找不到。的确是扔在那儿的，可翻遍了也找不到。问问用人，用人说纸篓还没倒呢。难道也是母亲拿去了吗？

这么说倒想起来了，后来有几次，阳子发现母亲的著作中有自己爱用的词句和说法，感到很奇怪。

"不过，难道……"阳子半信半疑。

恭平说:"总之,你要多加小心。如果有了男朋友,更要注意,以免成为母亲教育少男少女的反面教材。你一定要想到家中有间谍,我再也受不了间谍的跟踪监视了。我离家出去住会使她失去重要的素材。不过我们已经做成了一笔交易。"

"交易?"

"是的,说好了以后我还要把自己的日记给她看的,我这样说的时候,她的脸色显得非常难看。不过,最终她还是同意了这笔交易。这样做对她也有益,她绝对写不出我这种水平的日记。写了一段时间后,我就懒得自己写了,反正是满篇假话,谁写都一样,所以我就在同学中找了个文笔不错的人代笔,那位同学很高兴能有这么一个'赚外快'的好机会。现在我自己不用动手,就可以让他们出大笔的养育费。不过母亲失去了身边的一个观察素材,剩下的只有你了。她会把注意力全部集中到你的身上,我劝你最好早点儿离开这个家。"

恭平就这样离开家出去住了。当时,哥哥的话使阳子受到了很大的打击,但时间一长也就忘记了,可今天晚上突然听到了父母亲的谈话,使她本已平静的心又涌起了波浪。

她不是有意窃听的,只是那窃听器灵敏度极高,收到了父母的谈话信号,她碰巧听见了。她浑身僵硬,根本意识不到应该捂住耳朵。

在谈话之前进行的那种夫妻生活的淫秽情形已使为人父母的威信扫地了,同时也给她那水晶似的纯洁的少女之心以沉重的打击。随后进行的谈话对阳子来说简直是雪上加霜,使她一蹶不振。他们的确是这样说的,事实如此。

"哥哥说得对,父母是把我们当作'做生意的工具'了。啊!我仅仅是个工具而已。"阳子任凭泪水在脸颊上流淌。过了一会儿,眼泪也流干了,她陷入了长时间的精神恍惚之中。在这茫然若失的时间里,她心中唯一的精神支柱崩溃了,剩下的只有空虚,这是用任何东西都无法弥补的。

三

布狗熊上的渍迹和文枝的血型吻合，但在 K 市神社的牌坊前搜查时却什么也没发现。最近出厂的汽车都是采取静电喷漆，质量很好，几乎不掉漆。再则，案发后没有马上开始搜查，时间一长，现场几乎失去了原样。

小山田怀疑文枝被撞死后遗体已被弄到什么地方扔掉了，但眼下一点儿线索都没有，无法进行进一步的搜查。

警察已停止了调查，他们当初也只是应被害者亲属的要求开始调查的，所以并不太热心。这样，着急的只有小山田和新见两个人了，光靠他们俩是做不了什么事的。

"小山田先生，今后怎么办呢？"

"不知道。"小山田两眼望着天，绝望地回答。

"可不能灰心呀！"

"不过，既然这样了，今后怎么办才好呢？"小山田对新见的提问无言以对。

"反正我觉得眼下最重要的是不能泄气。如果我们不寻找的话，那谁还会去寻找你妻子的下落呢？我似乎感到她正在哪个遥远的地方急切地呼唤着我们呢。"

"正在叫你呢，我可没有听到这样的声音。"

小山田漠不关心地回了一句，妻子的下落似乎已与他毫不相干了。

"小山田先生，我理解你的心情，但你这样说对得起你妻子吗？你妻子在呼唤你，请你不要充耳不闻。"

新见对茫然若失的小山田又安慰又鼓励。对新见来说，失去文枝（他称她为直美）也很痛苦，精神上受到了严重的打击，仿佛灵魂中最重要的部分被切掉了一样，恍惚不安。

可是，这些绝不能让小山田觉察出来，如果让他察觉到新见因此而受到了很大的打击，那么对他的打击只会有增无减。

新见没有资格对文枝的失踪公开表示悲痛，因此，新见所受的打击要比小山田更大，内心更痛苦。

从社会道德来说，这是件见不得人的风流韵事，可双方发誓相爱，建立的却是真正的感情。以前，新见还未曾这么强烈地爱过异性，他认为是文枝使他第一次体会到了什么是真正的女性，而文枝也说从新见身上看到了真正的男子汉气概。

新见和妻子结婚是有自己的想法的，现在他已如愿以偿，平步青云，一直升到了目前的职务，但是以结婚为代价实在太高了。他生活在一个冷冰冰的、毫无生气的家庭中，和妻子的关系也就是同居一室而已。孩子出世了，但那不是爱情的结晶，而是人类的自然繁殖。

新见和妻子同房时不曾有过欲望或注入情感，只是由于肌肤接触引起的反射功能而将精液射入妻子体内。为了名誉、地位，结婚后要与妻子同房，那次性交对他来说是头一次接近女性，也是唯一的一次。后来文枝（直美）走进了他的生活。她的整个身心都讨新见的喜欢，他俩简直是天生的一对，心心相印，并达成完美的肉体结合。

他俩像被卷入激流似的，迅速投入了对方的怀抱。为了保全自己，新见曾想刹住车。他清楚地知道，如果这样下去，他们就要一起被卷入急流尽头的深潭之中，而那深潭离他已经越来越近了。

相逢时的欲火燃烧得愈旺，得到的满足愈多，分离时的寂寞之感就愈加难以忍受。不能永远待在一起，思恋对方，什么事都没心思干，使他们感到无限的烦恼，觉得像要发疯似的。

正在这个时候，文枝却突然销声匿迹了，她还活着的可能性是相当小的。只要还活着，她一定会先和新见联系的。

但也不排除由于受重击而一直昏迷不醒或是被监禁的可能性。可他想象不出，能有什么地方把一个负了伤的女人关这么长的时间，而周围却没有人察觉。

"直美啊！你到哪里去了？"

周围没有一个人的时候，新见不知这样地呼唤了多少遍。他仿佛听见她也正从哪个遥远的地方在频频地呼唤着他。是啊，那确实是呼唤新见的声音。

"新见，快来啊，救救我！"这声音好像是从很远很远的地下传来的。

"你到底在哪儿呀？直美，快告诉我吧！"

新见紧紧地追寻着那低沉的呼救声，然而却找不到踪影，只听见那细微、悲惨的叫声："救救我吧！"晚上头一落枕，耳边又响起了呼救声，声音更加悲凉，更加痛苦。呼救声回荡在新见的耳边，可就是没法知道它来自何处，使得新见更加焦躁不安。

"直美，就算你已不在人世，也请你显个灵，告诉我你所在的地方，你到底在哪儿呀？只要你告诉我，我就一定会把你抱在自己的怀里，让你安安稳稳地入睡。"

他将耳朵贴在枕头上，不知反复地讲了多少遍，说着说着就迷迷糊糊地睡着了。对新见来说，找不到直美，真是连觉都睡不安稳。

四

星期天，新见的妹妹与妹夫来玩。这是他最小的妹妹，名叫千代子。五年前，千代子到山上去野营时，认识了建筑公司的职员鱼崎。当时他正在附近的水库建筑工地上干活。后来他们结了婚，现在已有一个三岁的儿子，名叫小正，今年起要上三年幼儿园。鱼崎最近要出差到巴西去，作为成套设备出口的一个环节，他们公司将帮助巴西建造一个水力发电站。他是个技术员，自然在那里待的时间要长些。所以，他们今天来，除了玩，也算是告别。

"上幼儿园可真不容易，我和鱼崎俩人轮流排了三天三夜的队，好不容易才报上了名。"

新见走进大伙儿都在的那个房间,听见千代子正在和嫂嫂说话,用词有些夸张。

"你在说什么呢?"新见这么一问,千代子便转过脸来,又把为给儿子报名上幼儿园,夫妻俩在报名开始前三天就轮流去排队的情形重复了一遍。这家幼儿园位于成城,由于是"圣费利斯大学的附属幼儿园",一旦进入这家幼儿园,将来就能免试升大学,因此从东京都内以及附近的县前来报名的人数竟为招收名额的几十倍。

"你这个人,怎么让鱼崎也去干那种事。"新见有点儿感到意外,脱口说了这么一句。千代子马上撅起嘴说:"什么事?难道他就不能去排队吗?这可是一件关系小正一生的大事。"

"不就是上幼儿园么,一生长着呢。幼儿园上哪个不是都一样吗?不仅仅是你,现在做母亲的都把这个问题看得太重。"

新见这话也是有意说给自己的妻子听的。

"哥,你的想法太天真了,现在从幼儿园起就有差别,小时候落后了,一辈子都很难赶上的。现在的孩子可没哥哥你小时候那么悠闲。"

"我知道现在竞争激烈,不过人只能盖棺定论。所以说在人生刚刚起步的幼儿园、小学,哪能有胜败之分?如今做母亲的对孩子的教育太急于求成了。孩子的才能说不准会在什么时候、什么方面显露,不一定从小揍他的屁股,他就会像父母期望的那样成长。父母多数是为了自己的面子和私利才让孩子去竞争,这些父母还挺得意。让孩子从幼儿园、小学起就竞争学习成绩,简直像马戏场上看耍猴。"

"什么马戏场上看耍猴,你这话也太过分了!"千代子紧咬着嘴唇,像马上要哭出来似的。

"你啊,鱼崎难得来一次,你说这些太不好啦。"妻子见状,出来打圆场。

"不，不，哥哥说得对，我对这种望子成龙的教育倾向也持有疑问。也许由于父母间各方面情况都太平均化了，于是就让孩子去竞争、体现差别，或者是对孩子期望过高，把父母亲没有实现的梦想全寄托在孩子身上。总之，如今这种始自幼儿期的英才教育，确实有过分的地方。"

鱼崎十分得意，与新见俩人一唱一和。

"你怎么也变卦了？你不是也同意与其将来让他吃苦，不如现在尽我们的能力给他创造条件，送他去个好幼儿园受教育吗？"千代子马上将攻击的矛头转向了自己的丈夫。

"这个嘛，是因为小正的教育都由你负责，所以我只好尊重你的意见喽！"

"什么，我负责？你别说这种不负责任的话，他可是咱俩的孩子。"

"那，那是我们商量好的分工嘛！"鱼崎望着年轻妻子那天真的样子，独自一笑。

"什么呀，还笑呢，真讨厌……"

"你看我现在笑，觉得讨厌，就证明你也讨人嫌啦。"

夫妻俩的争吵莫名其妙地改变了方向。

"看，不管怎么说，还是小两口亲哪！"

新见妻子的脸上露出羡慕的神色，表情显得十分认真。她和新见的夫妻生活中就是缺少这种亲热劲儿。

正在这时，刚才在别的房间里玩耍的小正和新见那念小学的小儿子一起跑了进来。

"还给我，还给我！"小正一边喊，一边在后面追赶，新见的儿子把小正带来的布玩具抢走了。

新见的妻子叫着儿子的名字训斥道："隆一，别逗弟弟。"

新见无意中瞟了一眼隆一抱着的布玩具，一下子怔住了。这一惊非同小可，犹如触电一般。那布玩具是个狗熊，而且造型、尺寸、材料、颜色搭配等都和捡到的那只布狗熊丝毫不差，只不过这个是新的。

起初，新见还以为儿子是把他捡的那个布狗熊拿出来了，可那只布狗熊托朋友化验过血型后，一直锁在公司的柜子里。

"这，这个布狗熊……是怎么回事儿？"

新见突然这么大声一嚷，把孩子们吓了一跳。小正一下愣住了，呆呆地看着新见的脸色，然后跑到母亲怀里哭了起来，误以为新见在训斥他。

"好了，好了，别怕！看你，突然这么大声，把小正都吓着了。"妻子责怪道。

"不，我不是冲他们，我是说这布狗熊可真稀奇啊！"

"这布狗熊不是极普通吗？"

"这是在哪儿买的？"新见朝他妹妹问道。

"不是买的，是送的。"

"别人送的？谁送的？"

"圣费利斯的入园纪念，是幼儿园赠送给入园儿童的。当然不是白给，费用早算在入园费里了。"

"入园纪念？那入园的儿童每人都有吗？"

"是啊，圣费利斯的'动物玩具'很有名，许多母亲都把它作为孩子一生的保护神，即使不上这家幼儿园的也想得到一件。"

"每年都给狗熊吗？"

"根据年份，也有给狗、猴子、兔子的。今年是给狗熊，狗熊是最受人们喜爱的。"

"'最受人们喜爱'？这么说除了今年，还有给狗熊的年份？"

"大概五年一个循环。不过，哥哥你怎么对这玩意儿感兴趣？"

"这布狗熊做得挺有意思，引起了我的兴趣。把这种布玩具赠给入园儿童的只有圣费利斯一家吗？"

"我想大概是吧。反正市面上没有卖的，又很吉祥，所以就是旧的也有人想要。"

"每年大约发多少个?"

"有多少入园儿童就发多少个,因为大约每年只录取五十名孩子,所以发的布玩具也应该是这个数。不过,奇怪呀,哥哥以前可从未对那些布玩具感兴趣过,怎么……"妹妹倒是对新见的态度感起兴趣来。

第二天,新见就去了圣费利斯大学附属幼儿园。圣费利斯大学位于成城的一角,占地面积很大,环境幽静,培养人才所需的各种教育设施完备,孩子们从幼儿园到大学可以受到系统的教育,可为日后成为社会的有用之才打下良好的基础。

校园内是一片绿色的世界,校舍掩映在树林之中,房屋四周全是对学生开放的草坪。女学生们三五成群地在上面玩耍,像花朵一样点缀着草坪。

学生停车场里有跑车,也有进口车。学生们的穿着也不同于普通学校的学生,给人的一种感觉:这些孩子都是富家子弟,其父母有钱、有地位。

在这个校园里,从未因学费上涨或意识形态问题而引发学潮。学生都是些有钱人家的孩子,不管学费怎么涨,他们都不在乎。对他们来说,怎样十分愉快地度过这一去不复返的青春年华,才是最重要的问题。

偶尔也会由入错校门的学生带来学潮的火种,不管他们怎样向外部求援或拼命煽动,圣费利斯的学生都从不响应。

对这个校园来说,什么斗争与革命,均属变质。只要有"美好的青春",在上层社会沙龙那种高雅的环境中,能掌握知识、陶冶情操、增加教养就行了。

这些学生父母的社会地位高,有条件为他们创造舒适的环境。作为子女,只要走父母为其铺设好的道路就行,还有什么必要去特意改变呢?

如此一来,那些与该校格格不入的东西自然渗透不进来,遍及全国的学潮也只能避此而过。

附属幼儿园就设在这所宏大的校园内的一角。

令人吃惊的是，这儿也有停车场，而且停满了来接孩子的高级轿车。在圣费利斯的盛名吸引下，东京城里的人自然不用说了，就连城外和邻县的幼儿也被千方百计地送到这儿来上幼儿园。停车场就是为这些接送上幼儿园的孩子的车辆设立的。

凭妹妹夫妻俩的实力，究竟能否让孩子在这里上幼儿园还是个疑问。新见竟忘掉了自己来这儿的目的，一下子为妹妹担起心来。

他来到接待室，遇到一位"教务主任"职衔的男人。那个人先是对新见拿出来的布狗熊投以怀疑的目光，随即又断定这是圣费利斯幼儿园发给入园儿童的纪念品。

"这'熊'，有什么问题吗？"教务主任越发疑惑不解。

"是这样的，这只'熊'的主人被车撞了，凶手开车逃了。"

"撞人后逃跑了？"

"说得确切点儿，肇事者撞人后，好像把被害人用车运到什么地方藏起来了。"

新见说的时候把"被害人"换成了"凶手"。他说事故发生后自己偶然从现场附近经过，捡到了这只"熊"。因没有其他具体证据，警察也不肯出动。这"熊"所沾的血迹肯定是被害人的。

他还说自己虽是个过路的人，但是想，哪怕能把这"熊"还给被害人家属也好，所以才来打听其身世。他说得像真的似的。

教务主任似乎相信了新见所说的话。

"这是发给昭和三十三年度（一九五八年）入园儿童的纪念品。"

"你怎么知道的呢？"

"我们这儿全部实行三年保育制，每年给新入园的儿童发一种布制动物玩具，有熊、松鼠、兔子、猴子、狗五种，五年轮一遍。熊正好轮到有'三'和'八'字的年度。昭和三十三年那组熊的鼻子是黑色的，三十八年那组的鼻子是白色的。"

"怎么知道是昭和三十年代的呢？"

"你看这熊的喉部有三撮白毛，这就表示昭和三十年代。我们对每种动物都动了脑筋，在爪子、牙齿、耳朵等处做了记号，以区别年度。"

"哦，原来是这样。那能让我看一下昭和三十三年入园儿童的名单吗？"

"嗯，那……"

"这个布狗熊可能是那个可怜的被害人的遗物，我想把它还给其亲属。如果其亲属已提出搜索请求，加上狗熊的出现，或许能请动警察。"

"如果是这样的话，那好吧。"

教务主任犹豫不决，听新见这么一说，也觉得有道理。新见把布狗熊的主人说成被害人的战术起作用了，如果听到这是凶手的遗留物，对方肯定会说圣费利斯幼儿园的毕业生中不会有如此凶残的人，从而闭门谢客，也就不可能看到名单。

昭和三十三年度入园的儿童有四十三名，现在的年龄都在十九至二十岁。

圣费利斯幼儿园不愧为负有盛名的幼儿园，其毕业生从名单上来看全都是上层社会人家的子女，父母的职业绝大多数是实业家、医生、律师、作家、一流的艺术家，等等。

四十三名中，女生占二十六名，共有三十一人免试进入圣费利斯大学。

首先这四十三人都是嫌疑人，但也可以设想四十三人中的某人将熊送给了别人。不过据说圣费利斯的毕业生，多数将这吉祥物当作一生的护身符留在身边，所以从这一点看，凶手很可能就在这些布狗熊的主人之中。

不管怎么说，在茫茫的人海之中能把目标缩小到四十三人，这已经属于飞跃性的进展了。新见觉得这是受到了文枝灵魂的指引。

"但再往下就难办了，因为不可能挨个儿直接问人家布狗熊还在不在。"新见对小山田这样说。就算碰到真正的凶手，如果他对你装蒜，也一点儿办法都没有，对没有搜查权的他俩来说，人家并没有回答的义务。

"那怎么办才好呢？"

眼下小山田可依赖的人只有新见。尽管将目标缩小到四十三个人，但如果没法搞清到底是谁干的，那岂不是和没找到这四十三个人是一码事？

"先暗中调查一下这四十三个人的车子，如果谁的车与人接触发生了事故，车子肯定会有损伤。"

"要委托警察吗？"

"当然，关于布狗熊主人的情况，我们要把所知道的告诉警察。不过现场没发现任何可认为是撞人车祸的证据，能有多大把握让警察出动还是个大问题，看来还是缺少能把布狗熊和车子必然联系起来的东西。"

"不过，有血迹呀！"

"那还难说是否是因交通事故所沾上的血，只不过是我们的推测。由于血迹很少，只能化验出血型，还不能断定这就是你妻子的血，还可能有和你妻子血型相同的人。"

"这么说，查不出凶手了？"说到这里，小山田又绝望了。

"我们盯住布狗熊，凶手的吉祥物反倒会保佑我们的。从'熊'掉在现场的事实和用得这么旧来判断，可以认为凶手是一直把它带来带去的。所以只要在这四十三个人的周围打听一下，能找出最近哪个人把一直带在身边的布狗熊突然弄丢了就行了。"

"不过要找四十三个人的周围的人，这可不是件容易的事。"

"我有秘密武器。"

"秘密武器？"

"忘了？你追踪到我的那条途径！"

"……"

"东京企业的森户嘛!"

"哦……"

"他有独特的嗅觉,让他当推销员我真觉得有点儿可惜,叫他去也许能查出来。"

"他肯接受这种差事吗?"

"如果我给他下命令的话,他肯定会接受。实际上我只和你一个人说,你可别说出去,森户是帮我暗中搜集企业情报的人。作为回报,我买了大量他所经管的情报管理器材。他搞这种调查最合适了。"

新见似乎胸有成竹。

五

"恭平,恭平!"

恭平被朝枝路子的连连叫喊声惊醒了,浑身都是汗。

"到底怎么了,做噩梦啦?"

"做了个很可怕的梦。"

"最近你常做噩梦。"

"老做梦被人追赶着,好像在一个是山洞的地方拼命逃跑,无论怎么跑也甩不掉那个追赶的人。虽然绝不会被他抓住,但背后总听见有脚步声。那步步逼近的脚步声好像还回荡在耳边,可我的脚却偏偏像是陷进了泥潭,动弹不得。"

"你想得太多了,胡思乱想些什么呀!"

"我也知道,可难以控制。"

"你这样简直是在自掘坟墓。对了,我们下决心去旅行吧!"

"旅行?"

"对呀,去国外,离开日本,你的这种神经质就会好的。"

"国外?"

"嗯,不好吗?两个人远走他乡,我还没到国外去过呢。"

"我也没去过。"

"这不正好嘛!怎么样,亲爱的,我们俩去吧!这样,那件事情就会被忘掉,你也不会再做噩梦了。"

路子为自己的主意而兴高采烈。

"可是父母会同意吗?"

"到现在你还说什么呀,你不是已经离开父母独立了吗?你现在已经是另立门户、正经八百的户主啦。"

"到国外去需要钱呀!"

"那点儿钱,让你妈出嘛!那本使她一举成名的书,原本不是你写的吗?分一半版税是你当然的权利嘛!"

"这倒也是,不过……"

"什么呀,你这人优柔寡断。如果她不肯出钱,你可以把这公寓卖了。这公寓名义上不是属于你的吗?"

"卖这公寓……"

恭平对这女人的大胆提议感到吃惊。

"是啊,这公寓造得太奢侈了,最近物价暴涨,它的卖价肯定比买价要高得多。有了卖公寓的钱,到国外就可以痛痛快快地玩了。"

"不过,我去国外的话,母亲可就为难了,不管怎么说,我还是她重要的'生意工具'嘛!"

"还说这种话啊!看来恋母情结还挺严重。虽然你说要有所作为,但还是跳不出你妈妈的手心儿。"

"没那么回事!"

"那这种时候就没有必要去考虑母亲了,她还有你妹妹可以作为'生意工具'嘛!已经该将接力棒传下去了,而且……"路子说到这儿,忽然把下面的话咽了回去。

"而且什么?"

"而且,万一警察追来,如果我们逃到外国,就拿我们毫无办法了。"

"你觉得警察会追来吗?"恭平的脸上浮现出胆怯的神色。

"我是说万一嘛。你做这种噩梦,不就是由于潜意识中害怕警察嘛!"

"警察怎么会追来呢?他们毫无线索。"像是要驱除自己的不安似的,恭平提高了嗓门。

"你不用那么大声,我也听得见!'熊'的事你没忘记吧,从那以后还没找到那'熊'呢。"

"'熊'的事今后别提了。"

"所以说还是到'熊'无法追赶的地方去吧。"

"这倒也是,也许'熊'不会漂洋过海。"

恭平的神色终于表明他拿定了主意。

六

森户的行动十分迅速,立即将四十三名嫌疑人调查了一遍。在受新见委托一周之后,他很快就送来了第一份情报。

"已经查清了?"连新见自己都感到吃惊。

"我想把现已查明的情况说一下。"森户很自信地微笑着。

"这么说已经有些线索啦?"

"嗯,算是吧。"

"别卖关子了,快说吧。"

"为调查这件事,最近我没干一点儿公司的事儿,精力全都扑在这上面了。"

"这个我知道,你分内的工作我会安排,你就不用操心了。"

新见苦笑了一下,正因为这个"秘密武器"好使,所以"佣金"

也高。

"我没有先调查女生,而是先从男生开始调查的。撞死人装在车里扔掉,这种行为若是女生干的,那可就太残忍了。"

"不要有偏见。"

"我知道,先调查男生,然后再查女生。"

"那么,男生中有可疑的吗?"

"他们都是些优等生,看样子挺老实的,可其中有一个人,最近突然去海外了。"

"海外?"

"如今去海外旅行虽然司空见惯,可突然间没什么目的地去海外,总觉得有些不可理解。"

"到底是谁?那家伙去哪儿了?"

"别急,让我慢慢说。到海外去旅行的叫郡恭平,十九岁,是圣费利斯大学的学生。这家伙带着个女人于一周前走的。学校并未放假,不过他本人是个有钱人家的浪荡公子,学校放不放假都对他无关紧要。"

"郡恭平?就是郡阳平和八杉恭子的儿子吗?"

新见刚一想起这位排列在榜首的嫌疑人的家庭情况,森户便马上接着说:

"是啊,他是八杉恭子引以为自豪的儿子。这家伙可真是个出色的演员,和母亲在一起时是模范儿子的形象,然而一到后台就露了原形。他真不愧为放荡型演员,要母亲给他买了幢公寓,在那里随心所欲地胡来。现在这家伙又带着与其臭味相投的女人去外国了。"

"他有汽车吗?"

"他曾开过GT6-2牌子的汽车,听说前些时候还加入了东京一个叫'狂热使者'的飙车派组织。"

"现在还是该组织的成员吗?"

"听说挨了他母亲的批评后退出了。这家伙最近突然不想开车了，就急急忙忙地跑到美国去了，飞机票暂且买到纽约。怎么样，可疑吧？"

森户就像一条将捕获的猎物奉献给主人并察言观色的猎狗一样，眼巴巴地盯着新见。

"布狗熊呢？最近是不是还在他身边？"

"这个嘛，部长，郡恭平快二十岁的人了，听说还总把从幼儿园领的熊当作护身符带在身边，因此伙伴们给他起了个'熊平'的绰号。"

"熊平……那'布狗熊'还在身边吗？"

"不清楚，因为他去了美国，也许带到海外去了，但这事不追到海外就无法证实。"

如果恭平现在还带着那只狗熊，就可以排除嫌疑。但如果没带，而且又是最近才从其身边弄丢了的话，那嫌疑的阴影可就大了。

"郡恭平的那辆 GT6 没有被送到修理厂去吗？"

"没有。"

"放在哪儿？"

"不是放在公寓的停车场，就是放在自家的车库。"

"能否调查一下，那车有没有和人撞过的痕迹？"

"如果撞了人，就不会毫无顾忌地停放在公寓的停车场了。要是放在自家的车库里，查起来就有点儿难了，因为郡阳平身边总有保镖。"

"不能想点儿办法吗？"

"部长的吩咐，哪敢不从命啊！"

"拜托了，眼下重点调查郡恭平，其他人先放一放，等查清郡恭平后再说。"

或许这位浪荡公子出国旅行是一时的心血来潮哪！但在文枝失踪后不久，恭平却毫无目的地外出旅行，这一事实新见绝不能视而不见。如有必要，他可以一直追到纽约去。

第十一章 寻母遇害

一

威尔逊·霍华德用自己的身体去撞汽车，得到了一笔保险金和赔偿费，并用这笔钱让儿子约翰尼去了日本。肯·舒夫坦心中已经肯定了自己的这种判断，威尔逊一定有某种迫切的理由必须将儿子送到日本去。

这是为什么呢？

肯对此产生了浓厚的兴趣。他为什么非要这样做呢？当初他还是迫于上司之命才勉强开始调查的。

"日本呀……"

肯的视野忽然开阔了。日本对他来说并不是毫无关系的国家。不，不仅有关系，而且那里还留下了他青春时代胡作非为的足迹。如果有钱，他还想故地重游。在肯的记忆中，日本还是战败后的一片废墟，但他感到在那个国度里，仍保留着当今美国已见不到的"人心"之类的风情。

现在的日本与当时相比有什么变化呢？肯还没有亲眼目睹。肯在战后几年间曾经待过的日本，现已走向繁荣富强。

日本人有一种堪称国民性的勤奋精神和民族凝聚力，使其能在很短的时间内，从战败后的一片废墟中迅速崛起，以至于全世界都为之震惊。肯等美国人曾轻蔑地骂他们是"黄种猴"，但日本人像蚂蚁似的勤劳，集合起来像核反应似的强大力量，又使他感到有一种潜在的威胁。

他感到如果把美国的资源给日本人，日本便会成为不可战胜的国家。

日本人的强大和可怕，就在于日本是个单一民族的国家，只有大和一个民族，所以人人都有"自家人意识"和民族主义精神，只要是日本人，一般出身都很清白。总之，日本人同伴间不存在什么"哪来的野种"。而美国却不一样，它是个多民族、多种族的国家，有人将其称为"杂种国家"，世界各地的人都有，多数人都血统不纯。

在这样的国家里，人与人之间最容易产生不信任感，人们对物质比对人还信任。美国是世界上自动售货机最发达的国家，从购买饮食、杂志、车票等到购买生活必需品，都使用自动售货机。

当你寂寞、为难、失恋时，只要投入硬币，各路专家就会通过录音，亲切地回答各种问题，帮你解除人生的烦恼。

从了解神圣的教义，到为独身者电话约会性交伙伴，只要投入一枚硬币，有选择地按一下电钮即可。就像在餐厅的自动电唱机前，投入硬币，按一下电钮，就可以选听唱片一样简单。

由于自动售货机简单、方便、可靠性强，无论在哪儿都能买到同样的东西，所以人们用起来得心应手。这就是一种人类只信任物质的极端机械论。

在省人力、省工费的自动售货机问世之前，金钱就已成为联结人类的媒体。那时还没有自动售货机，但在火车站、球场、剧场、银行、旅馆、汽车旅馆、餐馆、停车场等人多、花钱多的地方，只用打手势便可进行交易。

金钱是人类社会的流通货币，由于它的作用，人与人之间的感情淡漠了，结果剩下的只有金钱，然而却没有一个人对这种现象提出过疑问。

高度发达的物质"文明"仅使物质遥遥领先，却将人类的精神和亲情远远地抛在了后面。而这种物质魔鬼最猖獗、最容易有市场的地方，就是像美国这样的合众国了。

美国本来就不是一个由土生土长的单一民族结成的国家，到这里来的人大多都是为了寻求成功的机会，或者说是在本国无法谋生的，所以人们之间竞争激烈。在美国这个国家诞生的同时，已经酝酿了物质支配精神的基础。

可日本却不一样。这片国土上的人都是土生土长的，因此无论物质如何泛滥，都不会达到支配人的地步。

肯想起了曾经待过的日本，由于职业关系，他切身感到纽约在精神上的堕落。

哪个国家都有犯罪，日本有，经济体制不同的苏联、中国也有。

可美国的犯罪性质与其他国家不同。就犯罪中最恶性的凶杀案来说，凶手一般都有相应的动机，但在纽约，却常常发生一些神出鬼没、毫无动机的血案。拦路抢劫后又杀人，强盗马上又成了杀人犯；强奸妇女之后又残忍地将其杀害，还要殃及偶尔路过的行人。

据说，在纽约的马路上行走时，要尽量走人行道靠马路的一侧。如果你靠着房屋的那一侧走，就有可能被拖进小胡同里剥光衣服。

就在前几天，在中央公园有位日本留学生被一群流氓围住拳打脚踢。那位留学生拼命向附近的人呼救，可是过路的人却没听见似的只管赶路，最后还是被碰巧路过那儿的巡警救了。刚刚入学，他就仓皇退学，逃回日本了。

据说，那位日本留学生在离开美国之前讲述当时的恐怖情景时说："在被拦劫扼住脖子时，并不怎么害怕。因为，当时有对看上去很有教养的老夫妇正打那儿路过。可当我向他们求救时，那老太太竟拽住丈夫的袖子说'别去管闲事'，然后迅速躲开了，这时我才感到美国真正的可怕。"肯觉得这话触及了美国社会的要害。

全然不关心与己无关的人是死是活，只要自己的生活安稳、有保障就行了，所以，哪怕稍微有点儿受到威胁的事儿，他们都极力避开。为正义而战，只是自身安全能得到保障后的事情。

在美国，一般人看到犯罪行为往往佯装没看见，之所以这样，是因为在这个多民族、多种族的国家里，物质文明的巨大化使人丧失了本性。

令人震惊的是，这种明哲保身的风气竟也渗透到了警察中间。他们只在上班时负责保障人的权利和自由，维护公共安全和秩序，而下班后就成了普通人。

有时即使眼前有人陷入危难之中，如果救这个人可能会威胁到自己的安全，他们也会视而不见。

肯也绝不例外。如果发生了凶杀案，他会因职业的本能而去追捕；但一旦从长时间的紧张工作中解脱出来，踏上回家的归途，即使遇上市民受流氓纠缠之类的事，他也只当没看见。

警察也是人，工作之余也有休息的权利。肯虽然对这种意识并不怎么反感，但心中也觉得不是个滋味。

"我也不知不觉地中了纽约的毒！"

这样，在肯那模糊不清的遥远的记忆中，日本是个"人类安居的王国"。威尔逊·霍华德竟不惜牺牲自己的性命让儿子去日本，究竟是为什么呢？这引起了他极大的兴趣。

二

肯到霍华德父子住过的公寓去过两次。那里的情况没有丝毫改观，依然是纸屑遍地、臭味熏天、酒鬼随处可见。

使他吃惊的是，这次来和上次来所看到的一模一样，还是这个地方，还是这些人。威尔逊·霍华德也曾是他们中的一员。

在霍华德父子住过的公寓附近的道路上，有几个男人颓丧地站在那儿，那饮酒过量的红脸上有些湿润、发亮，原来他们正在哭泣。

"出了什么事儿？"肯走过去向一个人问道。

"警官先生，您看这多可怜呀！"

那人用手指了指，只见一个流浪汉靠墙蹲着，脸伏在膝盖上，他面前摆着几个劣质威士忌酒瓶，里面都还有酒。肯立刻知道出了什么事儿，以前他也曾遇到过类似的情况。

"什么时候发现的?"

"今天早晨来这儿一看,萨尔蒂已经浑身冰凉了,比我们先走了一步!萨尔蒂,你这家伙怎么就这么走了呢!"说话的男人泪流满面。

"通知市里了吗?"

"嗯,收尸车马上就来。"

这是个非常凄凉的告别仪式。一个流浪汉在街头酒精中毒而死,他在人生道路上受尽挫折,借酒浇愁,不知不觉地漂泊到纽约,在流浪汉、失业者聚集的角落里,用酒精毁灭了自己。

所有的希望都破灭了。除了酒以外,其他一切欲望都荡然无存,于是就将那行尸走肉般的身体,浸泡在用乞讨来的钱购买的酒中,茫茫然度日,直到真正的死期降临。

这个早走一步的死者和自己是同一类人,因此,伤及同类,其鸣也哀。尽管经历了艰辛的人生,却和死在路边的老鼠、鸽子一样,他选择了自己所喜欢的"老位子",至死还抱着廉价威士忌瓶子。这些靠酒度日的人,从死去的伙伴身上又一次看到了自己的必然下场。

这位死者一点儿也不孤独,因为有一帮酒友聚集在他的遗体周围,用威士忌瓶子代替灵牌举行了告别仪式。

"萨尔蒂,你不是还想在死前回趟家乡吗?"

"他的家乡在哪儿?"

"听说是在意大利的一个叫萨尔蒂尼亚的岛上。我不知道那岛在哪儿。"

由于是来自萨尔蒂尼亚,所以人们就叫他萨尔蒂,谁都叫他的外号,恐怕连他自己都忘了自己到底叫什么名字了。

在这儿出席"葬礼"的人都有类似的外号,其中也有人连自己的故乡在哪儿都不知道,这些人被称为纳斯托莱斯(无巢氏)、拉崔(耗子),

等等。

送葬者心里都知道，自己早晚也是同样的归宿。他们一边向伙伴告别，一边琢磨着不能让自己最后一个死去，但愿能在有人为自己送葬的时候离开人世。

不一会儿，市里的收尸车来了。纽约每天早晨都有几个人这样死去。他们有的死在道旁、地铁里、公园的椅子上或公共厕所里，有的则是在公用电话亭里默默地离开人世。收尸车的任务就是四处去收捡这些尸体。

收尸车一走，他们又分别回到了自己的位子上，继续沉溺于威士忌中。

"警官先生，喝一杯吧？"一位送葬者说着，给肯递过来酒瓶。这些人浑身散发着臭味，像是从纽约地下冒出来的沼气。他们除了喝酒之外，没有其他任何欲望，所以对别人也无威胁。

肯推开他的手，走上了公寓门口的台阶。马里奥仍旧将电视机的音量开得非常之大。

马里奥对进来的肯夸张地耸了耸肩，那意思好像是说："怎么，你又来了？"

"我照您的吩咐，还没把那间房子租出去。"

"哼，那么脏，没人愿意来住吧。"

"别开玩笑啦！现在很难找到这种好床位，每天来租的人多得排队，可我怕让警察知道，警察已答应给我那间房子的租金了。"

"别吹嘘了！这房子，主人早就放弃了，因为这种猪窝维修费比房租贵多了。"

"别说这些了，今天又来干什么？我又没做让警察找上门的事。"马里奥的语气有些缓和。

"请先把电视机关了。"

马里奥笨拙地挪动着她那肥胖的身子，关掉了电视，然后示意肯，可以说了。

"还是霍华德父子的事，他们有没有照片？"

"照片？"

"对，尤其想看一下老头子的照片。"

"他那种人不会有照片的。"

"他不是在这儿居住多年了吗？总该照过照片吧。"

"他可没有这种有钱人的爱好。照片警察局里不是有吗？比如说在驾照、前科者的名册上。"

"他没有前科，驾驶执照过期后也没来换新的，已经作废了。"

"那么，我这儿就更不会有了。"

"他房间里的东西没有被动过吧？"

"本来就没什么，那些东西连小偷都不要。"

"我想再去查一遍。"

"把那些破烂玩意儿叫警察都拿走吧。"

肯看也不看马里奥，就进了霍华德父子的房间。地板上到处是灰尘，还有脚印，这说明自从肯来这里以后没人来过，因为没有别人的脚印，那些破烂东西也没人动过，和上次来的时候一样。

他又仔细地搜查了一遍，仍然一无所获。在这间小房子里，除了那点儿不值钱的破烂东西外，也没有什么值得再搜查的了。

威尔逊曾服过兵役，如果从这方面着手，也许能得到照片，但这要征得官方的同意。

肯是凭着个人兴趣在调查，他不想再到奥布赖恩警长那儿去提过分的要求了，已经够麻烦他的了。

"现在是不是该罢休了呢？"

肯感到"凭兴趣调查"受局限。这时，门外响起了轻轻的敲门声，随即门口出现了马里奥的脸。

"我马上就走。"

肯还以为她来撵他呢。从肯的表情上，马里奥似乎觉察出他没找到想要的东西。

"我刚想起来，有个人也许有威尔逊大叔的照片。"

"真的？"

马里奥带来了意料之外的信息。

"是不是确实有，就不得而知了。"

"是谁？"

"不用摆出这副吓人的面孔我也会告诉你，我就是为告诉你才来的。是个日本人。"

"日本人？"

"有一个日本人住在这儿，性情很怪，专门在哈莱姆区（纽约黑人区）拍照。大叔说不定也给她当过模特儿呢。"

"她？这么说是个女人！"

"是的，在这儿已经住了两年多了。"

"那她现在住在哪儿？"

"西区一百三十六号街二百二十二号，就在哈莱姆医院附近的那幢公寓里。她在这一带颇有些小名气，你一打听就找着了。"

肯没顾上道谢就从马里奥的房间里跑了出去。他还不知道有个专门给哈莱姆区的人拍照的日本女摄影师。哈莱姆区是游客们拍照的好去处，旅游车经过这儿时，车窗里许多照相机的镜头都冲着这边。由于这里到处都有危险的提示，真正进到里面来拍照的人寥寥无几。

顶多不过是提个照相机到主街道上转一转，走到一百二十五号附近，那就够提心吊胆的。可这女人却长期住在这里，专门从事哈莱姆区的摄影。竟然有这样的女摄影师，连最熟悉本地情况的肯也是头一回听说。

马里奥所说的那个日本女人的住处，正好在哈莱姆区和东哈莱姆的交界处。他向路旁的流浪汉一打听，马上就知道了，说不定他们也都是她的拍照素材呢。

那幢公寓也和马里奥的公寓一样破旧肮脏，都将被拆除。这是一座四层的红砖建筑，墙壁上的反战标语是用漆喷上去的，还有胡乱涂写的下流话。

门口台阶旁一只装垃圾的塑料桶翻倒在地，野狗正在乱扒。旁边还有位喝醉酒的老人，坐在那儿懒洋洋地晒太阳。

令人感到奇怪的是，这里没有哈姆莱区随处可见的孩子的身影。已是午后两点钟左右了，竟看不到一个头上长满疙瘩的小孩子出溜来出溜去，就像是传染病使这里的人都死绝了似的阴森可怕。

这里没有像马里奥那样的"房管员"，也许是住在远处的房主亲自来催收房租吧。

肯立刻找到了那位日本人的房间，在二楼，因为门上挂着一块用罗马字写着姓名的牌子。房间里好像有走动的声音，正好有人在家。一敲门，里面便有人马上问道："谁呀？"

一个外国人，而且是个独身女人，能一直住在哈莱姆区可真有胆量，但她的警惕性似乎也挺强的。肯报了自己的姓名和身份后，说有点儿事要打听一下。

听说是警察，门马上被打开了，里面走出一位个头不高、身材苗条的日本女人。因为她住在哈莱姆区，所以在肯的想象中可能是个很厉害的母夜叉似的女人。然而出来的竟是位二十来岁、五官端正的美丽的年轻女士，令肯颇感意外。

"您是三岛由纪夫吗？"

肯核对了一下门牌上的名字。

"不，我叫三岛雪子。"

肯苦笑了一下，他把对方和日本知名作家名字的发音搞混了。

"我是肯·舒夫坦。不过,可不能因为一说是警察就随便给来的人开门哟,在纽约假警察有的是,就是真警察有时也不能相信。"肯马上向这位初次见面者提出了忠告。

"噢,哪有那种事儿。我在哈莱姆区从未意识到会有危险,从外表看虽然有些可怕,但这里可尽是些好人。我不明白哈莱姆区为什么会令人恐惧,我倒是觉得离开哈莱姆区外出才可怕呢!"

"这是因为您还不知道哈莱姆区真正的可怕。不,也可以说您还不知道纽约的可怕。幸亏您被当作'客人'在这儿很受欢迎,您还没有接触到那些可怕的东西。"

"我可是相信哈莱姆区,相信纽约和美国的。"

"作为一个美国人,我向您表示谢意。不过,我今天突然来访,是因为听说您可能给一位叫威尔逊·霍华德的老人拍过照片。"

"威尔逊?"

"住在东区一百二十三号街公寓的一位黑人,六月份死于交通事故,和儿子约翰尼住在一起。"

"哈莱姆区的居民我拍过很多,他有什么特征吗?"

"我就是想知道他的特征才来的。"

"他大约多大年纪?"

"六十一岁,爱喝酒,年轻的时候当过兵,去过日本。"

"去过日本?一百二十三号街的?唉,是那位'日本大叔'吧!"

"日本大叔?"

"是个日本迷,他一直怀念年轻时在日本的时光,所以被称为'日本大叔'。"

"这一带去过日本的人没几个。"

"若是那位'日本大叔',照片我照了不少,你想看吗?"

"非常想看。"

"请进吧!"

他们一直都站在门口谈话。虽然都是哈莱姆区结构相同的建筑,可室内布置和气氛与马里奥以及霍华德的房间却完全不一样,确实像年轻女性的房间,既美观又舒适。

肯跟着进了那间兼作客厅的卧室,里面有餐桌、椅子、床、床头柜、沙发、衣柜、电视机、梳妆台、书架等,东西摆放的位置十分讲究,书架上还可以看到日文书。房子里井然有序,反映出了主人良好的生活习惯。

窗户上挂着粉红色印花窗帘,使房间的气氛显得更加温柔、妩媚。看样子,她在这儿住的时间已经相当长了。

这间房子还用布帘隔出一小块儿地方来,后面好像放的是照相器材之类的东西,暗室可能就设在隔壁。

等了一会儿,雪子从隔壁的房间里走了出来,手里拿着几张相纸。

"啊,怎么不坐呀!"她朝一直站在那儿等着的肯惊讶地说道。

雪子将肯让到沙发上,然后递给他几张六英寸的照片,说:"尽量挑了几张看上去有特征的,这就是'日本大叔'。"

照片上黑人老人的嘴唇很厚,面部深深的皱纹像刀刻的似的,一双毫无表情的眼睛深陷在那老朽而失去弹性的脸上,闪着细微的光芒。饮酒过度使他看起来比实际年龄更衰老,已经没什么奢望了,只有记忆被封存在那满是皱纹的皮肤底下。雪子从几个角度给他拍摄了一组特写镜头。

"这就是威尔逊·霍华德吗?"

"名字我不知道,可要说一百二十三号街那位曾去过日本的黑人,就只有这位'日本大叔'了。"

肯目不转睛地盯着照片。

"您认识他吗?"对肯那激动得有些异乎寻常的视线,雪子似乎不可理解。

"不,"肯连忙否认,"这照片能借我用一下吗?"

"没问题!我这儿还有底片呢。"

"那谢谢啦。另外,最好把房间布置得再素一些。"

"为什么呢?"

"有点儿太艳了。"

"您是说有点儿挑逗人?"

"不,我并没有说'挑逗',但请别忘了这里是哈莱姆区。"

"多谢您的忠告,不过,我还是喜欢现在这个样子,迄今为止也没发生过什么事嘛。"

"还有,即使有人称是警察,也别让他进房间。不过,我例外呀。"

肯笑了笑,告辞离开了雪子的房间。

三

肯看了从三岛雪子那里借来的威尔逊·霍华德的照片之后感到非常惊愕,可他并没有久久地沉浸在这种惊愕之中。他从中受到了启发,脑袋里出现了新的疑问。

这是个他至今从未想到过的问题。肯为了证实这个问题,又到市中央登记所调查了威尔逊妻子德莱莎·诺伍德的户口。德莱莎的祖父母是十九世纪初从南部过来的黑人,父母亲也都是黑人,一九四三年起住进了哈莱姆区。

另外,威尔逊·霍华德也是纯粹的黑人。查登记所以前的登记册,也没发现他家和白人或东洋人有血统关系。如果查三代以前的话,得到他们的故乡南部去查。但南部根本不把黑人当人看待,在黑人流浪他乡后,不可能继续保存他们的登记册,再说,美国人没有户籍观念。日本的户籍是以一家一户为单位的,而在美国却是以个人为单位登记。因为是以个人或夫妇为单位登记的，所以即使看登记册，也搞不清楚其父母是什么人。也就是说，不是以父子这种纵向的关系，而是从个人或者夫妻这种横向的关系来考虑，在这种制度下，要认祖归宗是极其困难的。而且德莱莎和威尔逊的出生，也是因为进行全国普查，才半强制性申报的，恐怕连他们自己都不知道原籍到底在哪儿。

根据肯掌握的情况来看，约翰尼·霍华德不像纯粹的黑人。在约翰尼最后工作过的运输公司见到的照片也说明了这一点。说是黑人吧，肤色浅了点儿，而且相貌有点儿接近东洋人。

黑人和白人、波多黎各人、意大利人的混血儿很多，但和东洋人的混血儿则比较少。

"约翰尼的父亲服兵役时去过日本，也许约翰尼是……"调查又有了新的进展。但约翰尼登记的出生日期是一九五〇年十月，是在他父母结婚后约十个月的时候，他不可能是父亲从日本带来的。

假如威尔逊谎报了出生年月呢？

肯的脑子里又闪过了另一种可能性。现在规定申报出生年月必须出示助产医生的证明，但在贫民窟，许多妇女生孩子都不请医生助产，作为"不得已的情由"，也就免去了医生的证明书。

二十多年前，第二次世界大战刚刚结束，一片混乱，可以想象户籍的手续远没有现在严格，申报时把出生年月推迟几年是相当容易的事。反正本人怎么报就怎么登记，很可能登记不实。

完全可以认为约翰尼是在日本出生的，因为什么变故才离开母亲，他一个人陪伴着父亲回到了美国，回国后父亲结了婚。当时父亲为了把约翰尼说成是夫妇间生的孩子，申报时有意隐瞒了真实年龄。

"那么，约翰尼的生母就一定是在日本了。"

眼前出现的新轮廓越来越清晰了，这样推断也就知道约翰尼要去日本的目的了。

"也许他是去日本见自己的母亲。"

由于饮酒过度变得如同废人一般的威尔逊，觉得自己将不久于人世，就把"日本母亲"的事告诉了儿子，或许约翰尼早就知道自己真正的生母。

威尔逊即使活着也活不了多久了，他那被酒精毒害了的身体，对社会无任何用处，只能成为儿子的沉重负担。于是他就"废物利用"，用自己的身体换点儿旅费，好让儿子去日本找自己的生母。

肯对自己的推测十分自信。

"到日本去找母亲，被杀了，他可真可怜。"

此时，肯才可怜起这位素不相识、客死他乡的黑人青年来。不，对约翰尼来讲，日本并非异国，而是名副其实的"母国"，他在"母国"被人杀害了。

"他能见到母亲吗？不，大概在这之前就被杀害了吧。母亲要是知道了约翰尼的死讯，肯定会痛不欲生的，也许他母亲还不知道约翰尼到日本来了吧。"想到这里，肯仿佛猛然被强大的电流击了一下，身体变得僵硬起来。一种可怕的念头出现在脑海里，他不敢再往下设想了。

"难道……"肯静静地望着空中，自言自语道。

第十二章　遥远山镇

一

在雾积一带的调查一无所获。群马县的警察虽然布下了天罗地网，但始终没找到任何可疑的人。于是，他们又倾向于当初的看法，推测老太太中山种是由于自己一脚踩空，失足从水库大堤上摔下去而死。

他们的脸上明显地流露出不耐烦的神色，似乎在埋怨警视厅，如果他们当时不多嘴多舌，肯定会少花许多精力和时间，可现在却是徒劳无功。

这下东京方面脸上可无光了。但栋居他们确信中山种并非死于意外事故，这种信念丝毫没有动摇，认为凶手是抢在警察之前把被害人骗到大堤上推下去摔死的，否则就无法解释一个年过七旬的老人，怎么会无缘无故地到大堤上去，准是被凶手的花言巧语骗出去的。看来被害人和凶手是熟人，这样才会没有戒心，被轻易地骗了出去。

由此可见，凶手与被害人之间说不定有"旧情"。

这次出差一切都不顺利，回家之后栋居总是闷闷不乐。那具被摔得惨不忍睹的老太太的尸体，以及静枝抱住尸体放声痛哭的情景，依然历历在目。

凶手一定与杀害约翰尼的人有关……

凶手可能是与约翰尼有关系的人，说不定是去雾积的时候与中山种老太太结识的。老太太知道约翰尼与凶手的关系，如果把这些告诉了警察，一切就全完了。

警察的调查也正是朝着凶手害怕的方向发展的。

"凶手可能是老太太工作时接待过的客人，不过老太太很早以前就退休了。那么，对于以前的客人，现已年迈的中山种还能记得清吗？如果凶手曾来过雾积，并至今还和老太太有来往，或许还能认得清。"想到这里，栋居才发觉有个问题一直没有被重视。

中山种一直在雾积温泉工作，退休后也一直住在雾积附近，所以一直认为她是本地人。

但实际上未必如此，说不定中山种是从外地到雾积定居的。

或许凶手就来自中山种的故乡，即来自雾积以外的地方。既然怀疑是"他杀"，对这方面当然也应该有所调查。

栋居立即向松井田警察署了解情况，得知中山种是婚后于大正十三年三月从富山县八尾町迁入丈夫中山作造的户籍的。

"富山县八尾町！"

栋居看着新了解到的这个陌生地名，心想，难道凶手是从这儿来的？没想到一直被误以为是雾积人的这位老太太，却是五十多年前从别处迁到雾积来的。

恐怕现已无人知道她和中山作造是因何结婚的了。栋居一时忘记了自己的跟踪使命，追忆起五十多年前的过去。那位一双大眼非常明亮的年轻姑娘究竟怀着怎样的憧憬，嫁给了异乡的丈夫呢？

五十多年以前的富山和群马，感觉上离得非常之远，还没有现在到国外去方便，习俗又不同，可她却嫁到这里来了。战胜了寂寞、孤独和胆怯之后，她成了地道的本地人。后来她生了孩子，又有了孙子。正当老太太要安安稳稳地度过晚年之际，突然一只黑手为老人的生命画上了终止符。

如果凶手是来自老太太的故乡，那么她肯定死也不会瞑目的。

如果真是同乡，被害人自然轻易会被诱骗出来。栋居决定将自己的看法和调查结果提交专案会议讨论。

专案会议上决定要先彻底调查一下中山种的故乡——八尾町。中山种的死若是他杀，只要凶手不属流窜作案，那么被害人的出生地，也应该作为动机产生地而被列入调查范围。

可是，中山种离开家乡是在大正十三年，五十多年过去了，孕育出的动机会是什么呢？眼下谁都无法回答这个问题。反正，雾积一带已被彻底调查过了，未发现什么。看来即使白跑，也要到她的故乡去找找其他线索。

到八尾町去调查的还是横渡和栋居。他们俩熟悉整个案情，而且提出了八尾町这个新的调查地，看来只有他们去最合适了。

从地图上来看，八尾町位于富山县中南部，人口约两万三千人，南邻歧阜县。富山县南部的飞弹山脉连绵起伏，主峰是金刚堂山，海拔一千六百三十八米。起源于这里的室牧河、野积河、别庄河等河流蜿蜒曲折于悬崖峭壁之间，向北流去，使山腰、山脚处有的地方成为河岸、山冈，有的地方成为一马平川。几条河在八尾町中部汇成一条大河，名曰井田河。

据史料记载，八尾町源于神话故事，历史悠久，整个地区都有石器和陶器出土。据说奠定八尾文化基础的是飞鸟时代，城镇是以桐山城主诹访左近构筑在龙幡山上的城寨为中心而发展起来的，曾十分繁荣，是越中和飞弹的交流中心，后作为富山藩办理谷米金钱出纳的地方而更居重要地位，蚕种、生丝与纸等的贸易也十分兴旺。雄伟壮丽的"曳山"和在全国享有盛名的"小原歌谣"等当地文化财富，至今仍继承了江户时代商人文化最兴盛期的华丽风貌。

去八尾町有三条路线：可以坐飞机经富山进入八尾，也可以乘信越线后转乘北陆线进入富山，还可以乘东海道新干线沿高山线到达。

他们决定取第二条路线，这样可以坐上由上野发的夜班车。因对这次调查不抱多大希望，所以必须尽量节省旅费和时间。

尽管如此,为了在第二天能立即开始工作,他们还是买了卧铺。列车于二十一时十八分从上野站发车,第二天早晨五时十分到富山。卧铺已经铺好,但他们没有立刻入睡,而是站在车窗边向外眺望着。

"要不是为这案子,恐怕一辈子都去不了那儿。"横渡十分感慨地说。发车铃声停止后,列车缓缓地离开了站台。

"横渡君,在雾积你也讲过同样的话。"栋居说。

"是吗?"横渡转动着眼睛若有所思。

"我现在突然觉得,咱俩要是不去雾积的话,也许那位中山种老太太不至于被杀。"

"那可不见得,因为目前还不能断定此案就是杀害约翰尼的凶手干的。"

"你也认定这两个案子有关吗?"

"……"

"要是因为我们去了那个一生都不会去的地方而使老太太遇害,那我们心里就太不安了。"

"你想得太多了。"

"我放心不下她那个叫静枝的孙女。"

栋居也有同感,那姑娘失去了唯一的亲人,可以说也正是她那不幸的遭遇才引出了八尾这一新线索。

"我们即使能抓住凶手,也无法挽回那姑娘的孤独。"横渡似乎一下子变得有些伤感。

"老太太已属高龄,即使现在活着,也保不准哪天会死的。"

"能像你这样想得开就好了。"

"我也是无亲无故,已经孤独惯了,失去亲人的悲痛和孤独只是一时的。人都是独立的。"

"你不打算娶媳妇了?"

俩人并非有意要谈自己的身世，可横渡不知在何时了解到栋居还是单身。

"我想什么时候自己觉得要找的时候，找一个也行，可眼下全没那份儿心思。"

"娶了媳妇，生了孩子，想法就变啦。"

"即使娶了老婆，有了孩子，每个人也是独立的，这一点是不会变的，不可能照顾他们一辈子。"

"可真是，人总要分手，可尽管如此，人生的大部分时间还是同自己的家人一起度过的。"

"也只不过是一起度过而已，各自还是孤独的，其本质不会改变。我觉得亲人、朋友就像是在一起编队飞行的飞机。"

"编队的飞机？"

"对啊，如果哪架飞机发生了故障或是飞行员受了伤，不能再飞，僚机也无法代为飞行。亲戚朋友顶多是在他旁边照顾、鼓励而已。"

"即便如此，也总比没有强啊！"

"实质上这种鼓励和什么也没有是一样的，无论怎么鼓励，都既不能排除飞机的故障，也不能恢复飞行员的身体健康，使飞机继续飞行的，最终还得是自己。"

"你的想法太偏激啦。"

"人生难道不是和一个人乘坐单座飞机飞行一样吗？无论机体受到什么伤害，都既不能同他人换飞机，也不可能让他人代为驾驶。"

就在俩人站在过道上交谈之时，列车窗外的灯火已渐渐地稀疏，像是进入了埼玉县。过道上已无人影，乘客都各自钻进了卧铺。

"好了，我们也睡吧，明天还得早起呢。"

横渡打了个哈欠，两个人都去睡觉了。

二

列车徐徐驶入富山站月台，比正点时间晚了五分钟左右。天黑黑的，丝毫没有拂晓的样子。对他们俩来说，富山只是个中转站而已，他们要在这儿换乘高山线去八尾。

"确实比东京冷。"横渡被冻得直打哆嗦。

一下北陆线的列车，就感到北方的初冬寒气袭人，使适应了车内的暖气温度的身体针扎般地难受。

"离高山线开车还有四十来分钟，在哪儿休息一下吧。"

两个人在车站里找起了茶馆，但在这个时间没有一家店开门。到车站外去找，时间又不够，不得已，他们只好稍微洗把脸，在候车室里消磨时光，等着列车进站。黎明的寒气把他们冻得浑身发抖。

和北陆线的特快相比，高山线的慢车具有很强的地方色彩，列车只由四五节车厢组成，车内乘客也很稀少。闹不清这么早他们有什么公干，要上哪儿去。乘客们蜷缩着身子，拼命地弥补着睡眠的不足。

"这下子可算睡醒了。"横渡说着，脸上已毫无睡意。

他用冷水洗了把脸，又到外面呼吸了一下新鲜空气，一点儿睡意都没有了。

"睡得好吗？"

"不，我很少坐卧铺，所以兴奋得一夜没睡好。"

"我也是，不过身体舒服了一些。"

"如果这是硬座的话，折腾一个晚上可受不了，今天就工作不了啦。"

"不过，这趟列车到八尾是六点十九分，稍早了点儿，干点儿什么呢？"

"这么早镇公所还没上班，在富山多待会儿就好啦。"

"去八尾警察署露一面吧。"

"也许有值夜班的,但没事叫醒人家不太好吧。"

"这钟点值夜班的警察说不定也还没起床呢。带着血腥味的东京刑警,一大早便闯进宁静山峡的警察署,想必会令人吃惊。"

"虽然早晚都得去照个面,可最好还是晚一点儿去。"

"是啊!"

说话间,列车缓缓启动了,原野上已露出微明。列车出了市区,向积了雪似的白茫茫的原野尽头驶去,几盏尚未熄灭的民居灯火胆怯地眨巴着眼睛。

列车不时地到站停下,每次准有几名乘客悄悄地上下,然后继续朝着有山的方向隆隆驶去。

原野上散落的灯火都渐渐消失了,清晨的气氛越来越浓,视野随着黎明的苏醒不断扩大。头顶上空布满了厚厚的云层,又是一个北国常见的阴沉沉的清晨。

"下一站就到啦。"

横渡看着被甩在身后的车站牌说了一句。山越来越近了,看上去人家也越来越多,有几名乘客正准备下车。这是过了富山后,头一个像样的小镇。不久列车便滑进了"越中八尾"站的月台。从车上稀稀拉拉地下来了几个人。站很小,如果列车车厢多的话,那车尾就要停在站台外了。

"啊,总算到站了。"

横渡站起来伸了个懒腰。看样子从富山上车的乘客几乎都要在这儿下车,长途乘客好像只有他们两个人。

随着当地的乘客走过天桥,一出检票口,人们便各奔东西了。像怕冷似的蜷缩着身子的人们,走路非常忙碌,显然每人都有自己坚定的方向。

当最后几名乘客离开站台后,车站又恢复了先前的寂静。这个北越的乡村小镇还没有苏醒，那写有"欢迎"二字的牌楼显得徒有其表。站前的商店都关门闭户，从站前广场延伸出去的马路上也没有一个人影，只有远处的一位老人正牵着狗慢腾腾地穿越人行横道。没有一辆汽车，老人和狗从人行横道上过马路这一情形，更渲染了无人的气氛。

"哎呀，真是来得太早了。"

笔直的站前马路的西边都是低层的民房，横渡眺望着空无一人的马路，叹了口气。

"饭馆似乎也开不了门，还是到附近的旅馆去弄点儿早点吃吧。"

"好！"两个人在车站附近找了一家旅馆，敲了敲门，门上的幌子上写着"宫田旅馆"。边吃早饭，边向旅馆的人打听八尾町的大致情况，这倒真是个不错的主意。

他们计划先去镇公所，查阅中山种的户籍簿，调查她娘家的情况。即使现在娘家人没了，也许还有年纪大的人了解中山种的情况。

要找与五十多年前的离乡者有关的人，这可真是大海里捞针，难啊！

他们当初对这个小镇就没抱多大希望，现在见到清晨站前空荡萧条的景象，更加感到这次调查将一无所获。

旅馆以"还没准备好早饭"为由拒绝他们，但他们硬是闯了进去。等吃上早饭，已经是一小时后的事了。

"二位客人来得可真早啊！"

年轻的女招待端上来饭菜，上下打量着他们。

"从东京来就这一趟列车。"

"哎，是从东京来的呀！"栋居无意中说了这么一句，年轻女招待听后眼睛顿时亮了起来。真没想到，在这个"电视文化时代"里，竟有人对东京反应如此强烈，这使栋居非常吃惊。

由于有电视，无论在日本的什么偏僻地方，凡大城市流行的东西，都会同时迅速地流行。与城市相比，有时小地方赶时髦反倒更大胆、快捷。其实眼前这个年轻女招待的打扮,同东京街头上所见到的年轻姑娘的打扮没什么两样。

"这有什么大惊小怪的。"栋居对她那种夸张的反应苦笑道。

"我特别想去东京,即使不是东京也行,反正我想离开这个镇子。"

"为什么?这个镇子又安静又整齐漂亮,多好啊!我要是能在这儿安安稳稳地过日子,那该多幸福!"

"你没在这儿住过,所以才会这么说。我倒想去一个没人认识我的地方。在这儿,出门全是熟人,大家低头不见抬头见,一生一世生活在这么个小圈子中,想想就觉得乏味。"

"在大城市,有的在公寓里生了病,谁也不来探望;有的死了几天,一直挺在那儿没人知道。你觉得这种日子好过吗?"

"我就不愿意在这巴掌大的一块地方生活,人们彼此太了解,连私生活都了如指掌。无论怎么安稳,我也不喜欢这毫无生气的日子。也许会在什么时候、什么地方突然死去,但我还是想到外面的天地去做事儿。如果有谁愿意把我从这儿带出去,兴许我马上就会跟他走。"

那种口气简直就是只要栋居说声"来吧",她马上就会跟着走似的。

栋居本来想说"你的想法十分危险",但他欲言又止,因为即使说了,她也不会明白。年轻人向往大城市,但又不了解它,不在外面尝尝苦头,是不会明白故乡好的。所谓年轻人的美梦,归根到底要靠自己亲身去体验,这是一位和中山种的孙女静枝想法截然相反的姑娘。不过,也许静枝的祖母就是出于和这位女招待同样的动机而离开故乡的。

"哎呀,光顾说话了,饭菜和酱汤都凉了,实在对不起。"

女招待有些不好意思了,马上往碗里盛饭。香喷喷的酱汤味扑鼻而来,引得栋居他们的肚子咕噜咕噜地叫了起来。

"两位从东京来干什么?"

盛完饭之后,姑娘又问。这会儿,旅馆里开始忙碌起来,但姑娘却

· 229 ·

毫不在意，仍然无动于衷。这对于要了解本地情况的东京刑警来说，可是绝好的机会。

"有点儿事想了解一下。你知道一个叫谷井种的人吗？她生在这儿，但五十多年前就离开这儿了。当然，这是你出生以前的事，你从父母、祖父母那儿听到过这个名字吗？"

"谷井"是中山种结婚前的姓。

"谷井种？"本来是随便问问，没想到对方的反应是好像知道似的。

"知道吗？"栋居迫不及待地问。

"我也姓谷井呀！"

"你也姓谷井？"

"这镇上姓谷井的人多啦。"

"那么，也许还是你的亲戚呢。"

"要说亲戚的话，整个镇子上的人几乎都是亲戚，追宗问祖，都是一个老根儿。这也是我要离开这儿的原因之一。"

"你没听说过谷井种这个名字吗？"

"这个我就不太有印象了。"

横渡和栋居交换了个眼神，相互点了点头，似乎是说"只有到镇公所去查了"。

吃饭当中，旅馆前的站前广场上热闹起来。上班的高峰到了，行人匆匆忙忙，似乎有了站前广场应有的模样。

乘客下车的少，绝大多数是上车的，学生啦，上班的啦，几乎都是往富山方向去的。即便如此，也还是有不少下车的人，公共汽车一班一班发得很快，路上的车辆也多了。

他们刚下车时觉得站前的马路和广场是那么宽敞，可现在看来却显得很窄小。这个偏僻的小镇已从寂静之中苏醒过来，开始了新的一天。

吃完饭后，已到了镇公所办公的时间。他俩按照刚才女招待提供的路线，径直朝镇公所走去。笔直的站前马路两旁低层的民房错落有致。沿路一直走到头是个丁字路口，由此右拐就是河畔。河畔附近有两个岔路，左边路面有座桥。河面宽广，流水清澈见底。

据女招待介绍，这就是"井田河"。桥是钢筋水泥结构的永久桥，河畔的牌子上刻着"十三石桥"。

云开雾散，大地沐浴在阳光之中。河面上反射的强光使得惺忪的睡眼更是欲睁不能。

他们在桥畔站下，欣赏了一会儿井田河及其两岸小镇的景致。富山平原在这一带开始出现丘陵，小镇正好位于平原与丘陵的交界处。

小镇沿连绵起伏的丘陵发展，井田河横贯而过，流入北面的富山湾。

这里还没受到高层西洋建筑物的"入侵"，低矮却标准统一的和式琉璃瓦房，给小镇平添了别具一格的古色古香。上班高峰过后，整个镇子好像又要陷入沉睡般的安静了。这是日本一个不引人注目的偏僻村镇，依然保留着那种古老的地方村镇的风貌。

"嘿，日本还有这样的小镇哪！"横渡眯起眼睛说道。

河面波光粼粼，反射过来的阳光十分刺眼。

"真是一个避开了'机械文明'冲击的小镇！几乎连个车影都见不着。"

"'机械文明'绝不会漏过这个小镇的，车辆肯定会越来越多。是保持河水清澈和古镇风格，还是将其拱手让给公害，这完全要靠居民的意识。"

横渡的话音刚落，几辆大卡车便吐着废气驶过了十三石桥。

卡车驶过之后，他们才猛然意识到此行的目的。镇公所建在桥右面的坡上，钢筋水泥房子非常漂亮，是镇上为数不多的洋式建筑之一。也许是跟街道房屋配套设计的，这栋两层楼的官厅房舍同那古老的镇子并非格格不入，从外观看倒像是个疗养院。

他们进了大门,来到"居民课"窗口。一位身穿制服的年轻女办事员接待了他们。这种制服像件孕妇衫,近来在东京已极少有人穿了。栋居向她出示了警察证,并说明了来意。

"是谷井种吧?"管居民的办事员看到警察证,又听说是大正十三年的事,目光中流露出吃惊的神色。查阅古老的户口,这并不稀奇,感到吃惊的大概是警察证吧。

"请稍候。"她从背后的档案柜里抽出一本户口簿。

"谷井种的原籍在上新街二十七号,大正十三年三月十八日因结婚迁往群马县。"

一看办事员拿来的户籍簿,便知和松井田镇公所的户口完全吻合。中山种的父母均已去世,她是个独生女,这在当时十分少见。她曾有一个哥哥,七岁时病死了。

中山种的父亲也出生在这个镇上。一查原户籍簿,她的伯伯、叔叔们也全都过世了。只有她叔叔的女儿,即中山种的堂妹还健在,就住在镇上的福岛,婚后改名叫"大室吉野"。如果问她,或许能了解到中山种过去的情况。

为了慎重起见,他俩要了一份中山种原籍的复印件,并向女办事员问明了上新街中山种娘家的旧址和大室吉野家的所在地,便出了镇公所。

上新街是商业街,中山种娘家的旧址已被辟为停车场。他们向停车场的主人——紧临停车场的渔店老板问了中山种娘家的情况,但一无所获,因为那块土地的权利在转到渔店老板手中之前,已经过了好几代人。

这里是八尾最具有活力的一角,五十多年前的一切已经荡然无存。在这寂静的小镇上,人们着实在日复一日地操劳着。日新月异的生活毫不留情地将过去日子的痕迹抹去,搬离这儿的人未给新搬来的人留下任何记忆。

俩人由此感到了人生的残酷无情。

也许了解中山种的只有她的唯一亲人大室吉野了。为了拜访她,他们直奔其住处。"福岛"是在车站周边发展起来的八尾的新开发区。寻着门牌号码往前找,像是到了今天早晨小憩过的那家旅馆附近。他们跑到路边的巡警岗亭一问,要找的门牌号正是早晨那家旅馆的门牌号。

"宫田旅馆的经营者就叫大室。"

岗亭的巡警为东京来的这两位刑警所感动,把他们一直送到了宫田旅馆。

一进旅馆,正巧先前的那位女招待迎了出来,她吃了一惊,眼睛瞪得大大的:"哎,事情调查完了?"

他俩临走时虽说过,也许今晚要住在这儿,可现在还是上午呀!

"不,还没完。这儿有人叫大室吉野吗?"

"吉野,那不是我祖母吗?!"

"大概是吧。"

如果是中山种的堂妹,年龄倒是差不多。看来这位姑娘也和这旅馆沾亲带故。

"你们找我祖母干什么?"

"想见见她。"

"我祖母在后面的房间里,早就不管旅馆的事啦。请问,你们找她干什么?"

"这两位是东京的刑警,快去把老板娘叫来!"

听岗亭的巡警这么一说,女招待那本来就很大的眼睛瞪得更大了,马上跑到里面去了。

旅馆的老板娘很快便从里面跑了出来。

"我婆婆怎么了?"说话时,她的脸色都变了。在这么宁静、偏僻的镇子上,刑警来访一定是出了大事。

"不,不,我们只是想打听点儿事,请别担心。"栋居一边苦笑着,一边消除老板娘的担心。

"不过,从东京特意来找我婆婆,肯定有要紧事吧。"老板娘又说,她仍未完全消除紧张和戒备心理。

"不,只是顺便来这儿,因为我们在镇公所了解到您婆婆是中山种的堂妹。"栋居边观察对方的表情边说道。根据在镇公所看到的户籍推断,这位老板娘就是吉野的儿媳妇。

也就是说,她和中山种也有点儿沾亲带故,只是老板娘脸上看不出什么反应。

"我婆婆耳朵不太好使,有点儿背,但身体还挺好。"

老板娘见栋居态度和蔼,好像终于消除了戒心,将俩人领到了后面的居住区。

吉野正在里屋悠闲地晒着太阳。一只猫趴在她的腿上,这是位很和善的老太太。八张榻榻米大小的和式房间,坐北朝南,明亮清洁,一看便知家人对老人照顾得很周到。

"奶奶,这是从东京来的客人。"

老板娘隐去了"刑警"这一富有刺激性的字眼,从这种处理方式中,也可以看出她生怕惊动老人。

显然,老人的生活环境十分优裕,正在幸福地安度晚年。刑警们突然意识到,中山种就不同了,年轻时远嫁他乡,老了却从水库大坝上摔下去死了。相比之下,同一血统、同一年龄段,其人生的结局却有着天壤之别,这到底是为什么呢?

"从东京来找我,这可真想不到啊。"

吉野向俩人这边瞧了瞧,坐端正了姿势。刑警说了些初次见面的客套话,免得让老人紧张,然后便转入了正题。

"啊,小种,好久没听人说起这个名字啦。"老人的脸上马上有了反应。

"您知道中山种吗?"

栋居一追问,老太太就说:"何止是知道呢,小时候像亲姐妹似的常在一起玩。好久没有她的音讯了,她身体健康吗?"

老人似乎不知道中山种已死的事,那也就没有必要把老人的堂妹所遭遇的悲惨命运告诉她了。

"我们想详细了解一下中山种的情况,真是打扰您了。中山种为什么要到群马那儿去,您知道吗?"

"小种当时是'摩登女郎',因为好新鲜,所以总想离开这儿。但她并不讨厌这地方,而只是想去个新地方。"

"她是怎么和她丈夫中山作造认识的?"

"我也说不太清楚。好像是在富山制药厂干活时认识的。"

"这么说中山作造当时也来到富山制药厂打工啦?"

"是的,当时见她同外地人相好,爹娘气得大发雷霆,两个人就私奔了。"

"哦,私奔啦?"

"还没正式结婚肚子就大了,爹娘说这孩子的父亲来历不明,怎么也不让把孩子生下来。于是她怀着孩子,和那男人手拉手偷偷地跑了。"

也许那胎儿就是静枝的父亲或母亲吧。

"所以,俩人去群马县结的婚?"

"最初父母亲气得说要断绝关系,后来听说他们私奔后生了个孩子,因疼爱自己的外孙,就允许他们俩结了婚。户籍是在私奔两年后才迁的。要是如今的青年人,这点儿事根本算不了什么,而在当时可够轰动的了。"

吉野并不知道这位为恋爱而不顾一切的女人的悲惨结局。在老太太已失光泽的眼睛里,浮现出一种对中山种为爱情献身的敬慕神情。

"奶奶,您刚才说中山种好久没有音讯了,是指收到她的信什么的吗?"

"是的,她想起来就会给我写封信。"

"那是什么时候的事呢?"

"嗯,最后一封信是在十多年以前吧,也许有二十年了。"

吉野的那种眼神好像在搜索着自己的记忆。这位老寿星经历了漫长的人生,很难确切地说出过去的事情。

"都写了些什么呢?"

"嗯,都是那时的生活状况,可现在全忘了。"

"那些信还留着吗?"栋居随便问了一句,也没抱什么希望,因为已是十年或二十年以前的旧信了,甚至可能还要更早些,但吉野却出乎意料地答道:

"找找看,说不定在哪个抽屉的角落里会有几封。年纪大了,不管什么东西,总爱好好地留着。"

"如果有的话,能不能麻烦您给找一下呢?"

"那些旧信还有什么用吗?"

"有用,我们就是为这个而来的。"

"请稍等一下。"吉野说着,将腿上的猫赶走了。出人意料的是,她很轻松地就站了起来。坐着的时候,她的背看上去有点儿躬,但一站起来,背基本上不驼。

"新子,来帮我一把。"

吉野朝紧坐在老板娘背后的女招待招呼了一声。女招待目光炯炯,十分好奇,两位刑警的职业似乎引起了她极大的兴趣。

"我去给你们找。"吉野这么一说,新子好像是得到了允许在场的资格,高兴地站了起来。

她们俩走进隔壁的房间里,到处找了起来。不一会儿,吉野手中拿着一沓旧信走了出来。

"果真还留着。"吉野很高兴地说。

"找着啦?"两位刑警兴奋得叫了起来。虽然可能性极小,但在中山种寄给故乡的信中,或许有些关于约翰尼·霍华德或凶手的内容。

"我记得有一沓信件。我把重要的信件都收起来了,这里面肯定有几封是中山种写来的。现在,眼睛花了,小字也看不清楚了。"

吉野递过来的这沓旧信,纸张全都变质发黄,似乎只要手稍微碰一下,就会像古善本一样簌簌地碎掉。

"这些信我们能看看吗?"

"行,行,请看吧。"

栋居把从吉野手上接过来的一沓信件分给横渡一半,他们分头找了起来。

"是信还是明信片?"

"大多数是明信片。"

"寄信人的姓名写了吗?"

"中山种的字好认,一眼就认得出来。"

"有几封呢?"

"有三四封吧。再早以前也收到过,但都没了。"

一看信上的日期,都已经是二三十年以前的信了。

"那都是我做姑娘时男人写来的情书,出嫁时全都烧了。"从吉野的目光可以看出,她在追忆遥远的过去。

"奶奶,什么叫情书啊?"新子问道。

"哎呀呀,这孩子,不知道什么叫情书啊?"吉野有些惊奇。

"你就没收到过男人写来的信吗?"

"哦,求爱信啊!如今可用不着那么麻烦,有电话,多方便呀!"

趁吉野和新子谈话的工夫,栋居和横渡仔细地翻阅着一封封旧信上的寄信人姓名。两个人手上的信眼看着就被翻完了。

三

"有了。"手上就剩最后几封信时,横渡叫了起来。

"有了?"栋居简直快到了失望的边缘,听横渡这么一叫,真是喜出望外。横渡手里拿着的信,原来是一张已经变得发黄的老明信片。

"寄件人是中山种,而且还有松井田邮电局的邮戳。"

"日期是什么时候?"

"是昭和二十四年(一九四九年)七月十八日,时间真够早的啦。"横渡感叹道。明信片上用墨水写的字迹已经褪色,像是女人的字体,字写得秀气、圆润,内容如下:

好久没给您写信了,身体好吧?我已在当地落了户,八尾的变化也一定相当大吧。前几天来了一位稀客,在交谈之中,得知此人也是八尾长大的,我们谈了许多八尾的事。好长时间没人和我谈起家乡了,于是便勾起了我的思乡之情。提笔给您写封信,以……

结尾部分是用当地方言写的。结果,保留下来的仅有这么一张明信片。

"这位八尾长大的客人是谁呢?"

"嗯,名儿也没写。奶奶,后来中山种没在信里提到过这位客人吗?"

"没——没有,就谈了这些。"

"栋居,你觉得这个客人与案情有关吗?"

"仅凭这还不好说,不过我倒觉得有点儿蹊跷。"

"为什么?"

"她信上说来了一位稀客,在交谈中得知是八尾人。"

"嗯。"

"那也就是说中山种老太太，不，当时还不是老太太，在刚一见到这位客人时觉得稀奇。"

"这不过是从前后文推断，也许是由于得知是八尾长大的后，才称其为稀客。"

"也许是这样，也许不是这样。但我觉得可以认为刚一见面的瞬间，印象中觉得很稀奇，就把这种印象坦率地写到了信里。"

"刚一见面的印象？"

"是的，信里反映出她的印象很深。"

"温泉嘛，当然会有各种各样的客人来，但见面的瞬间就觉得是位稀客，能是什么样的人呢？"

"首先，如果是久别重逢的人，可以算得上是稀客。不过从信上的内容来看，中山种与那位客人却是初次见面。"

"那么，是位什么样的客人呢？"

"是很少来雾积的客人吧。"

"是很有身份的人吗？"

"不可能，要是那种人，温泉的招待员就不能同客人随便交谈了。"

"那么……"

"约翰尼·霍华德？"

"你是说约翰尼·霍华德本人去了雾积？"

"约翰尼不可能来过日本，那时他还没有出生呢。"

迄今为止都是按"与约翰尼有关的人"这条线索进行的调查。

"假定是与约翰尼有关的人，也就是说一个外国人到了雾积，那又会怎样呢？"

"不过，中山种信上说是在八尾长大的人。会有哪个外国人是八尾出身呢？"

"会不会那个外国人的同行人是在八尾长大的呢?"

横渡觉得帷幕又被揭开了一层。到此为止,在考虑与约翰尼有关的人时,只考虑了单数,并且毫无理论根据。

"那么,你是说外国人与在八尾长大的日本人一起来到了雾积?"

"假如是这样的话,中山种也就会觉得稀奇了吧。"

"与约翰尼有关的人中有在八尾长大的人……"

"虽然还不能断定,但这封信不可以这么解释吗?!"

"我觉得可以,正因为如此才要堵住了解其身世的中山种的口。"

"如此说来,一旦调查八尾,凶手的真实身份就会暴露出来。"

"现在还不能断定那位稀客是凶手还是与其有关的人。总之,只不过是二十几年前在明信片上写写而已。"

横渡很警惕思路误入歧途。

结果,到八尾来得到的仅是一张老明信片而已,而且还不知道它是否暗示着凶手。若真要追查每位从八尾去了他乡的人,那可是大海里捞针了。

他们感到自己执拗地追踪而来的那根纤细的线噗的一声断了。在此之前,追踪的线索几次眼看就要断了,但都是柳暗花明又一村,尽管断断续续,好歹总算追踪到了这儿。

但这次,可真是一筹莫展了。断了线后,眼前没有任何新的线索。

"这一下,不好回东京了。"

"没办法,这是调查嘛。"横渡说了句借以安慰的话,但心里明白自己比栋居更加失望。

虽不是不能乘下午晚些时候的列车或夜车回东京,但由于毫无收获,俩人顿感身心疲惫,打不起精神了,没有心情,也没有体力立即乘长途火车返回,忍受漫漫旅途的颠簸。

他们决定当晚在宫田旅馆过夜。他们下午又去了趟八尾警察署,因为请派出所的巡警带过路,所以得去道个谢,今后或许还要请人家协助呢。

八尾警察署与八尾镇公所背对背地位于同一个地方。

从警察署出来，他俩游览了城山公园。这儿是诹访左近建的城堡旧址，可以鸟瞰整个镇子。

秋天的太阳开始落山了，八尾镇处于暮色之中。鳞次栉比的低层民居，笼罩着炊烟暮霭，宛若小镇披着一条白纱，使和谐的景观更加迷人。

建筑物在树木的映衬下更加壮观。蜿蜒流过的井田河在红彤彤的夕阳照耀下，显得更加美丽。河水边闪耀着深红色光亮的地方，或许是沼泽，或许是水洼，一小片一小片的，像浮起的一面面镜子。他们俩不由得驻足观看，望着那些光亮出神。渐渐地，随着夕阳慢慢地西落，暮色越来越浓了，光彩也越来越淡了。等发觉在周围景色中只有民房屋顶最显眼的时候，暮色已经很浓了。

这是一个十分宜人的傍晚，没有风，头顶上那片即将入冬的北国天空，深蓝深蓝的，犹如罩着一幅画着晚秋景色的透明画布。晚霞像蜂蜜似的一点一点地凝缩在西天的边际，仿佛把深蓝色的天空当成了画布，一下子把天空中的几朵卷云都染成了粉红色。

往城山山顶去的方向，在掉光了叶子的樱树林中间，有一条和缓的石路拾级而上。台阶上散落着许多枯叶，走上去松软松软的，脚下沙沙作响。顺着这林间小道往上走，不知道哪儿在焚烧落叶，林间轻烟袅袅、阵阵飘香。

这时，一对父子手拉着手从石阶上走了下来。父亲已到中年，孩子看来只有三四岁，同他们擦肩而过。栋居回头一看，孩子的头顶上落着一片黄色的枯叶。望着他们的背影，不知怎么的，总觉得有点儿凄凉，感觉这两个人好像是被妻子和妈妈抛弃了似的。

"怎么了？"横渡见栋居盯着那父子俩的背影出神，便问道。

"没，没什么。"栋居慌忙转过身来，爬完石阶，登上立有"二号城山"牌子的高处,视野更加开阔了。

爬到这里时,残阳的余晖尽退,天色已晚,已依稀可见住家的灯光。

在这橘黄色的灯光下,悠然自得的人们过着温暖、安逸的日子。爬到山的高处,就可以看到山顶上覆盖着积雪的连绵的山峰,可能那就是像屏风似的围绕着富山平原的立山与白山吧。苍茫的黄昏似乎为了封住落日的余晖,从远方的山巅海潮般地涌来。

"真是个令人留恋的小镇啊!"

"所谓遥思故乡,大概说的就是这种地方吧。"

"栋居,你的故乡是哪儿?"

"东京。"

"我的故乡也是东京。"

"这么说彼此一样,都没有故乡。"

"对,可是年轻人却想离开这么好的故乡,这简直像离开了母亲的怀抱。"

"不外出是体会不到故乡有多好的。"

"光是离开也许还体会不到,只有离开后,身心受到一定的伤害,才会明白。"

"旅馆的那个叫新子的姑娘,最好还是别那么轻易就离家而去。"

栋居想起了宫田旅馆那位圆脸、大眼睛的女招待。

"差不多该回新子那儿去了吧,我觉得身上冷了,肚子也饿了。"

好像起风了,横渡冷得直打哆嗦。

他们乘第二天上午的列车离开了富山。到达上野时,已经快下午五点了。他们觉得没脸见人,回搜查本部向那须警部报告说此行毫无所获。

"不对,说不定这就是意外的大收获呢。"

那须手上拿着从大室吉野那儿借来的明信片,安慰他们说。然而,案情仍然停留在这张明信片上,毫无进展。

第十三章　车库取证

一

　　森户邦夫调查郡恭平，开始进行得很顺利，很快就掌握了他去美国的情况，但以后的调查却毫无进展。为此，他受到了委托人新见的不断催促。可是再怎么说也不能偷偷地潜入他人的车库去检查那辆车吧。再说，也不清楚恭平的"GT6"型车现在是否停放在郡家的车库里。

　　但是，新见催得要命。

　　"森户，你是怎么搞的，你究竟在磨蹭什么？"

　　"那可是擅闯民宅呀！"

　　"这我早就知道。你又不是去偷东西，万一被逮住，也没什么大不了的，就说是喝醉酒走错了地方。"

　　"可到时候被逮住的是我呀！"

　　"这点儿思想准备你还是有的吧，况且你已经干上了。"

　　"这个我明白。"

　　"明白你怎么还不快点儿动手？恭平毫无理由地去了美国，这是十分可疑的。你要是不干的话，我可以叫别人去干。"

　　新见暗示要终止对他的资助。

　　"部长，您可别这么狠心。到目前为止，我可从未辜负过您的期望。"

　　"那你要好好干，今后也不要辜负我对你的期望。"

　　新见如此咄咄逼人，森户已经完全被逼得走投无路了。在此以前，森户倒是做过很多不光彩的事儿，但从未像小偷那样悄悄潜入他人家中。

　　然而，对森户来说，新见是他的资助者，可以说，森户那斐然的成绩也是在新见的资助下取得的。如果新见要引进碎纸机，采取"一桌一台制"的话，森户的公司就会获得很大的利益，而这些就会同森户的地位和信誉紧密地联系在一起。

因此，不论发生什么事情，都绝不能失去新见的关照。森户终于打定了主意，反正只能铤而走险。

"即使在车库被抓，其罪行也要比潜入内室轻得多。"森户找出了自我安慰的理由。

郡阳平的住宅位于千代田区二号町里面的一角，离皇宫很近，附近大多是各国使馆、高级住宅和豪华公寓。尽管地处大城市的中心，这里却是保有格调气氛的一流地段。然而，即便是在豪华住宅如此密集的地方，郡府也显得格外显眼。

房子是郡阳平用铁厂赚来的钱建造的，现代化建筑模仿英国中世纪住宅风格，将柱子和房梁从雪白的墙壁中显露出来，房顶的坡度造得颇像休养胜地，屋脊高耸，给人一种特别时髦的感觉。

然而，那四周水泥预制板的围墙和罩着铁板的便门，却戒备森严。旁边的大门只有在宾客来访和车子进出时才打开使用，平时紧闭。

车库造在房子的一层，车库的卷帘式铁门落下后，就无法进去人。总而言之，若想进到车库里面去，只有从门进或是翻墙进去，别无他法。

使森户犹豫至今的主要原因，就是那儿的戒备太严了。但幸运的是，院子里好像没有狗。

他终于在一天深夜采取了行动。为了防备万一，森户特意换上了一身极其普通的服装。如果头上套上长筒袜，身上穿黑衣服，扮成蒙面人，要谎称自己是找错了地方就说不通了。

为了提取证据，他还准备了照相机和照明灯。当森户出现在郡府围墙外面时，已是凌晨三点了，此时此刻，府内的灯全熄了，不仅全家人都进入了甜蜜的梦乡，就连犬吠声也听不到了。天上没有月亮，四周漆黑一片。

森户准备从白天事先看好的地方翻进去，因为他发现水泥预制板围墙的一角有个地方掉了块水泥，正好可以用来翻墙。

果然不出所料，他借助那儿作脚窝，毫不费劲地翻墙而入。他的脚一踩上去，整个脑袋几乎都露在了围墙上面。他再一次观察了里面的动静，当确认房子里的人都酣睡如泥后，使用引体向上法，轻松地翻过了围墙。他快步穿过布满草坪的院子，径直来到一层角上的车库。门已被拉了下来，是一种卷帘式铁门，他伸手轻轻一摸，发现没有上锁。

森户在黑暗中不禁暗自笑了起来，这下他就可以轻而易举地进去了。他将门打开一个可容身的缝隙，钻了进去。为了不让人从外面看见这儿的灯光，他又将门重新关好，打开了照明灯。

"在这儿啊!"他情不自禁地喊出了声来，但又急忙捂住了自己的嘴。在像是郡阳平专用车的大型轿车旁边，停放着一辆 GT6MK2 型车，它那光滑锐利的流线车体，让人感觉不到空气的阻力。

森户走到车子的前面，开始仔细地检查。其实用不着多看，就可发现前保险杠和散热器格子窗上有明显变形的地方。

"终于抓住了对手的要害，我森户的调查没错。"他抑制住内心的激动，按动快门拍摄起来，闪光灯的闪光像庆祝胜利的火花，在那里欢快地跳跃着。

谷井新子在睡梦中感觉到有什么动静，睁眼醒来。她看了一下放在枕头边上的夜光表，才凌晨三点多钟。

这钟点，会是什么动静呢?

但确确实实像是有什么动静把她从睡梦中惊醒了。新子在黑暗中竖起耳朵仔细倾听。楼内静悄悄的，一点儿动静也没有。今天晚上，夫人外出旅行演说去了，只有先生和小姐在家，他们好像也都在酣睡。

"会不会是我的耳朵听错了呢?"新子这么一想,就准备继续睡。但就在这时,在周围一片寂静的黑暗之中,确实出现了"咔嚓"的响声,接着这声音又接二连三地响了起来,这动静像是被关起来的小动物在里面东奔西跑弄出来的。

"哎,原来是它们啊!"

新子已悬到嗓子眼的心又落了下来,以为动静是从家里养的一对斑纹松鼠的笼子里传出来的,是松鼠在夜里"戏闹"呢。

"不过,已经这么晚了,它们还不静下来,这可有些怪了。"

另一种不安又袭了上来。会不会是有野猫潜入了家中,现在正威胁着松鼠的安全呢?真要是那样,必须乘松鼠还没受到伤害前将野猫撵走。

保护松鼠也是她的工作内容之一。

新子立即从床上爬起来,披上了长睡衣。松鼠笼子被放在紧挨着她住的小房间的楼梯下面,那儿有一块三角形空场。一楼是餐厅、卫生间、厨房、客厅、车库等,二楼是家里人的卧室。

新子打开楼梯灯,刚探头往松鼠笼子里一看,两只小松鼠就从塑料小房子里蹿了出来,绕着八字撒起欢儿来。

"哎呀,罗密欧、朱丽叶,你们到底怎么啦?"

新子叫着松鼠的昵称,对它们的举动甚感吃惊,松鼠不知为什么像是特别兴奋似的。这么晚了看到松鼠如此撒欢儿,新子来这儿后还是第一次看到。她环顾了一下四周,没发现有什么野猫或是其他威胁松鼠的动物。

"好啦,快回自己屋里睡觉吧,别妨碍家人休息。"

新子刚轻轻地一伸手,"罗密欧"就尖声叫起来。

"莫非真的出事了?"

大概这就叫"发情"吧!这突然引发的联想,使新子暗自羞得面红耳赤。这时,又出现了响声,不过这次是从其他方向传来的,和"松鼠发情"的动静完全不同。

那响声像是什么东西炸裂发出的,但又不很清楚。那响声接连不断地传了过来,松鼠这回蹦跳得更加厉害了。

"这不对劲儿呀!"

新子将视线从松鼠的笼子处移开,朝新的响动方向望去。那动静好像是从浴室隔壁的车库方向传过来的。

车库里不可能有窃贼,难道还会有人想把汽车从车库里偷出去吗?

新子是一位好奇心强、胆子大的姑娘。正因为如此,她才找一门远亲,只身来到了东京。

今晚要是不把那动静弄个水落石出,她是没法入睡了。家里倒是有保镖,但冒冒失失地把他叫起来,什么情况也没有,让人说"活见了鬼",那可要羞死人了。去车库,必须走外面。于是她出门下到院子里,来到了车库的前面。她立即发现门缝里不时透出强烈的光线并发出刚才所听到的那种声音。车库的门本应关得严严实实,现在却出现了一条小缝,并不时从缝里射出光来,车库里并无那种光源。

新子蹑手蹑脚地接近车库,将眼睛贴在门缝上往里一瞧,瞬间眼睛便受到了强光的刺激。新子顿时恍然大悟,原来那奇怪的光源是拍照的闪光灯,有人潜入了车库,正在拍照呢。

新子吃惊得一瞬间竟忘了自我,失口大叫:

"抓贼啊!"

这突如其来的喊声,把车库里面的森户吓得魂不附体。他趁宅院里的人全都熟睡的绝好机会,为取证正拍得起劲之时,猛然听到背后有人大叫一声,哪能不惊慌失措!

他在慌乱中被脚边的空汽油桶绊倒了,发出了足以惊醒整座宅邸里人们的巨大响声。空汽油桶轰隆隆地滚动着,这声音更提起了新子的精神。

"有贼,有强盗,杀人啦!?"

各种罪名一股脑儿地落到了森户头上,使森户惊恐万状,而且更糟糕的是,退路让新子给堵住了。

万般无奈,森户只好钻到了汽车底下。听到新子的惊呼声,主人和他女儿都从二楼下来了。

保镖急忙跑了过来。

"到底发生什么事啦?"主人睡眼惺忪地问道。

"车库里有贼。"

"贼?从车库里偷什么呀?"

"不知道,反正有人在里面。"

保镖立即跑进了车库。森户被轻而易举地从汽车底下拖出来,并被保镖那结实有力的大手紧紧地揪住。

这时,小姐已拨通了报警电话。麹町警署近在咫尺,森户立即被赶来的警官带走了。

二

就这样,森户邦夫作为夜闯民宅的现行犯,被麹町警署拘留了。然而,对警察的讯问,森户的回答却十分奇妙。

他在回答警察的提问时声称,他所侵入的那家户主郡阳平的儿子恭平,轧死人逃逸的嫌疑非常之大,他是为了取证而在检查恭平的汽车。

肇事现场在郊区 K 市的"牌坊前",肇事时间为九月二十六日凌晨两点半前后,受害人名叫小山田文枝。森户还提供了一系列具体情况。

最后他还补充说:"现场一带所辖警署已经搜查过了,只要去问一下就会明白的。"

即使森户所讲的全为事实,森户的行为也丝毫不具有正当性。可是,他告发了"轧人逃逸"的犯罪,警察对此也不能熟视无睹,于是就向 K

警署进行了询问。结果得知 K 警署确实根据小山田文枝的丈夫提出的诉求，对"牌坊前一带"进行了检查，但没有发现轧人逃跑的犯罪痕迹。

森户的供述并非毫无根据。最初，警察怀疑森户背后有政治倾轧或刑事犯罪意识，现在则稍稍松了口气。但是，K 警署并没有掌握"轧人逃逸"的任何证据。总而言之，只是受害人一方有怀疑而已，实际上连"轧人逃逸"是否是事实都尚不明了，现在却将其断定为郡恭平的罪行，并潜入人家的车库擅自进行调查，这也未免太胡来了。森户那种推断为"外行气十足的推理"，其中有相当牵强的部分和许多跳跃的地方。

警方不能信其供述，盲目地去检查郡恭平的汽车。森户交的胶卷被洗出后，确实可见车体上的变形，但这并不能断定就是人身事故造成的。恭平的父亲是政界明星，作为警方，也必须考虑到他的面子。

"小山田文枝至今下落不明，就是最好的证据。"尽管森户这样申诉道，却没有将文枝的下落不明和郡恭平联系起来的确凿证据。

小山田文枝也许是出于个人的什么情况，而故意隐匿起来的。郡恭平现正在海外旅行，因此他父亲郡阳平主动要求说，森户的行为并没有使自己受到特别的损害，所以希望尽量妥善地处理这件事。

警方在权衡了各方面的利弊后，决定对森户教育一番就将其释放，但他所拍的胶卷必须没收。

约翰尼·霍华德杀人案的搜查本部，就设在处理森户这一案件的麹町警署里。因警署要听取事情的经过，郡阳平家的女用人谷井新子被叫到警署好几次。一般情况下，人们都不愿出头见警察，但她却是积极主动地去的。看来，她对这件事情倒挺感兴趣的。

在第二次，或许是第三次被警方询问之后回家时，她在警署的走廊上与栋居不期而遇。

"哎哟，大刑警先生！"

在昏暗的走廊上，栋居突然被一位打扮得花枝招展的年轻姑娘喊了一声,瞬间以为自己是被认错了,于是回头看了一下。

"大刑警先生,是我呀,怎么不认识我了?"

她的确是在冲栋居微笑。

"哦,是你呀!"

栋居好不容易才想起她是八尾站前旅馆的年轻女招待。

"瞧你这身打扮,都让人认不出来了。"

栋居重新仔细打量了一下对方。浓妆艳抹,在八尾时那自然垂下的长长的秀发,现在被做得像火炬冰激凌似的,高高地向上束起。这新颖的发型衬托得她那张脸庞,就像是换了个人似的。俄罗斯式的女罩衫,配一条快要拖到地面的长裙,无论怎么看,她都不像是位旅馆女招待,而颇有明星风度。

"别这样盯着看啦,看得我怪不好意思的!"

她用一种如同受过专门训练的动作,扭动了一下身体,说话也已经是东京腔了。

"你叫小新,对吧!"

"叫新子,我的全名叫谷井新子。"

"你是什么时候来这儿的?"

"就在您走后不久,找了一门远房亲戚,跑出来的。"

"那你怎么会在这儿呢?莫非……"

"唉呀呀,你竟怀疑起我来了!我是为了协助警察才来这儿的。不过,我还真不知道,您的'单位'就是这儿啊!"

"不,倒不是有什么怀疑,只是你没个依靠就跑到这里来,是不是已经被警方'保护'了!?"

"哪里的话,我是在众议院议员郡阳平先生的家里,或者说是在八杉恭子先生家似乎要更确切些吧,反正这俩人都是我的身份保证人啊。"

"什么,你在八杉恭子家?"

250

"要称先生,因为是全日本知名的八杉恭子先生嘛,还是我的远房亲戚呢。"

"你和八杉恭子……先生是亲戚!?"

"我是问过母亲之后才知道的。是一门从八尾出去的远房亲戚,所以我几乎是不招自来的。"

"那么,听说有人偷偷潜入郡阳平的家中窥视,如此说来就是你那儿了?"

这案子并非由栋居负责,但因在同一警署内,这事儿他也就听说了。

"是啊,还是我逮住的呢。"新子稍微挺了挺胸。

"那可是立功啦。哎,在这儿碰到你,真是巧遇啊!"

"一起来的那位长得一副猴相的刑警也在这儿吗?"

"哎呀,哎呀,横渡听见了会发火的。"

栋居对新子那毫不隐讳的说话方式,只有报以苦笑。谈话虽然很短,但可以看出,她将家乡的口音全改掉了。

"这下成邻居啦,有空过来吧,我请你喝咖啡。"新子随便这么一说之后,轻快地朝出口方向走去。目送着她的背影消失后,栋居进了调查本部的办公室,却像什么病发作了似的,一下子僵在了那里。

八杉恭子是谷井新子的远亲!

"从八尾出去的远房亲戚。"新子的的确确是说了这么一句,原来八杉恭子是在八尾长大的。一九四九年七月,中山种在雾积碰到了一位在八尾长大的X氏。如将这二者联系起来,那未免太巧了吧!

在八尾长大的人很多,而且X氏访问雾积是在一九四九年。但是,栋居的思路总试图把八杉恭子和这位X氏联系起来。约翰尼·霍华德一到日本,就径直去了东京商务饭店,而八杉恭子恰恰在那儿。确切地说,她丈夫郡阳平的后援会总部设在那儿。

这难道能说仅仅是一种巧合吗?会不会约翰尼就是去见八杉恭子的

呢？而对八杉恭子来说，约翰尼的到来对己十分不利，假如这件事中山种要是知情的话……

栋居的脑子里飞快地闪现着各种推测。

"栋居君，你呆呆地站在那儿考虑什么呀？"突然，背后有人问道，刚从外面回来的那须警部已站在了他的身后。

栋居觉得这只是一时间的判断，还不到向那须警部汇报的阶段。而且，在汇报前还必须听取横渡的意见。

横渡一听说新子住在八杉恭子处，果然大吃一惊。

"因此，你想想看，约翰尼去东京商务饭店，能简单地说是巧合吗？"

"嗯。"横渡哼了一声，默默地思考起来。

"怎么样？干脆直接找八杉恭子接触一下看看。"

"什么？直接找八杉？"

"是啊，问问她本人去过雾积没有。"

"不过，即使她去过雾积，那也不足为奇呀！"

"那倒不见得，如果她有什么亏心处，对雾积这个地名，也许会有什么反应。"

"那又会怎么样呢？八杉恭子真要是凶手的话，我想她早做好了相应的思想准备。"

"将八杉恭子看作是凶手，现阶段还为时尚早。但假定她是凶手的话，杀掉了中山种，也许她就会有一种意识，认为知道她曾到过雾积的除了中山种之外没有别人。如果是这样的话，她肯定会回答说不知道雾积。"

"你是说，她明明去过，却假装全然没去过。是吧！？"

"是的，因为一旦确认凶手是到过雾积并且是在八尾长大的人，那么调查目标就可以大大缩小了。假如八杉恭子以某种方式与杀死老太太有瓜葛，她就会极力想把自己和雾积分割开。我想这是理所当然的心理。"

"那么，八杉恭子为什么要把谷井新子叫到自己家来呢？"

"你是说？"

"假如八杉恭子是凶手的话，从动机上看，必然想对在八尾长大的这种身世保密。可她却又让在八尾长大的人寄宿家中，这不矛盾吗？"

"新子不是自己说，她不是被八杉恭子叫来的，而是自己靠沾着一点儿远房亲戚关系不招自来的吗？中山种很可能是因为与约翰尼遇害一案有关联而惨遭不幸的。中山种老太太好像知道杀害约翰尼那个凶手的什么秘密。因此，凶手对中山种老太太下了毒手，主要的动机是灭口。而隐匿'在八尾长大'的身世，也许仅仅是从犯罪的结果看需要如此而已。而且，只要不了解与中山种老太太的这种关系，对凶手来说，即使别人知道自己是在八尾长大的，也没什么关系吧！当然啦，我的这种推测完全是建立在假定的基础之上的，换句话说，杀害约翰尼的凶手或者说与此有关的人，等于中山种在雾积碰到的 X 氏，而 X 氏又等于八杉恭子。"

"的确如此。照这么说，也就能理解八杉恭子为何没冷酷无情地将这位如同出走似的跑来的、沾了点儿远亲的姑娘赶回去了！"

"嗯，但眼下就凭这么点儿情况，也不能对八杉恭子怎么样。要想再找出点儿线索来，还必须……"

"不管行不行。咱们是不是直接去问问八杉恭子，看看她有什么反应呢？"

栋居也倾向于横渡的意见。

"是啊，也许时间过了那么久，住宿登记已经没有了，但还是有必要再去一次雾积，看看一九四九年七月 X 氏曾住宿登记过的那个账本还在不在。"

"'八杉'是个笔名还是结婚前娘家的姓呢？"

"我记得她好像在杂志的随笔上介绍说，确实是把娘家的姓原封不动地当笔名的。"

"这也需要确认一下。"

"事先做些调查吧?"

横渡这样说,是因为他也感觉八杉恭子有点儿可疑。刑警们并非仅仅依据客观旁证材料办案,富有经验的刑警往往凭着自己的第六感进行调查,在大多数情况下,他们都能像猎犬一样正确地嗅出凶手逃跑的行踪。这和临床经验丰富的医生一样,在用现代化医疗设备进行仔细检查分析之前,往往预先根据病人的脸色、气味已初步诊断出病情了。

"对森户这位擅闯民宅的推销员,也有不明之处。"

"他坚持说郡阳平的儿子轧死人后逃跑了。"

"森户的供述并非不实,K警署也搜索过肇事现场,用森户所拍胶卷洗出的照片上,也可以看出汽车上有碰撞变形的痕迹。"

"我想,这虽然不一定与杀害约翰尼一案有关,但如果她儿子轧人后逃跑属实的话,这也许能成为向八杉恭子进攻的突破口。"

总之,栋居和横渡俩人在线索断了以后,又得到了一个目标,尽管这目标还极其模糊不清。

三

八杉恭子这回真是怒不可遏了,而且从内心后悔不该把谷井新子留在家里。当初,这个女孩子靠着这种早已被忘却且又说不清的远亲关系找上门来时,八杉恭子确曾想把她打发走。

可是,当时家里的老用人正好请了假,而新子看上去又像是个机灵的干活好手,就留下她代替了老用人,没想到却产生了这种结果。

"那点儿事有必要特意弄到警察那儿去吗?"八杉恭子把新子叫到面前,没头没脑地一通训斥。新子却表现出一副立了大功的神态,这使八杉恭子更是火冒三丈。

"不过，夫人，叫警察来的可是阳平呀。"新子毫不示弱地申辩着。自己抓住了"小偷"，怎么还要像做了错事似的挨骂？她心里非常不服气。

"把人送交警察也就足够了，哪还用得着你特意跑去？"

"可是，为了调查情况，就得……"

"什么情况不情况，在送交警察时不早就搞清楚了嘛！你只不过是发现了个潜进来的人，并逮住了他。可对我的工作来说，不管是什么事，警察来了都是麻烦事。"

"算啦，算啦，有必要发那么大脾气吗？"郡阳平看到恭子愤怒至极的样子，劝起妻子来。说起叫警察，他也是有责任的。

"您当时也在场，为什么不阻止？又没偷走什么，完全可以私了嘛！"她把矛头又转向了郡阳平。

"可当时并不知道他潜入咱们家的目的究竟是什么，交给警察处理，也是应该的嘛。"

"我们先审问一番也不迟嘛。您现在知道了吧，他向警察胡说什么恭平轧人后逃跑了，即使是谣言，传到社会上，叫我怎么办呢？就是您，也要受很大的影响呀！"

"所以，我也正为这事担心呢，恭平的车子上，确实像森户那小子说的那样，有碰撞痕迹。"

"哎呀，您怎么也相信那小子的话！"

"我哪儿信呀，只是不放心。那小子可是带着照相机和闪光灯潜进来的。"

"一定是受哪家报社或出版社的指使，来偷拍我们夫妻私生活的。正好车凹下一块，就成了一时的借口。"

"就算是这样，也未免太与事实相符了。据我了解，K警署接到过一份报告，怀疑说有人轧了一位名叫小山田文枝的女人后逃跑了，K警署还专门搜索了一次。"

"这与恭平又有什么相干呢？那个叫小山田文枝的女人，是谁轧的，鬼才知道呢。车子无论碰到了什么东西，都会瘪一块。警察是只要能找到凶手就行。假如能将郡阳平和八杉恭子的儿子定为轧人后肇事逃逸的凶手，那就立大功啦。疑心生暗鬼，为了捏造出凶手，我们可就成了警察猜测的对象啦。"

"不过，森户好像没有新闻背景，他只是一个推销员。"

"他才不会干那种让人一眼看穿的蠢事儿，肯定是通过什么关系和哪家新闻单位联系着。否则，森户干吗要围绕小山田文枝被轧、肇事者逃逸而四处行动？"

"森户说，他是小山田文枝丈夫的朋友，是受她丈夫之托。"

"那为什么要和恭平扯在一起呢？"

"这一点警察也没讲清楚。"

"你看看，什么根据也没有吧。你还是相信自己的儿子吧，恭平是绝不会干那种事的。"

八杉恭子在叱责新子，可说着说着竟埋怨起自己的丈夫来了。

第十四章　畏罪潜逃

一

栋居和横渡毅然决定直接试探八杉恭子。在证据不足的情况下直接去找嫌疑人，并非高明之举，因为这有可能打草惊蛇。

但是，就目前而言，八杉恭子还未被列入嫌疑人的行列。栋居他们准备对她进行直接试探，也只是将其作为寻找线索的一种手段。八杉恭子可是个新闻界的红人，摸不准她何时在家，为了打她个措手不及，这种试探还是突然袭击更为有效。

八杉恭子在一家民间电视台的"清晨节目"中担任角色，栋居和横渡决定在那儿"伏击"她。

当她播完节目，从摄影棚走出来时，栋居及时叫住了她。

"是八杉恭子女士吧？"

"是的，我就是。"

八杉恭子以新闻界人士特有的那种做出来的笑脸迎着栋居，但眼睛深处却流露出冷冷地审视对方的神色。

"有事要同您谈一下，不会占用多少时间的。"栋居用一种不由分说的口吻说道。

"嗯，你们是……"恭子刚才脸上做出的招人喜欢的笑容立刻消失了，转而变得神情紧张起来。

"我们是警察。"

栋居把警察证朝她晃了晃。他本不太喜欢使用这种方式，但在对方工作忙或者盛气凌人的情况下，这一招是比较有效的。

"噢，警察？找我干什么？"八杉恭子露出了不安的神色。

"不，没什么大事儿，只是想了解一些您儿子的情况。"

森户的供述只要属实，八杉恭子对栋居的话就不会无动于衷。由于没有其他借口，栋居只好拿森户的申诉当作进攻的突破口。八杉恭子停住了脚步。

"恭平现在去海外了。"

八杉恭子脸上的戒备神色换成了一副怀疑的神态，这是她擅长的演技，还是自然的流露，真让人难以分辨。

"没关系，问您就行了。"

"我很忙，但如果是十来分钟的话……"

八杉恭子无法回绝栋居那强制性的要求，只好将他们领到了电视台内部餐厅的一个角落。这儿像是一个自助式餐厅，这对他们的谈话最合适不过了。

"那么，你们究竟有什么事儿？"八杉恭子在他们对面落座后说道，并随即瞅了瞅手表。这大概是想提醒对方，就十分钟，再多一分钟也抽不出来。

"那我就开门见山啦。夫人知道'雾积'这个地方吗？"栋居觉得这一句话能包含所有的意思，便紧紧地盯住对方的表情。

"雾积？"八杉恭子脱口应了一声，但脸上并没有出现什么异常的变化。

"位于群马县的一个温泉，夫人可曾去过？"

"没有，这地名我还是第一次听说呢，在群马县的哪一边儿？"

八杉恭子表情自然，看不出是在努力抑制自己的感情，这也可能是她作为一位十分走红的家庭问题评论家，已经善于故作姿态了吧。

"从轻井泽前面的横川进去，就在与长野县交界处的附近。"

"我一点儿也不知道，怎么啦？"

"一九四九年七月您没去过那儿?"

"连名字都是现在头一次听说,怎么可能去过呢?"八杉恭子显得不屑一顾。

"我要是没说错的话,夫人是在富山县八尾町长大的吧。"栋居稍稍转换了一下话题。

"记得真清楚啊。"

"是在您写的一份随笔上看到的。不过,在雾积有位名叫中山种的女招待,也是在八尾长大的,夫人认识她吗?"

"我怎么会认识她呢!刚才已经说了,不知道!我从未去过,从未听说过的地方,不管那儿有哪儿的人,都与我无关。"

八杉恭子显得有些激动,但是,这说不定是她认为这样做反倒自然,而故意做给人看的。

"我还有约会,告辞了!"

八杉恭子显出无法再同这种无聊的对手继续谈话的姿态,就要从座位上站起来。栋居一下子也想不出什么可以阻止她要走的借口。

"夫人!"一直沉默不语的横渡突然开口了。

"您知道那首《草帽诗》吗?"

"《草帽诗》?"八杉恭子向横渡投来疑惑的目光。

"妈妈,我的那顶草帽,现在怎么样了?在那夏日从碓冰去雾积的路上,落在溪谷里的那顶麦秸草帽!"横渡开始吟咏起西条八十的那首诗来。

八杉恭子的脸上立即起了变化,刚刚站起一半,就躬着腰僵在那儿了。她瞪大了眼睛盯着横渡的脸,就像在盯着什么令人难以置信的物体。

然而,那也不过是一瞬间的事情,她立即就恢复了自己那训练有素的职业性表情。

"不知道这是首什么诗。失陪了。"她甩下这么两句话,低头行了个礼，便径直地离去了。八杉恭子走后，栋居和横渡两个人仍茫然地坐在那里，漫无目的地盯着她所离去的方向。待了一会儿，两个人才回过神来。

"栋居，看见了吗?"

"看见了。"

他们俩互相对视了一下，点了点头。

"没错，八杉恭子对那诗有反应。"

"这就足够了，看来八杉恭子确实知道这首《草帽诗》。"

"明明知道，却说不知道。"

"诗中出现了雾积的地名，这也就证明她是知道雾积这个地方的。"

"她为什么要隐瞒这个事实呢?"

"真是可疑啊。"

"可疑的还不仅仅是这些。最初你说想了解一些有关她儿子的情况，可她却全然没问那是什么事儿。这并非是她忘了，而是注意力过于集中在雾积这个主要问题上，她根本没有时间去考虑那个问题。从情理上看，警察是冲着她儿子的事情来的，若是通常的母亲，她的注意力应当集中在这一点上。"

"嗯，你这么一说，我想起来了，八杉恭子准备起身告辞，是在你背那首《草帽诗》之前。"

"刑警是为她儿子的事来的，而做母亲的却问也不问就要离去，这是很不正常的。"

"可以理解为她想从我们面前逃走。"

"不错，她的确是想逃走。不，她已经逃走了。"

他俩顺着断断续续的线索追寻了一番后，现在似乎感到终于靠近了那真正的靶子。

然而，目前还没有拿到射那靶子的箭。

· 260 ·

横渡和栋居将八杉恭子作为重要嫌疑人在搜查会上提了出来。

"如此说来,你们认为八杉恭子与杀害约翰尼和中山种老太太的案子有牵连。"那须眯缝着眼睛说。

"我们觉得她很可疑。"

"如果将八杉恭子看作凶手,那么其动机是什么呢?"

这当然是他俩预料之中的问题。

"我们认为,她下毒手杀害中山种,是因为老太太知道约翰尼被害一案的什么情况。"

"嗯,为了灭口。可她为什么要杀害约翰尼呢?约翰尼和八杉恭子之间好像没有什么联系呀……"

"这正是下面需要好好调查的问题。也许有不为人知的秘密关系,不过……"栋居欲言又止。

"不过,不过什么呀?"

"中山种写给大室吉野的明信片上说,一九四九年七月她在雾积遇到了一位在八尾长大的X氏。"

"你们认为,那位X氏就是八杉恭子?"

"目前还不能断定。雾积并不是一个十分出名的山区温泉,去那里的人不会太多,如果再限定是在八尾长大的人,那范围就可以大大缩小了。"

"因此……"

"我们可以假设X氏为八杉恭子,理由是她极力隐瞒当时去过雾积的事实。"

"她为什么要隐瞒这个事实呢?"

"根据中山种在明信片上的文字内容推断,可以看出X氏当时好像还有同行者。因此,她会不会是想隐瞒那位同行者呢?"

"那同行者并非郡阳平。假如 X 氏是八杉恭子的话,她肯定不愿意让自己的丈夫郡阳平知道这件事。"

"是啊。"

"但是,那已经是很久以前的事了,她总不会为这件陈年旧事而杀害一个老太婆吧。"

"关于那位同行者,尽管眼下还不能断定是同行者,中山种将其写成一位非常少见的稀客,说到底会不会是位外国人呢?"

"你说是外国人?可是,这和约翰尼·霍华德又有什么瓜葛呢?一九四九年约翰尼还没出世呢。"

"揭开这秘密的关键就在西条八十的这首诗里。"

栋居不紧不慢地掏出了复印的《草帽诗》,大家把目光一齐投向了栋居。

二

森户一被"释放",就去向委托人新见报告了。

"这回倒大霉啦。"新见说道。

"真是窝囊透了。"森户挠着脑袋,不好意思地说。

"警察死命逼我,要我供出假扮这种小偷是受谁指使,可我守口如瓶,到底没把部长您的名字说出来。"

"其实,说出我的名字来也没有什么了不起的。据说警察去小山田那儿核对,他的回答与你说的完全一致。"

"当时我正在不顾一切地进行拍照,却冷不防地给抓住了。不管怎么说,证据还是抓到了,那车上确实有被碰撞后留下的痕迹。"

"不过,那照片都给没收了吧。"

"在抓我之前,我就担心他们会没收我拍的胶卷,于是就多了个心眼,把最初拍的那一卷预先藏在了身上。"

"什么？你把胶卷带回来了？"

"这叫歪打正着吧，照相机里原来装着一个胶卷，被照得没剩几张，当然很快就拍完了。我把那卷藏起来，带来了。警察似乎没想到会拍两卷，就只把装在照相机里的那卷没收了。"

"快让我看看！"

"这里有已经洗好了的，都带来了。"

森户将几张底片和冲洗放大的六寸照片递给了他，脸上露出了十分得意的神色。

新见很仔细地看着一张张照片。

"怎么样啊？"估计他已经看完了，森户便问道。

"车身的确凹进去一块。"

"不错吧，这可是轧人逃逸最有力的证据呀。"

"这能成为证据吗？"

"你是说？"

森户认为自己好不容易才立下了大功，满心希望新见能对自己大加赞赏，谁知他竟这么说，于是满脸的不服气。

"这车身上的凹陷，并不限于撞人造成的，它不能成为无懈可击的证据。"

"可是，光拍那照片，就费了九牛二虎之力了。"

"你干得很漂亮，我也不准备再难为你了。"新见首次以慰劳的神态说道，那表情意味着：放心吧，必定会给以相应报酬的。森户这才感到，总算是没白冒风险。

新见打发森户走后，就去见了小山田。

"轧您太太的，大致可以断定就是郡恭平。"

"那马上去找警察吧！"小山田立刻奋勇起来。

"那可不行！"

新见说明了他的理由。

"我们现在还没有任何证据可以将郡恭平车上的损伤同布狗熊身上的渍痕联系起来。就说这张照片吧，也是通过违法手段搞到手的，一旦证据效力被否定，就不能拿到法庭上去用了。"

"弄到了这么多可疑材料，警察为什么还不动手？彻底检查恭平的车子，假如能发现文枝的头发或血迹之类的东西，不就构成不容分说的证据了吗？"

"事情并不这么简单。轧人逃逸是否成立，本身还不明确，仅仅是我们的看法。如无确实的嫌疑，不能随便检查私人车辆，更何况恭平的父亲是政界的实力人物，警察就更要慎重了。"

"有证据啊，那'狗熊'就是证据。"

"那个布狗熊是不是恭平的，目前还未证实呢。"

小山田陷入了沉思。

——唉，难道我们自己调查就只能做到这一步吗!？不管怎么说，我们已经干得很漂亮了。要是没有新见的大力相助，恐怕还走不到今天这一步。但是，已经到这个份儿上了，却又这样一筹莫展，真窝心哪。

"新见，就再没别的招了吗？我也觉得轧我妻子的准是郡恭平。已经走到这一步了，就此作罢，实在太遗憾啦。"

"我也同你一样，感到很遗憾哪。可是，眼下这个阶段还叫不动警察。森户这个秘密武器，也不便再用了。"

俩人面面相觑，甚感遗憾。细想起来，他们俩人的合作也真是妙不可言。一方是妻子被人偷的被害人，一方是偷人之妻的加害者，两个人以同一女人为基点进行着联合追踪。然而，他们现在却感觉不到这是多么奇妙。自己心爱的女人不仅被杀，而且被隐匿，对凶犯的极端愤怒和憎恶，使二人忘掉了联合的起点。

"对了,还有一个办法。"新见抬起头来说道。

"还有办法?"小山田盯着新见,简直就像抓到了救命稻草似的。

"直接去找郡恭平谈谈。"

"找郡恭平?可他现在在纽约呀!"

"纽约嘛,坐飞机一下子就到啦,每天都有航班。"

"可是……"

在小山田看来,虽说乘飞机很快就可以到,但总觉得有很遥远的距离感。

"他现在远游海外,对我们来说或许是一个良机。在异国他乡,突然将那'狗熊'扔到他面前进行追问,说不定他会立刻坦白呢。"

"话是这么说,可我实在无法追到美国去。"

独自一人到那分不清东南西北的异国土地上去追踪凶手,对小山田来说,既无自信,也无本钱。

"小山田先生如果肯让我去的话,我可以去。"

"你?"

"美国我去过好几次。纽约我有熟人,而且我们的分公司也在那儿,用一个星期六,再倒休一两天,就能跑个来回了。"

"新见先生,你真是这么想的吗?"

"这事儿还能开玩笑吗?"

"哎呀,真难为你这样关心我妻子。"

"我感到这是自己的责任。"

不消说,新见如此积极主动,并不全是责任使然,而是另有原因,但这可不能对她的丈夫说。

"恭平何时能够回来,我们不得而知。因此,与其这样等他,还不如我们去找他。如果要去,宁早勿晚。而且,如果恭平坦白,要想从车上找到补充证据,也需要动作迅速。"

"我身为丈夫,却什么也干不了。"小山田的话语里,充满着自嘲的语气。实际上他是在哀叹自己作为丈夫,一点儿用都没有,是个无能之辈。

"看你说到哪儿去了,我乐意承担,是因为正巧我地方熟,而且有准备。我有多次使用的护照,防疫证也在有效期内。现在你如果去办出国手续,得需两个星期。这事儿你就别放在心上啦。"新见像宽慰小山田似的说道。

三

恭平他们到纽约后,马上就觉得没意思了。纽约有的,东京几乎都有。与东京相比,虽然街道市容反差较大,但那种巨大的机械文明已发展到了极限的面貌,却是与东京完全一样。

城市功能化、最高尚和最低级之间的极大落差,人们之间的不信任感,滚滚车流、人口过密、公害、虚饰、颓废,这些东京有的东西,令人感到就像是一成不变地搬到纽约来了似的。

恭平对种种号称"世界第一"的东西很快就厌倦了。那高耸入云的摩天大楼一旦看惯了也不觉得怎么样,而美术和艺术与他又没有什么缘分。他最感兴趣的是纽约时报广场一带的色情商店及色情剧院,但他的伴侣朝枝路子却不喜欢这些。

在东京,全市到处都分布着热闹繁华的地方,而在纽约,闹市则全部集中在曼哈顿,显得过于狭小。好像游乐场所也有机、高效地集中在一地,缺乏场所变化,让人感到总在一个地方游玩似的。

如果到处打探的话,也许能找到他们感兴趣的一般人认不出来的好场所,但人生地不熟,不敢轻易乱闯,加之语言不通,则更限制了他们的行动自由,只好在有名且安全的地方玩。

"哎呀,真没想到纽约竟会是个这么没劲的地方!"

郡恭平一下子仰躺在饭店的床上，大打起哈欠来。什么五号街呀，百老汇大街啦，他都去腻了。即使是早晨起来，他也觉得没有好去的地方，只是身上的钱倒还有不少。整天将自己关在饭店里，沉溺在男女性爱之中也有限度，不出三天，连对方的脸会使你厌烦。这倒并不是说对方变讨厌了，而是就像同房间的囚犯一样，对方的脸看上去好像已经发霉了似的。现在他们寻求新鲜已到了饥渴的程度，只要是新鲜的，不论什么都行。在他们眼里，纽约就像是用钢筋和水泥浇铸而成的巨大货场，已经变成囚禁他们的牢狱了。

纽约的布局完全呈几何形，一切都由直线和锐角构成。街道如同棋盘的格子一样，整整齐齐。直通南北的是林荫大道，横跨东西的是市街，马路几乎条条都编号。

地段区域的号码原则上都是逢一百个门牌号递增。同一街区，南面为偶数，北面为奇数。这些不得不使恭平联想到狱舍号码和囚犯号码，纽约简直像一座巨大的牢狱。

恭平开始怀念起东京来了，就像世田谷和杉并那样，东京街道如同迷宫一样错综复杂，门牌号只要搞错一个号码，就会相差甚远。他怀念那儿，怀念那些常聚在吉祥寺和新宿的茶馆里的伙伴。纽约没劲，大概也是因为缺少朋友的缘故。

"所以，我不是跟你说了嘛，最好还是再到别的什么地方转转。美国大着呢，也可以到欧洲去玩玩，为什么非要憋死在纽约这个地方呢？"路子忍住哈欠说道。她也是一副兴味索然的表情。

"到哪儿去都没劲，我已经烦透了那些大鼻子和西餐，想回日本了。"

"不是刚出来嘛，真要回去了，又会被噩梦缠住的，整天做梦被人追来追去。"

"缠住也不怕，我想回日本了。"

恭平实在是受不了，一脸的不高兴。现在，只要跨出饭店的房间一步，就会遇到语言不通的问题，在学校里学的那点儿英语根本不管用，况且他外语本来就不好。

由于语言不通，想说的话表达不出来，总是发怵。本来，大城市一般都是认有钱人的，可纽约这里却不是这么回事。

在这里，只要有钱，你想要什么就能得到什么，可这些都像是用无人售货机买东西一样，一点儿意思也没有。到这儿后，一次也没有得到在东京时受到过的那种"顾客"待遇。即使是进了一流的俱乐部、餐馆、剧场，也是怯生生的，甚至害怕被仆人和女服务员蔑视为"黄种猴"。

事实上，在纽约，有色人种受着白人的歧视。虽然付同样的钱，但好的席位常常让白人占去，招待服务也是他们优先，而且对此还不能提抗议。在东京绝对没有这种事，只要工作人员稍有点儿闪失，就可以把头儿叫来，让其赔礼道歉。

然而，闻名日本的郡阳平和八杉恭子的大名，在纽约这里却一点儿也不灵。自己明明是顾客，却反过来要对工作人员恭恭敬敬，这种压力有如急火攻心，已到了难以忍耐的地步。然而，滞留在白人有势力的地方，这种压力恐怕无法消除吧。

所以，恭平十分清楚，除了回日本，其他无论到哪儿都是一样"没劲"。

退一步说，只要把自己关在饭店的房间里，即使除了做爱之外没什么好干的，也至少可以不必烦心，语言用日语也就足够了。

恭平与一般人不同，毫无年轻人特有的那种旺盛的好奇心，无论看什么都觉得一样，即使接触到一流的艺术或美术，也从未为之感动或倾倒过。在物质与精神极端不平衡的环境中成长的过程中，他的那种感受能力早已被损坏了。

关于这一点，他的伴侣朝枝路子也是大同小异。不同的只是她没有恭平那种"父母大名鼎鼎"的光环，所以她比他多少有些耐性。

"反正待在这儿闲着无聊也没意思,还是到哪儿去走走吧。"路子劝恭平。关在这种不进阳光、窗户紧闭的饭店房间里,简直使人感到心灵深处都要发霉了。

"走走,上哪去呀?"

"这可以出去以后再定啊!"

"有什么好去的地方?"

"可是,整天待在这儿,我可受不了。"

"那过来吧,我们可以再睡觉啊!"

"已经睡得够多的啦!"

"今天早上,我们还没玩呢!"

"玩腻啦!从昨天到今天早晨,我们一直……讨厌!"

"多来几次也可以嘛!"

"我没那心情。"

"那你就自己出去吧。"

"我要是让流氓拖进胡同下落不明,也没关系吗?"

"好了,好了!"

俩人小吵了一会儿后,终于懒洋洋地起身毫无目的地朝纽约的街上走去。

新见立即采取了行动。东京与纽约之间每天都有航班,星期五上午十时,新见乘经由安克雷奇的日航班机,踏上了前往纽约的征途。到安克雷奇需行七个小时,飞机在那儿约停留一个半小时,进行加油和机体检修,然后再飞行六小时就到纽约了。

因东京与纽约有十四个小时的时差,所以飞机在同一天上午的十一点前后抵达纽约。

森户已掌握了郡恭平的行踪。他设法从安排恭平去海外旅行的那家旅行社，打听到了恭平预订的饭店，然后立即用国际电话查询，得知他到当地虽已两个多星期，但仍住在那家饭店里。

新见急着行动，也正是为了这一点。一旦恭平从饭店退房，私人要再追踪他的活动就难了。若现在赶去，也许在纽约能抓住他。于是，新见就这样匆匆忙忙地登上了直达纽约的航班。

要搪塞公司还好办，但搪塞自己的妻子却不那么容易。要到国外去寻找一直瞒着妻子的情妇的下落，这话根本无法直接说出口。由于新见整天在公司里忙来忙去，所以突然要到国外去，他妻子倒也不怀疑，但问题是怕她到公司去问，那样会被戳穿。为防万一，他就谎称是去收集情报，并说公司里只有个别人知道这事。

这时，他的职业性质可真帮了他的大忙。

在到纽约的飞机上，新见对自己如此超乎寻常的执着行动，也感到不可思议。不管何等如胶似漆，俩人终究是没有结局的爱情，自己从未打算为她去牺牲自己的家庭和妻子，对方也有不能舍弃丈夫的情由。

对他们俩来说，这是有生以来头一次"真正的恋爱"，却只能掩人耳目暗中偷情。

特别是新见，在与小山田文枝的婚外恋中没有任何损失，只是偷人之妻，尽情贪婪地享受着一个成熟丰满的肉体。

他的这次行动也许是为了赎罪吧。真要是这样的话，新见可是做了一件与其性格极不相称的大好事。他遇事一向精打细算，因此这是一次与其性格十分矛盾的行动。

总之，此事虽为婚外恋，但属双方都心领神会的"成人之恋"，不过是相互满足各自的欲求，而且对方是以出卖色相为生的女招待。丈夫将妻子送到这种地方去的时候，想必已充分意识到了这种危险性。

新见这次千里迢迢地到美国去寻找文枝的下落，并非是受其丈夫之托，而是自己主动提出来的。他的这次旅行，无论从哪个角度说都充满了危险。假如让妻子知道了旅行的目的,家庭必然要闹得天翻地覆,从而失去社长的信任。总之,这样做是一点儿好处也没有的。

尽管如此,他还是鬼使神差地飞向了美国,至于为什么要这样做,连他自己也说不清楚。然而,他却感到现在的行动是最忠实于自己的行动。

新见出生在中上流的家庭里,自从被推上"成才之路"以后,一直过着一种近乎失去自我的生活。

他一直是全家的希望,父母的寄托。他很争气,顺利地走上了从一流学校到一流企业的成功之路,并得到了企业最高经营管理者的赏识。因此,大家对他更是寄予了厚望。

仔细想来,迄今为止新见好像一直是在人们的期待下生活,并为不辜负这种期待而努力,大概他今后也不会辜负这种希望吧。

这种人生实际上并非属于自己的人生,所走的不过是他人设定好了的人生道路。为了实现什么人的期望,而走上出人头地的道路,但在那道路的尽头有什么呢?对于这些,他连想也没想过,只是始终坚信,这就是属于自己的人生。

但是,小山田文枝使他的这种信念产生了动摇。他没有与她相爱而殉情的意志,实际上,他肩负的人生重担实在太多,已无法做到为爱情献身了。

然而,与文枝在一起,他感到了震撼身心的喜悦,而一旦分别则感到无限的空虚。这种感觉弄得他神魂颠倒,使他不像已年过四十深谙世故的人。

过去,他都是为了别人而活着,而只有这次,才第一次感受到似乎是在为自己而活着了。虽然仍属一种经过精心算计、明哲保身的恋爱,却如此认真。这种恋爱也许不会再有了吧。如果只吮吸这种恋爱的甜蜜,可能会平安无事,但若不深深地陷进去,又绝不能酿造出恋爱的蜜汁。

总之,是小山田文枝让新见品尝了恋爱的酸甜苦辣,尽管限定在一定的框框之中,却教会了他品尝忠实于自己生活的喜悦。

她突然下落不明,自己要在力所能及的所有范围内寻找她的下落。这让人感到,小山田应有的那种热情和执着,似乎现在全移到了新见的身上。

上午十点半左右,班机飞抵纽约市的上空,但肯尼迪机场非常混乱,被命令空中待机三十分钟。飞机在天空中盘旋,烟雾掠过机窗,下面的摩天大楼在烟雾中时隐时现,简直就像是巨大城市的骨架,而这城市被"机器文明"的毒素毒害得正濒于死亡,海水也被污染得发黑了。这一切就像在天空中鸟瞰东京湾及被煤烟笼罩着的京滨工业区似的。

终于到了降落的时候了,飞机开始下降。飞机在空中待降的时间虽然很长,但一旦开始下降,便马上着陆了。

入境手续在安克雷奇已经办好了,又无托运的行李,新见很轻快地走下飞机,出了机场,立即乘上了在机场大楼前等候的到市内去的出租车。

必须先去郡恭平所住的饭店,确认一下他们现在是否还住在那里,然后再决定下面的作战方案。新见没有更多的时间,他必须在这一两天内制伏郡恭平。

恭平和路子在人声鼎沸的闹市区漫无目的地转悠了半天后,又回到了饭店。虽没走多少路,但他们却感到精疲力竭。其实,他们回到饭店也无所事事。

回到房间,他们发现还同出去时一样,房间仍没有被整理。

"这帮混蛋,真是太欺负人啦!"

恭平立即怒从心中起,但他却没法拿起电话发火,因为本来就很蹩脚的英语,一生气就更加说不出来了。

"哎呀，你瞧，像是有留言！"路子指着床头柜上的电话机说道。电话机上的红灯一闪一闪的，那是留言指示灯，告诉客人在下面的服务台有留言。

他们这几天外出时，因为懒得一次一次地将钥匙交到服务台，把钥匙装在自己的口袋里就出去了。因此，他们很少到服务台那儿去，留言也就被搁在那儿了。

"奇怪呀，纽约这儿不该有熟人啊！"路子歪着头沉思起来。

"大概是催我们结账吧。"

"不对，住宿预付的押金还应该有不少。"

"这么说是有人来了？"

"我哪儿知道！你心里也没一点儿数吗？"

"没有。是不是哪个朋友从东京赶来了呢？"

"你把我们在这儿的事告诉谁了吗？"

"没有啊！"

"那就不可能有人会赶来。"

"那你去问一下吧。"

"我？我不愿去，我怕！"

"别这样说好吗，求求你啦，你的英语比我好，而且那帮家伙对女的比较客气。"

"真拿你没办法！好吧，你是主人，我就为你去一趟吧！"

恭平到纽约后完全变了个人，成了瞻前顾后的胆小鬼。由于语言不通，他尽可能地不说话，尽量不去做那些需要用比较复杂的语言来表达的事。像吃饭、买东西啦，等等，都到无人售货的自助餐厅或自选商场。遇上实在非讲话不可的情况，他就把路子推到前面。

其实路子的英语水平比恭平也好不到哪儿去，只是她能用手势比画着设法表达自己的意思。而且住了几天之后，她胆子大了，也沉着多了，这也许是因为女性的环境适应能力强吧。

但相反的,恭平的英语水平却萎缩了,这几天上了出租车竟连要到哪儿去都说不出来了。

"我都快成了'导盲女'了。"路子苦笑着说道,但她倒也真说到了妙处,她知道恭平现在是一点儿办法也没有了,只好自己去看一下到底有什么留言。

"可能是搞错了吧,或者是饭店有什么事要通知客人。"恭平想得很简单,便乘这个空儿淋浴去了。

他从浴室出来时,正好路子回来了,她脸色煞白。

"怎么啦?看你这样子,简直像遇见鬼似的。"恭平吃惊地说道。再看看路子,发现她身体在微微地发抖。

"鬼呀,鬼来啦!"

"别胡说!到底是怎么回事,怕什么?"恭平给她鼓劲儿。

"你看呀!"路子把手里抱的东西递到他眼前说道。恭平看到这玩意儿,脸色也立刻变得煞白。

"这,这是……"

"见鬼了吧,还记得吗?'狗熊',是你的布狗熊。"

这的的确确是恭平的守护神——"狗熊"。它是在自己驾车轧了小山田文枝后下落不明的。从孩提时起就一直形影不离,肯定不会认错的。

"你是从哪儿拿来的?"

"是从前台服务员那儿。"

"究竟是谁拿到这儿来的呢?"

"不清楚啊!大约一个小时前,来了个日本男人,说让把这个交给你,就放那儿了。"

"确实说是给我的吗?没搞错人吧!"

"说什么呀,这分明是你的'狗熊',不交给你,还会交给别人吗?"

"那日本男人什么样？知不知道他年龄多大，有什么特征？"

"那服务员记不得了。也是，这么大个饭店，要记住某个特定的客人，是不可能的。即使不是这样，听说日本人在美国人眼里，看上去也都是一样的。"

"那又是谁，为什么要将它拿来呢？"

"我怎么会知道啊！"

"路子，这可如何是好呢？"

"你问我，我也不知道啊！"

"路子，我好害怕，一定有人从日本追过来了。"

路子的恐惧，现在传染给了恭平，他吓得不知所措。

"恭平，别那么没出息，即使有人将'狗熊'送来，那又能拿我们怎么样呢！"

"不，这肯定是善者不来，来者不善。这个人肯定是事故现场的目击者，并在现场附近捡到了这只'熊'，拿它来恐吓我的。"

"恭平，你这人真怪！这儿是纽约呀，你不想想，难道还会有人特意地飞越太平洋，千里迢迢来恐吓吗？就算是这样，'狗熊'也不一定就是掉在事故现场了，说不定还是掉在与事故完全无关的地方呢！"

"不，一定是掉在那儿了，而且肯定被谁看见了。这下我完了，怎么办？"

恭平害怕得不知所措，全身发抖，生怕那追踪者拎着手铐踏进房间里来。

"不管怎么说，这里是不能待了。"

"不能待了？到哪儿去呢？"

"无论哪儿都行，赶快逃出纽约。"

"别那么疑神疑鬼了，等弄清了送东西的人是谁再说吧！"

"那就晚啦！你不走，我可就一个人走啦！"

"你一个人能上哪儿去!"

"那求求你啦,和我一起走吧,别抛下我一个人不管。"

这回他死死地缠住她,苦苦地哀求起来。

"事到如今,也只好同生死、共命运了,不论到哪儿,我都和你一起去。"路子怄着气说道。

他们就像大祸临头似的慌慌张张地收拾着行李,准备结账后逃走。即使在这时,恭平仍不愿将那"狗熊"扔掉,担心把它留下会引起麻烦。

打点行装后,他们就到服务台去结账,说要走了。出纳员将房间号码键入计算机,计算着住宿费用。就在恭平等待计算结果的时候,有人在后面轻轻地拍了拍他的肩膀。

一位中年日本男人站在他身后,目光锐利,身体结实。

"急急忙忙的,要到哪儿去啊?"

日本男人带着一种胸音很重的口气问道,眼睛紧紧地盯着恭平和路子的一举一动。

"你……你是……什么人?"恭平结结巴巴地反问道。

"我叫新见。"

"我不认识你。"

"我可认识你呀。"

"有什么事儿?我很忙,马上……"说到这儿,恭平意识到自己尚未定下来要去的地方。

"打算从这儿到哪儿去呀?"新见抢先一步问道。

"去哪儿不用你管!"

"何必这么激动,我只不过是随便问问。"

"我讨厌不认识的人问我。"

"我不是说了嘛,我认识你,而且给你带来了你心爱之物。还中意吧!"新见扫视着他们身边的行李,看一看那布狗熊是否装在里面。

"将那玩意儿拿来的原来是你啊！你到底想搞什么鬼？"

"搞什么鬼，你比谁都应该清楚的。"

"你，你……"

"那'熊'是你的吧。"

"不是！"

"我可是在你们隔壁房间里一直听着哪，墙壁很薄，听得很清楚。你们的对话已经被我用录音机录下来了。美国的饭店可真方便哪，给点儿小费就能到想去的房间。你隔壁的房间空着，真是你的不幸啊！"

"混蛋！……"

"郡恭平，你不要抵赖了，我掌握了你的全部罪证。"

新见本来和蔼的语调里突然显出了威严。

第十五章　杀子灭口

一

　　约翰尼的父亲曾去日本服过兵役，与日本女人相爱生子也不足为怪。大多数美国兵回国时都抛弃了日本女人，如果有孩子，就连孩子也一起抛弃，那些被抛弃的母亲几乎都是娼妇。美军撤离后，被父母遗弃的那些可怜的混血儿，曾一度成为日本的社会问题。

　　能与父亲一起回本国的孩子是非常幸运的极少数，约翰尼也许就是那极少数中的一个。由于某种情由，母亲未同他们一起回美国，只身一人留在了日本，一家人就这样天各一方。

　　回国后，也许约翰尼的父亲一直没有给他申报户口，直到他同德莱莎·诺伍德结婚以后，才将约翰尼作为其妻所生的孩子，伪造了出生年月，申报了户口。

　　后来，德莱莎病逝，威尔逊·霍华德也因酗酒弄坏了身体。霍华德自知将不久于人世，便产生了一个念头，即在自己闭眼之前，让约翰尼到日本去见他的生身母亲（也许在此之前约翰尼早就知道自己的生母在日本）。

　　为此，威尔逊故意用自己的身体去撞有钱人的汽车，以换取赔偿金，让约翰尼去了日本。然而，父亲的这一番苦心完全枉费了，约翰尼在日本被人杀害了。到底是谁杀了他？究竟出于什么理由呢？

　　想到这儿，肯·舒夫坦又陷入了更为可怕的想象之中。

　　约翰尼突然来访，他的"日本母亲"会高兴吗？假如从通常的母子情来推测，不用说，应该非常高兴。更何况约翰尼幼时随父亲去美国后一直没有音讯，现在亲生儿子长大成人又回到了母亲的身边，世上难道会有对此不高兴的母亲吗？幼年时就离别的亲生儿子的音容笑貌，理应时常出现在母亲的眼前，令人牵肠挂肚。儿子一旦归来，母亲准会紧紧地抱住儿子，一时间激动得话都说不出来。

但是，如果母亲又和别的男人结婚组合了家庭，那又会怎样呢？她与日本丈夫当然又会生几个孩子，而这位丈夫却丝毫不知道自己的妻子过去还有那么一段往事。丈夫爱妻子，子女敬重母亲，这是一个生活稳定、和睦的中产阶级家庭。

然而，就在这时，突然闯来个"黑儿子"，尽管这确实是她十月怀胎所生的骨肉，但他在二十几年前随父亲回了本国，断绝了消息，渐渐地已将他忘记了。

现在，要是让丈夫知道有这么个儿子，可就不得了啦，而且会给现在的"日本孩子们"带来莫大的打击。这等于给和睦的家庭突然扔进一颗炸弹。母亲那惊恐之状浮现在肯的眼前。六神无主的母亲，最后就把自己亲生的儿子……

"可是，不管怎么说，世上难道真会有为了自己保身，而向亲生儿子下手的母亲吗？"

这一疑问中断了肯最后的推测。

二

搜查工作会议开得气氛十分紧张，由于栋居提出了八杉恭子这一新的嫌疑人，案情越来越明朗了。

"西条八十的这首诗中充满了思母之情。作者借回忆幼年时随母亲游览溪谷来表达对母亲的思念，母子之情真挚感人，催人泪下。我们能否将这母子看成是八杉恭子和约翰尼·霍华德呢？"

"你说什么？"

· 279 ·

大家对栋居这一离奇的联想惊愕不已。

"换句话说，假定约翰尼就是八杉恭子的私生子的话。"

"可是，当时约翰尼还没出世呢。"那须替大家提出了疑问。

"这只是约翰尼记载在护照上的年龄。也许是他父亲在其出生年月上做了手脚，也许是户口报晚了。"

"如此说来，现年四十岁的八杉恭子早在十六岁之前就生了约翰尼！？"

"我认为八杉恭子隐瞒了实际年龄。"

"那么，与八杉恭子同行的外国人又是谁呢？"

"我想他就是约翰尼的父亲，八杉恭子当时的丈夫。"

"由于某种原因，只有约翰尼被父亲带回了美国。"

"而且二十多年后他又到日本来寻找母亲了。"

"八杉恭子当时见到亲生儿子回来，一定非常吃惊。"

"可能不光是吃惊的问题吧。我想，郡阳平肯定是不知道自己的妻子过去还有那么一段历史。如果让丈夫知道了，她肯定得不到宽恕的。大名鼎鼎的郡阳平夫人，年轻时竟与黑人私通生下个半黑不白的孩子。从其户口本上就可以知道，她同那个黑人并没有正式结婚，如此看来，她当时的生活窘况也就可想而知了。因此，这事不仅会使其丈夫发怒，光是她作为十分走红的女评论家，竟有这么一个黑肤色的私生子这一点，就足以使她声名狼藉、威信扫地了。"

"你是说八杉恭子杀害了约翰尼？"那须兴奋地问道。

"我觉得这种嫌疑非常之大。"

"不过，如果真像你所推测的那样，可就是母亲杀害自己亲生儿子了呀！"

"虽说是亲生儿子，但在幼年时就离她远去，并且是与黑人发生关系后生下的混血儿，她对约翰尼能有多少母子情感呢？一个自称是其儿子的人突然站在面前，作为八杉恭子来说，恐怕不会产生母子真情的。相反，她或许还会把他的出现看成是从根本上诅咒自己的家庭以及社会地位的不祥之兆，而对他加以憎恨。"

"那么，西条八十的诗和'八杉母子'之间究竟有什么联系呢？"

"据说，那首《草帽诗》，雾积温泉从战前就印在包饭盒的纸和介绍温泉的小册子上了。亲子三人去雾积旅行时，八杉看到了那首《草帽诗》。她非常喜欢，就将诗的意思译给丈夫和孩子听，并教给了他们。威尔逊把这首诗记在了心里，当约翰尼长大后，他可能又将它作为'一家三口'去旅行的美好回忆，重新告诉了约翰尼。而且，母亲的面容也和雾积一起作为幼年时代模模糊糊的记忆留在了约翰尼的脑海里。他很可能是揣着父亲再次教给他的《草帽诗》，并把它当作母亲的纪念品带到日本的。"

"那诗集又是怎么回事呢？西条八十的诗集很可能是约翰尼忘在私人出租车上的。"

"那也许是当时八杉恭子从雾积回来后给他买的。如果确实如此，这首诗就是名副其实的母亲的纪念品了。"

"为探望日夜思念的母亲而专门从美国来到日本，这是多么动人，然而却被其母亲所杀害，这又是多么残酷啊！"

"八杉恭子还有两个日本孩子。如果他们得知自己所敬重的母亲曾有这段令人恶心的经历和半黑不白的私生子，必定会受到很大打击。因此，她为了保护纯日本血统的两个孩子，就把一个美国混血儿杀害了。"

大家得知了栋居作出的令人意外的推理，表情黯然。这的的确确是一种无法挽救的犯罪，也是出于无奈的动机。

"八杉恭子确实相当可疑，可我们并没有掌握真凭实据啊！"那须叹了口气说。

所谓访问雾积的"一家三人行"，也仅仅是一种推测而已，更何况没

· 281 ·

有任何证据能说明在这三个人当中有一个人就是八杉恭子。目前八杉恭子身上最大的疑点，就是在她听到西条八十的那首《草帽诗》时，作出了明显的反应，而她却硬说不知道雾积这个地方。但是，即使诗里有雾积这一地名，不一定会背全诗，只记住其中的一句或一段，也是很正常的。

而且，也没有任何根据能说明，中山种给大室吉野的明信片上提到的那位"同乡"就是八杉恭子。栋居的推理是建立在把这位"同乡"者假定为八杉恭子而展开的。由于偶然建立在这种基础上的推理，恰巧与几个零散的情况相当吻合，于是就感到八杉恭子有重大嫌疑。然而，这不过是搜查本部的一种主观推断而已。

"我们还是调查一下八杉恭子在案发时是否在现场，以及她过去的经历吧！"山路征求那须的意见。

"是应该调查一下啊……"那须回答得不太干脆。

"不过眼下，即使八杉拿不出当时不在案发现场的证明，我们也不能把她怎么样呀！"河西插话道。

一般情况下，只有在作案疑点很大时，才考虑嫌疑人是否在案发现场的问题。与案件无关的人，即使没有不在作案现场的证明，也无关紧要。警察只有在进行大量取证，收集到足够的怀疑嫌疑人犯罪的材料后，对嫌疑人来说，才会产生澄清其嫌疑的举证责任。在目前的情况下，只是警方负有这种责任。如果没收集到证据，就不能主观地把对方看成是嫌疑人，贸然让对方拿出不在现场的证明。即便警方进行调查，也只能是旁敲侧击。

可就在此时，他们又从意想不到的地方发现了新的情况。

一天，栋居刚到搜查本部上班，警署接待处就告诉他说有人要见他。要见警察的人几乎都与案件有关，尤其是在搞某个案情的调查时，要求见警察的来访者会较多。但这么早就来的却十分少见。有人要见他，也许是因为搜查本部的其他人都还没来吧。

"一位年轻姑娘。栋居，你真有两下子啊！"

栋居尽管被接待处的工作人员这么取笑，其实来者是谁自己心里也没谱，直到进了会客室，看见站在那儿的来访者，才不禁脱口说道：

"啊，原来是你呀……"

那位八尾的谷井新子突然点头行礼，并伸了伸舌头。

"来这么早，什么事啊？现在还被那件事缠身吗？"栋居问道。

"突然来打搅，实在对不起。我已经被解雇了。"

"解雇？"

"被八杉家辞退了。"

"辞退？怎么回事？"

"我也弄不太清楚，不过，上次那件事八杉先生好像很不满意。"

"上次的事，你并没有什么错啊！倒是你协助警察，抓住了擅闯民宅的凶手呀！"

"好像问题就出在这儿。轻易惊动警察，冒犯了她的龙颜！她说八杉先生和警察的形象毫不相干。"

"但他丈夫当时不也在场吗？"

"她说根本用不着我出头露面，多嘴多舌。"

"就因为这个你才被解雇的？"

"是的，当然啦，因为从一开始就并非正式录用，不过是我硬闯进去赖在了那儿的，所以什么时候被人家赶出来，也没什么好说的。"

"可这样突然被赶出来很为难吧，有没有可去的地方？"

栋居重新打量起新子来。同前天碰到时一样，她穿着俄罗斯式的女罩衫，配一条长裙子，不同的只是手上拎着两只小衣箱。前天，栋居曾对这位时隔不久就出落得像大城市姑娘似的新子，大吃了一惊。可是，今天也许是由于先知道了她被解雇了的原因吧,看上去觉得她打扮得非常难看。

把这么一个举目无亲的年轻姑娘推到繁华喧闹的东京街上,简直如同把一只羊羔赶到狼群之中。

"嗯,郡阳平先生好像觉得我很可怜,就让我到他的后援会本部去工作了。"

"说起郡阳平的后援会,是那个在新宿区饭店里的吧。"

"嗯,是的,我的房间也订在那个饭店里。我觉得那儿挺好的,今天是特意来向您道别的。去了新宿后,恐怕就很难再特意到这儿来了。"

"是吗,谢谢你特意来道别。立即就有了去处,真替你高兴啊!"

"可不是嘛,太太要赶我走,一时间我都不知道怎么办好啦。事到如今,又不能回八尾,因为当时我是抱着不学点儿本事誓不回去的决心出来的。"

栋居也没去纠正她的想法,说道:

"有这种抱负,真了不起,不过你到底想学些什么呢?"

"想学的东西可多啦!首先要看看这大千世界,开阔开阔眼界。我还很年轻,今后还打算做很多很多的事。"

"趁着年轻尽量多学点儿东西当然好,但是,可别忘了珍惜自己,青春可没有第二次啊!"

栋居说着说着,发现自己的话像说教似的,不禁难为情起来。而且,他突然觉得,这言外之意等于在问:这女孩是否还是处女?

"那种事我明白。只有一次的东西,我会好好珍惜的。"谷井新子回答得很干脆,仿佛看透了栋居的心思。

栋居在与新子的交谈中,突然产生了一个疑问:"约翰尼遇害搜查本部"就设在麴町警署,八杉恭子把新子撵走,会不会就是为了要让她远离这儿呢?

"约翰尼遇害搜查本部"的两名刑警,是到八尾去之后认识新子的。八杉恭子可能已从新子的嘴里知道了这一情况。这嘴快的新子,说不定还会多嘴多舌地说些什么,为了不让她有多嘴的机会,八杉恭子就把她撵到丈夫在新宿的办事处去了。

假如可能的话,她真想把她撵回八尾,但那样一来,也许会引起搜查本部的注意。况且,叫警察来的并不是新子,要是那样做的话,也未免太苛刻了。

八杉恭子不喜欢谷井新子和搜查本部接触,这就说明,八杉在约翰尼被害一案上有什么心虚之处。

"刑警先生,您怎么了?脸怎么一下子变得那么可怕呀!"

被新子这么一说,栋居蓦地清醒过来。

"新子,有件事我想请你帮帮忙。"

"请我帮忙?什么事?"新子十分天真地歪头问道。

"是有关八杉先生的事,想请你帮我调查一下。"

"啊,八杉先生做了什么坏事吗?"新子眼中充满了好奇。

"不是,不是的,别那么自作聪明了。"

"怎么,不是坏事呀,那没意思。"

"只有坏事你才觉得有意思吗?"

"八杉先生这个人,心灵和外表完全不一样。在电视和杂志上,她很漂亮,脑子也好用,是值得大家学习的贤妻良母的典范。但是,再没有像她这种只顾自己的人了,丈夫、孩子全让用人照顾,我敢肯定,孩子生下来她就连管都没管过。在家里没做过一次饭,没洗过一件内衣。可就是这么个人,在外面却装出一副全国贤妻良母的教祖模样,真是笑死人了!"

"哎哟哟,你真够厉害的啊!"

看来,新子并非因为被撵出家门才怀恨在心的,而是压根儿就对八杉恭子没抱什么好感。这样看来,事情就更好办了。

"哎,要我帮忙,到底是什么事啊?"新子察言观色地看着栋居问道。

"我想让你查一下九月十七日和十月二十二日八杉恭子去哪里了。"

"九月十七日和十月二十二日这两天发生什么事了?"

"嗯,与一个案子有关。确切地说,是九月十七日下午八点至九点左右,和十月二十二日早晨六点前后。"

"您说的那案子,就是上次你们去八尾调查的那件吗?"

"嗯,就是那件。"没法回避,栋居只好点了点头。

"这么说,是要调查在不在现场的证据吧?"

新子眼里又闪烁着好奇的目光。她发现栋居一时支吾不语,接着又道:

"行啊,我尽我最大的努力去调查,我要把八杉恭子的画皮剥下来。"

"嗳,请别误会呀,八杉恭子也并没……"

"行啦,行啦,我清楚。九月十七日和十月二十二日发生了什么事,只要到图书馆去查阅一下报纸的合订本就会立即明白的。其实,也根本没有必要去查阅,只要看一下挂在那儿的牌子,就能知道你们这些刑警在搜查什么了。"

新子朝会客室那边的搜查本部办公室的方向努了努嘴。这姑娘外表上看起来显得有些轻佻,但内心里却潜藏着一种犀利。

"这些就用不着多说了,不过我托你办的事儿,千万要保密啊!"

"放心就是了,包在我身上!也许我得背叛这家主人呢,那还会跟谁去说呢?"

"好,你既然很明白,我就不说什么了,调查绝对不能让八杉……恭子察觉出来。"

栋居抱着一线希望,把事情托付给了新子。两天后,新子有了回音。

"查清楚了。"电话里,她气喘吁吁地说道。

"噢，已经查清楚了？"栋居真没有想到会这么快就有回音。

"九月十七日，她好像在家里，但无确切的证据。"

"在家里？"

"因为没做任何记录。"

"她们家还做这种记录吗？"

"只要外出，就都详细地做记录，因此没做记录时就是在自己家里。"

"那么十月二十二日呢？"

"那天有记录。"

"啊，有记录？那她上哪儿去了？"

"在那前一天，也就是二十一日，她丈夫郡阳平先生正好在高崎市举行演讲会，太太也一起跟着去了。"

"什么，高崎？！"栋居不禁跟着高声重复了一遍。

"别吓我啦，干吗突然这么大声！"

"哎哟，真对不起。你说的是群马县的高崎吗？"

"除了群马县以外，还会有叫高崎的地方吗？"

"当然不会有，你能肯定吗？"

"没错，白纸黑字都记在郡阳平先生的活动日程表上呢。"

"哦，你已经在郡阳平的办事处工作了。"

栋居得知了一个重要情况。从高崎到横川只有将近三十公里的距离，在中山种摔死在雾积水库的前一天，八杉恭子来到了距那儿只有三十公里的高崎。

"十月二十一日晚上他们住在高崎了，还是当天就回来了，这你知道吗？"

"住在那儿啦。记录上写得很清楚，说郡阳平在高崎市民会馆进行了两场演说，一场是下午三点开始，另一场是晚上七点开始，然后他又与市民志愿者进行座谈，那天晚上他们住在了乌川饭店。"

"你调查得真详细,谢谢你啦!"

"不用谢,我就愿意干这种事。我能当刑警吗?"

"嗳,到这儿为止吧,这样对你反倒好些。"

"其实,我知道的还多着呢。"新子有所暗示地说道。

"你还知道些什么?"

"在同一天,有位叫中山种的老婆婆从松井田町的水库大坝上掉下来摔死了吧!"

"……"

"这位老婆婆和你们去八尾来调查的那位谷井种是同一个人吧!"

"我说你这个人……"

"那松井田町可是在高崎的鼻子底下啊!"

"好啦,你确实是位优秀的刑警,不过,你绝对不能再往下调查了!"

"以后要是还有这种调查,尽管找我,我非常乐意为你们效劳。"

谷井新子跃跃欲试,信心十足。

第十六章　水落石出

一

随着山脚下的村庄越来越近,下手的良机正从身边一次次地溜走。"再往前去或许还会有更理想的地方吧!"川村这么想着想着,把出现的好几次机会都放过去了。而且往前走着走着,山路开始下坡,觉得路也渐渐地开阔起来。

"这山道真是美极啦,就这么走过去了,真有点儿依依不舍啊!"荒井雅代天真地感叹道,此时,她根本不知道川村心里深藏着险恶的用心。

"那么,咱们就在这儿歇一会儿吧。"川村边劝雅代,边向四周张望。周围是一片密度不大的人造杉木林带,算不上是很理想的地方。但是,再往下走就靠近小山村了,也许就会永远丧失良机。

川村为了邀她到这儿来,已经煞费苦心了。由于明年他们俩都要毕业,所以这种俩人结伴的郊游,恐怕再也不会有第二次了。川村虽说是去二流公司,但就业已经有了着落。雅代也在别人的介绍下,订好了婚事,只等一毕业就成婚。

雅代生怕让未婚夫知道了起疑心,就谎称这次郊游是集体组织的。川村和雅代都是东京一所私立大学的学生,两个人不仅是同窗好友,而且都是大学俱乐部"旅行研究部"的成员,一起在校共度了四年时光。

说是旅行研究,其实并不做任何专门研究,而只是喜欢旅行的一些同学聚集起来进行集体旅行。他们曾将这称为"大众观光时代旅游业界的新动向",提出"在旅行中认识自我"。但醉翁之意不在酒,其真正的用意是想邀女生共同旅行。

而且，只要不参加这种俱乐部，光凭学生身份，是没有机会与女生共同旅行的。女生也好，周围的人也好，对这种"与男生共同旅行"的俱乐部活动，均不觉得有什么不好，学生家长也因为那是"俱乐部活动"而十分放心。

荒井雅代以身材匀称、亭亭玉立、充满着现代美，而成为"旅行研究部"的偶像。作为一种义务，所有成员一年至少要参加两次俱乐部组织的旅行活动，而由其他成员个人发起的旅行活动，则凭各自的兴趣参加。

不论是俱乐部组织的旅行活动，还是个人发起的旅行活动，只要有雅代参加，男生就会趋之若鹜。特别是在个人组织旅行活动时，往往为邀请雅代而争得不亦乐乎。每当雅代参加时，部里的众多男生都会跑到车站为她送行。雅代就有如此的魅力。

部里的男生之间，已逐渐达成了一种不成文的默契——互相警告、互相牵制，不许抢头功。

在这之间，只有川村一个人始终在雅代左右，形影不离，这是因为他们是同班同学。在俱乐部里，与雅代同一年级的只有川村一人。而且，即使不在俱乐部里时，他也和她在一个班里。雅代在班里也是偶像。由于川村与雅代同是俱乐部成员，所以与班里其他男生相比，他接近雅代的机会最多。

至于雅代，她自己大概并没有意识到会到如此的程度，而川村却最大限度地利用了和她既是同班同学，又同是俱乐部成员的双层关系。

因此，旅行研究部成员也好，同班同学也好，都接受了川村优先接近雅代的事实。当然，这种优先并不是容许他可以从雅代那儿得到什么特别的恩典，而只是在他比其他人对雅代表现得更亲热时，他人显得无可奈何，只好默认罢了。尽管如此，这对川村来说，却也是极其珍贵的优先权。

在校期间,川村充分地利用了这一优先权,凡雅代参加的旅行,几乎他都跟着去。而且,自己组织的旅行,他也强邀雅代参加。

旅行研究部的成员已达成了一种心照不宣的默契,谁都不"独占"雅代,只有川村例外。雅代对川村也并非有什么特殊的情感,只因俩人既是同班同学又同是俱乐部成员,对他有一种亲近感,所以俩人一起去旅行的机会比较多。

"同窗四年的美好时光"转眼就要过去了,而雅代和川村依然仅是一般要好的朋友,男女间的感情还是空白,什么也谈不上。特别是对单方面极力奉献情感的一方来说,没有被认识和理解,等于完全被忽视了。明明是男性或者女性,却被当作中性来看待。

川村对雅代的立场就是如此。的确,雅代一直非常信任川村,经常同他一起去旅行。但是,她这样做正是因为没有把川村当作男性看待。既然不是男的,那么无论到哪里,都是可以很放心地跟他一起去的。

正因为如此,他们同窗四年,并一直以朋友的关系友好相处,却连手都没拉过。如果川村对雅代没有什么想法的话,那也就算了,可是他爱她爱得很深很深。这虽然是藏在心中的单相思,但比谁都爱得真切、热烈。

然而,他却一次也没有敞开过自己的心扉,表白过自己的爱,因为他们作为要好的朋友相处得太和睦了。男女之间的这种事,一旦失去了最初的机会,就很难再成为男女之好了。由于是"好朋友",现在就更羞于启齿,不能倾诉自己的爱慕之情。高尚无瑕的中性朋友,是不可能成为那属于本能的充满性欲味的朋友的。但是,不管怎么说,川村在雅代这样性感的女人身边待了整整四年,却连手都没能握过一次,这实在是……

川村连自己都觉得自己好可怜。看来,雅代是把川村当作贴身保镖来利用的。由于川村在她旁边,遏制住了其他男人的非分之想,她作为旅行研究部的"公主"而受宠的同时,却又不冒风险地享受着自己青春的快乐。

而且,她饱尝了青春快乐后,正要作为一个女人迈向新的人生之路。听说她的未婚夫毕业于东京大学,现在是一流商业公司的精英。结婚后,她也许会把川村等人当作是"青春时期的中性朋友"而很快地忘却吧。

"总而言之,我们都是雅代的青春卫士,职责是保证将她完好无损地奉献给她未来的丈夫。"

当川村他们听到雅代订婚的消息时,个个都感到万分遗憾。

"这纯属一种骗吃骗喝的行为。"一位热恋雅代的单相思者愤愤地说,他非常巧妙地道出了大家的共同心声。

雅代作为旅行研究部的女王,一直高高在上,并把女王的可爱公平地撒给大家分享。但在要毕业时,她仅说了一句"青春与结婚并不是一码事",便要迅速地改变自己的人生道路。

围着雅代打转的这些男生,不管他们对她是如何倾心爱慕,毕竟尚不具备相应的经济实力。实际上,他们连称心的职业都没有定下来,凭这种身份,根本谈不上诚惶诚恐地去向女王求爱。

而且,雅代也似乎彻底看透了这一点,决定投入那位东京大学毕业的企业精英的怀抱。她这样做似乎在告诉大家,像我这样的女王,岂能下嫁那些薪俸微薄的刚参加工作的职员!?说起来,这是她非常巧妙地将青春时代陪自己玩耍的伙伴,与自己托付终身的男人完全区别加以对待了。这真是绝妙的如意算计。

"绝不能就这样便宜了她。"川村暗暗下定了决心。要是雅代能下嫁给自己同伴中的某个朋友,即使感到嫉妒,那也还可以容忍。可是,只将青春时代的伙伴当作临时卫士,而自己要嫁到企业精英那儿去,这是绝对不能容忍的。其实,他非常清楚,女人总是追求稳定安全的生活,但他又觉得,不在自己的同伴中找,而到别的地方去寻找结婚对象,这不证明她内心中根本不承认同伴具有男人的生活能力吗？

我们曾是一起共度过多愁善感的青春时代的伙伴，但她却毫不留恋地将我们抛弃了，如此轻易地便将自己的今后托付给那只见过一两次面的对象，就因为他是企业精英，将来有望得到安定的生活。女人这种自作聪明的算计真是太可恨啦！

说是东京大学毕业的高才生，其实又有什么了不起呢！这些高才生，把出人头地当作自己人生目的，这种无聊的人多啦。为贪图名牌的虚荣而投进这种男人的怀抱，与高级娼妓有什么两样！

"反正是卖身，在那之前我何不捷足先登……他是个无聊至极的臭尖子，自己无形之中却当了他未婚妻的保护人，真让人愤怒。"在这种意识的驱使下，川村不露声色地邀雅代参加"俩人郊游"。

"好吧，作为学生时代的最后纪念，咱们就俩人去吧。"雅代开始有些犹豫，但最后还是接受了他的邀请。同川村去郊游，她没有半点儿戒心，这足以证明她根本没有把他当作男人来看待。她开始有点儿犹豫，那只不过是对未婚夫有所顾虑罢了，因为即使是中性朋友，与男人结伴俩人郊游，若让未婚夫知道了，也总是有点儿不好。

总之，雅代跟着川村出来郊游，既不知他深藏着险恶的用心，也毫无防备之意。因为以前也有过他们俩结伴出去、当天返回的旅行，所以雅代十分放心。

川村这次邀她去的地方，是奥多摩的浅间尾根。这里海拔约八百米，山峰低矮，山脊连绵起伏，是女人和孩子的最佳去处。但因交通不便，游人稀少，不是节假日或公休日，平日几乎没有行人，这是川村达到目的的绝好场所。

川村是想把雅代领到这种山区中来尽情地享乐一番，无论她怎样哭喊，也不会有人来相救。他心里明白，即使自己强暴了她，她也绝不会声张出去。若那样做，真正受害的只能是她自己。如果她知道反正难以逃脱,可能会很顺从,并将这作为俩人之间永久的秘密,若无其事地出嫁。

在婚姻上,她算计得是如此精明,因此也许她还会将此作为"青春的秘密"而乐意接受。这样做,"骗吃骗喝、白享青春"的目标虽然落空了,但也得到了珍贵的经验。

他选择了"平日",果然山道上没有一个人影。真是名不虚传,从这儿的山脊向四周眺望,奥多摩的美景尽收眼底。

"是在那片树林里好呢,还是在这片灌木丛的斜坡上好呢?"在山道上,川村一直在进行着险恶的选择。雅代对此则全然不知,不时地为那展现在眼前的壮观的怡人景色而发出阵阵感叹。

猎物明明已经入网,却还不到动手的时机,原因是对方处于毫无戒备的状态,所以自己迟迟下不了这个手。

就这样犹豫不决地走着,旅行路线眼看就要走到头了。

"再也不能犹豫了……"川村终于下了最后的决心,将雅代邀到垂盖着下山道的人造杉树林中。在这之前本来有几个极理想的地方,现在看来越往前走,就越难找到更理想的地方了。

"你听,山涧那儿有流水声!"川村想把她引到树林深处去。

"我口不渴呀!"

"可以用清澈的溪水洗洗脸嘛!"

"对呀,我已经浑身是汗啦!"雅代并未怀疑,就跟着川村走进杉树林里去了。

"啊呀,凉冰冰的,真舒服!"她跑到小溪边上,弯下腰撩着水说道。太阳透过树枝的缝隙射了进来,雅代眯起眼睛看着树林上空。从太阳的位置来看,离太阳落山虽然还早,但已经渐渐泛红了。

"时不再来,还待何时?!"川村强压住犹豫不决的心情。

"雅代!"叫声显得特别激动。

"干什么呀?"雅代转过脸来。

"我喜欢你。"

"我也喜欢你呀!"雅代误解了川村"喜欢"的意思。

"我从很久以前就想得到你。"

"你又突然说些什么呀!"雅代笑了起来,这笑显然是对他不屑一顾。

"所以,把你给我吧!"

"别开玩笑了。"

"不是开玩笑!"川村忽地站了起来。

"川村,难道你……"

雅代的笑容从脸上消失了,但她还没显出害怕与不安,只是对自己一直深信不疑地认为是中性的朋友,突然露出了男人的狰狞面目而不知如何是好。就在这一瞬间,川村猛地向雅代扑了过去,想用男人的暴力把女人按倒在地上。

"求求你,别这样!"雅代这才感到害怕。

"只要你不说,谁也不会知道,答应我吧!"

"不行,你真是个禽兽,住手!快来人哪,救人啊!"雅代一边拼命反抗,一边大声呼喊。川村压根儿未曾料到雅代的反抗会如此强烈,一时使他有点儿不知所措。他原来想得很简单,认为凭他们多年的"友好关系",顶多开始时她反抗一下,然后就会迎合自己,谁知完全打错了算盘。

"住手吧,求求你啦!我都要结婚了。"

"那又怎么样,即使给我一两次,那也没什么。"

雅代的奋力反抗促使男人更加凶暴了。你到底在为谁保护贞洁?尽可能用高价出售自己,这种贞洁和那种肮脏的商业算计不是完全一样吗?!

川村感到她很可恶,这种可恶更加刺激着他的行动,他开始毫不留情地踩踹对方。男人和女人的搏斗在继续，这样下去，将由体力的强弱决定最后的结局。眼下这种体力的差别，正使女方渐渐陷入绝望的境地。

"哎哟！"川村突然惊叫了一声，雅代在拼命反抗中冷不防狠狠地咬了他胳膊一口。胳膊上留下了明显的齿痕，并渗出了鲜血，川村一时痛得松开了手。

雅代抓住时机，一把推开正痛得发蒙的男人，不管东南西北，顺着斜坡拼命地跑了起来。此时此刻，她已顾不上担心迷路了。山并不那么深，只要一直朝着山下跑，总会跑到有人家的地方吧。雅代在树林中狂乱地猛跑，荆棘刺伤了她的身体，她也毫无感觉。前方茂密的灌木丛中，有什么东西在移动。由于她猛烈地奔跑，黑色的影子呼啦一下被惊得飞向了四面八方，原来是一群乌鸦。她被吓了一跳，一下呆住了，但马上感到川村从后面追上来了，便连忙拨开灌木准备往前跑。就在这一瞬间，她发出了撕心裂肺的惨叫声，猛然转回身，朝刚才逃过来的、有男人追来的方向跑了回去。

十一月二十三日下午三点左右，一对徒步旅行的情侣，在东京都西多摩郡桧原村附近的山林里，发现了一具腐烂的女尸。

这对情侣面无人色地跑进村落的一户人家，那家人立即与附近的巡警岗亭取得了联系，岗亭的巡警又立即报告了五日市町警署。为了保护现场，警察让这对情侣的男方带路前往现场。而他的女伴，由于受刺激太深，正处于虚脱状态，就让她在村民家中休息吧。

女尸本来被埋在土中，后来被野狗或山里的野兽扒出来，让乌鸦啄得不成样子，惨不忍睹。在与警视厅进行联系后，搜查一课的刑警和验尸官很快赶到了现场。经过验尸之后，女尸暂时被移至五日市署的太平间。

由于时间太晚，警方决定第二天进行正式的现场查证，现场由五日市警署的警察严格地保护起来。

与尸体埋在一起的有个手提包。装在手提包里的东西,泄露了死者的身份。死者名叫小山田文枝,二十六岁,住在东京都K市宫前街四十八号。她于九月二十六日前后失踪,其丈夫曾向警方提出过搜索请求。

警方立即与死者家属进行联系,确认了死者的真实身份。她丈夫看到妻子那面目皆非的样子,只低声地说了句"果然是……",便当场呆住了。

经过第二天的解剖分析,确认死亡时间是四十至六十天以前,死因是全身跌打和内脏破裂,尸体的损伤属典型的交通事故造成的。直到这时,小山田原先提出的上诉才有了重要的意义。他在诉状中说,妻子被轧后,又被运到某处藏了起来。

警方也曾认同小山田的上诉,到肇事现场——K市牌楼前进行了搜索。现在,她的尸体恰好证实了丈夫的上诉。于是,警方再一次对发现尸体的现场进行了细致的勘查,但一无所获。

警方又进一步扩大了搜索的范围。一位刑警从草丛中捡到了一个东西,同事意识到有用,立即凑过来研究。这是一只天鹅绒面的小扁盘子,一捅生了锈的金属机关,它就像烟盒一样被打开了,里面贴着很柔软的一层像擦镜头的布那样的布料。

"这肯定是个装什么的盒子。"

"盒子这么小,它究竟是装什么的呢?"

两个刑警冥思苦想,琢磨来琢磨去也弄不清到底是装什么的东西,只好上交了。这是从现场附近找到的唯一的一件东西。

上司也不知道这盒子是装什么用的。在参加这次现场勘查的刑警中,有一位刑警盯着这盒子看了一会儿后说:"这东西可能是装隐形眼镜的盒子。"

"你戴隐形眼镜吗?"上司看了看这个不戴眼镜的刑警,说道。

"没有,我眼睛很好,根本没必要为了潇洒去戴那玩意儿。我亲戚家有位年轻姑娘戴这东西,我曾见她有这么个盒子。"

这果真是凶手留下的东西吗?目前还不能妄加断定,但是从盒子经过风吹日晒后的褪色程度看,警方认为与死者死后经过的时间基本吻合。

盒子上刻有"金龟堂东京·银座"的字样,大家认为这是销售商店的名称。如果这确属凶手落下的东西,那么将是一个重要的证据。于是,一名刑警马上带着这只盒子赶赴银座去了。

二

"我已掌握了你犯罪的全部证据!"新见威胁道。恭平听到后吓了一跳,只感到自己的视野一下子变得模糊起来,周围的景象似乎全部因蒙上了雾霭而失去了轮廓,只有新见那铿锵有力的声音还在耳中回荡。肇事后,由于自己对汽车解体是个外行,拖了一天又一天,最终造成了致命的后果。

现在被他穷追到这儿,已经是被逼上绝路了。恭平万万没有想到,他竟会紧追不舍地追到纽约来。

"郡阳平和八杉恭子的长子轧死行人后销尸灭迹""'母子通信'模范家庭背后的丑恶"……诸如此类的报刊标题,在恭平的脑子里不时地闪现着。

这下不仅自己不行了,就连母亲也要名声扫地,还会对父亲的政治前途产生影响。他十分明白,尽管自己蔑视父母,但没有他们的庇护,自己将一事无成。

在丧失一切之后,一切再从零开始的生活,自己是绝对忍受不了的吧!这并不是讨厌贫困,而是生来还未经历过,自从懂事以来,就一直生活在物质丰富的环境中,想要什么就有什么。在物质方面,从来没有得不到满足的经历和感受。

然而，这一切突如其来地就要被剥夺了。不仅自己那得天独厚的生活环境要被剥夺，而且要作为囚犯去偿还自己所犯的罪责。

这意味着，自己将要告别人世间一切美好、快乐、甜美和舒适的东西，而去面对被关进牢狱、完全失去人身自由、过黑暗肮脏生活的现实。只考虑这些，恭平就已经感到脊背冷飕飕的了。

不，如果是进监狱服刑那还算是好的，由于犯罪性质恶劣，说不定还会被判处死刑。

死刑？眼前立即浮现出以前曾在电影中见到的电椅和绞刑架场面，而且它与现实的景象逐渐重叠，使自己分不清哪是电影场面，哪是现实了。

"喂，跟我过来。"新见以得胜自豪的口吻命令道。

"不能让他抓住！"这种想法突然从恭平的心底里冒了出来。

"这儿是美国，可不是日本，追到这里来的只有他一个人。我得逃走，只要有一口气就得逃。"想到这里，恭平立即行动，转身就跑。新见虽然没有大意，但没想到他会抛下自己的女友独自逃走，结果被弄得措手不及。

等到新见醒悟过来再去追赶时，已经晚了。恭平已穿过饭店大厅向大门出口处跑去。为了防止外面的空气直接进入有空调的饭店内，出口处设了两道门。从外面进来的第一道门是个旋转门，将大厅与外面隔开的第二道门是装有透明玻璃的自动门。

恭平拼命往外跑，只看到了通向大街的第一道旋转门。此时，正巧有几位客人推着旋转门从外往里走。

恭平的眼睛只盯在旋转门上，而且由于眼睛高度近视，看得不很清楚，忘了那儿还有一道透明玻璃的自动门，这是透明玻璃隔门常令人产生的错觉。

恭平头脑中只闪着一个念头——快逃。他以极其迅猛之势向自动门撞去。自动门感应到恭平的接近，正要打开，却赶不上他的速度。

咚！随着一个沉重的声音，恭平被厚厚的透明自动门一下子反弹了回来。加速度全都变成了反作用力，他的身体受到了猛烈的冲击。

恭平受到这重重的一击，瞬间神志开始模糊起来。

"怎么回事？"正在大厅里的人们听到响声后大吃一惊，不约而同地把视线投向了出口处。饭店的服务员赶紧跑了过来。

恭平听到跑动的声音，硬是站了起来，但觉两眼发黑，便又倒了下去，完全失去了知觉。

恭平在意识渐渐失去的最后时刻，还在深深地悔恨，自己当初要是早点儿将那遗失了的隐形眼镜配好就好了。

他眼睛高度近视，但又不愿戴眼镜，就用了隐形眼镜。可是，大约在三个月前，他外出时从眼睛里取下的隐形眼镜不慎弹出去丢了，正想早点儿去配副新的，就出了那起交通事故。

如果早点儿配上隐形眼镜，视力得到矫正的话，也许就会避免发生如此惨痛的事故。

现在受到了自作自受的严厉惩罚，在眼镜丢失、视野模糊不清的时候，突如其来的追踪者，把自己吓得魂不附体，一下子撞在了透明玻璃门上，并受到了透明"空间"的剧烈反弹。这种反弹使恭平感到自己仿佛受到了世间的唾弃。

金龟堂是颇有名气的眼镜店，坐落在银座六号街上，店里的主要商品是眼镜，同时还经营高档手表。

刑警到了这儿以后，马上就确认那盒子是该店最近作为隐形眼镜专用盒而新设计的产品。

刑警又从顾客名单中找到了"郡恭平"的名字，这个名字，小山田武夫早就作为轧了妻子的嫌疑人告到K警署了。

小山田在推断案犯就是郡恭平的过程中，有许多跳跃之处，证据也有些含糊，鉴于此，K警署暂时采取了保留态度。搜查本部却很重视这种吻合，重新追查郡恭平的下落，确认了他已去了美国的事实。

几乎同时，千代田区二号街郡阳平的宅邸也接到了通知，从纽约漂洋过海传来了儿子郡恭平负伤的消息。另一方面，小山田和K警署也都从新见那儿得到报告说，已拿到了郡恭平就是肇事凶犯的证据。

第十七章　人性证明

一

警方决定对八杉恭子是否在案发现场进行查证。但这一次并不是要查证她的口供，而是要根据谷井新子提供的情况，去彻底核实十月二十一日她随丈夫郡阳平去高崎市的行踪。

再次到高崎市去核实情况的还是横渡和栋居俩人。高崎是去雾积的必经之地。

他们下榻的饭店坐落在高崎城旧址南侧的高崎公园中，由于地处乌川河畔，上信越山岳的美景尽收眼底。

来这儿以后，栋居和横渡就发现了可疑之处。像八杉恭子这样的名人到这儿来，理应给店员留下深刻的印象，可没料到她几乎没给人留下什么印象。

"什么，八杉恭子来过店里？"当他们查询情况时，店员们却反问道。最后，好不容易才有一位当时负责接待八杉恭子的楼层服务员若有所思地说道：

"啊，那人到底还是八杉恭子啊！"

"你是负责接待她的？"栋居问道。

"嗯，我觉得她就是八杉恭子，就请她签名，但她却说我认错人了，就逃跑似的走了。她虽然换了发型，戴着太阳镜，但肯定她就是八杉恭子。当时我还觉得非常奇怪，她为什么要化装隐瞒身份呢!？"

"住宿登记上没填八杉恭子的名字吗？"

"当时有个叫郡先生的议员是领队，只让他填写了以下随行的几个人的名字，而没有让其随员一一填写。"

"这么说几乎没有人知道八杉恭子来过这儿？"

"请她签名时，她是那样冷淡，我还真以为认错人了呢。"

"那么，八杉恭子跟丈夫一起来，到底是为了什么呢？"

两位刑警面面相觑，不得其解。她和丈夫一同来地方游说，莫非并不是为了要用"八杉恭子"的名声来声援其夫？

既然要隐姓埋名，那为何还要与丈夫一同来呢？这真让人费解。不仅饭店里没人知道，就连市内也几乎无人知道八杉恭子来过这里。不用说，她并没有出席丈夫的演讲会。

郡阳平是受地方邀请来高崎作演讲的，于是两位刑警又去拜访了当时的主办者。据说原来并没有安排八杉一起来，可是她却突然一起来了，当时大家都很吃惊。然而她却解释说，这回是以妻子的身份，即因私陪丈夫一起来的，不参加声援讲演。因此，连主办单位都有人不知道八杉恭子曾来过高崎。

"以妻子的身份，作为私人关系……"

横渡怃然地摸着下巴。八杉恭子是个名人，她随丈夫一起来竟不露面。这地方并不像东京，有那么多人都知道八杉恭子就是郡阳平的妻子，因此，想隐瞒身份完全可以办到。

结果，八杉恭子虽来过高崎，但其行踪却无人知晓。换句话说，无法得到她是否去过雾积的证据。说她来过高崎，最初是由谷井新子查出来的，这有据可查，但这仅仅是郡阳平办事处的内部记载而已，而她在高崎却几乎没留下足迹。

警方已查清了八杉恭子的履历。一九二七年十月三日，她出生在八尾町的一个名门望族。小学时成绩出类拔萃，受到教师的举荐，深得父母的宠爱，毕业后寄宿在东京的亲戚家中，就读于当时的"圣信"大学附属女子学院。

后来由于战火激烈,她曾一度回家,战后因复学而来到了东京。但从这时起到一九四九年十月回乡为止,她并没到"圣信"女子学院复学。她曾给家里去过信,说是已经就职,但具体职业却丝毫未提。由于现在八杉恭子的双亲均已去世,娘家的家业由弟弟继承,所以详细情况不得而知,但据说父母对她的话深信不疑。

当时社会秩序十分混乱,一个年轻的姑娘只身闯到已化作一片废墟的东京,应该说是非常冒险的。后来,她作为新闻界的宠儿,靠故弄玄虚出人头地,混得这样不错,也正是得益于她的这种胆量。

一九五一年六月,她同郡阳平结了婚,并一直持续到现在。假如她同威尔逊有什么瓜葛,就应该是在从她第二次上东京至回乡这四年间发生的。然而,这期间的情况大家却一无所知。

八杉恭子同郡阳平结婚后,很少回娘家。父母去世后,她就与娘家基本断绝了来往。

高崎的秘密调查结束后,警署得到了两份令人振奋的报告:一是在奥多摩山区发现了一具高度腐烂的女尸,并捡到了一个隐形眼镜盒子;二是郡恭平在纽约被人抓住,对轧死小山田文枝后把尸体埋到山里的事实供认不讳。

推销员森户潜入郡恭平的父亲家中被谷井新子抓住时,就对郡恭平提出了同样的控告。如果得到的情报准确无误的话,那就证实了森户的报告。

因此,若能断定隐形眼镜盒是郡恭平的,那他就难逃罪责了。

"这对八杉恭子来说将是个不小的打击呀!"

"总之,她的那个模范儿子曾是她扬名的跳板,现在竟成了恶性交通事故的肇事逃犯。"

"这么一来,八杉恭子也就完啦!"

搜查本部的刑警们悄悄地议论着。

"什么八杉也就完啦,这样说就好像她是局外人似的。她杀害约翰尼和中山种的嫌疑极大,也许就是她杀了那两个人。不过眼下还不到揭锅的火候,但八杉恭子早晚会被我们用双手逮住归案。光让她因为那没出息的儿子而名誉扫地,也太便宜她了。"栋居大声地斥责道。

平时他脸上总是没表情,这次却动了真情。接着,他又说道:

"约翰尼胸口上被人捅了一刀,但他不顾插在胸口上的刀,硬是拖着濒死的身躯,爬上了皇家饭店的顶层餐厅。那是一种什么样的心情啊!近一段时间,这一直在刺痛着我的心。

"约翰尼还不完全记事儿的时候,跟父母到雾积玩过一次,这给他留下了深刻的印象,而且这很可能是他记忆中最珍贵、最美好的东西。在黑暗、短暂的人生中,这一直是他对宝石般的母亲的甜蜜回忆。在雾积得到的印在彩色纸上的那首《草帽诗》,当时母亲十分亲切地译给他听,不,也许那时小约翰尼已经懂幼儿日语了。草帽与雾积就如同母亲的面容一样,铭刻在约翰尼的心中。多么想见她一面,哪怕是看一眼也好。她拉着自己的小手,领着自己沿着那层峦叠翠、郁郁葱葱的雾积峡谷往下走,那时多么快乐!多么想见到日本的慈母啊,这种思念长大之后已到了难以抑制的程度。约翰尼随父亲一起回美国后,其人生之路何等残酷,我们不难想象。生活越是凄惨,思母之情就越是强烈,约翰尼终于按捺不住自己的一片思念之情,决定攒钱来日本。不足的部分,父亲就用自己的生命去换,这全是为了见母亲一面。然而等待他们的是,母亲为了保全自己而对他的无情拒绝。

"生身母亲在自己胸口上扎了一刀,这难道就是千里迢迢来日本寻母所得到的报偿吗?约翰尼是以何等绝望的心情接受这一刀的啊!在他那渐渐模糊的意识中,出现了皇家饭店的顶层餐厅。那餐厅远看就像是用美丽的彩灯装饰起来的草帽,也许自己真正的母亲就在那儿等着呢。于是他就极力地恢复正在渐渐模糊起来的意识,拼命地去追寻那草帽。母亲的面容大概一直在他的眼前晃来晃去。负了那样重的伤还登上了顶层餐厅，这一事实充分说明，他对母亲的思念之情是多么深切啊！

"八杉恭子为了保全自身，就这样像捻死个虫子似的将约翰尼杀害了！她杀害的可是自己的亲生儿子！我憎恨这种女人，她不是人，还不如禽兽，这种女人没有半点儿人性！"

栋居极力控制着自己激动的心情，像是在讲给自己听似的倒出了心里话。

此时此刻，遥远的昔日景象又浮现在栋居的眼前。

一群美国兵正围着父亲殴打。他们对父亲拳打脚踢，猛吐唾沫。父亲毫无反抗，任凭他们蹂躏。周围虽围着许多日本人，但他们谁也不想出来救父亲。

"救人哪，谁来救我爸爸呀！"

幼小的栋居在拼命地求救，但无人愿意出头搭救。相反，他们都站在旁边，就像隔岸观火似的注视着事态的发展，毫无责任感的好奇心暴露无遗。

只要不把危险引向自己，就再没有比这更好看的光景了。由于父亲阻止了一帮美国兵正要对一位年轻姑娘施暴的行为，他们就把怒火转向了父亲。这帮正要发泄兽欲的年轻禽兽，在失去了发泄对象后，就把凶暴的欲火一股脑儿全倾泻到了父亲身上。在这种情形下，如果出来搭救，就等于引火烧身。

这帮家伙本来就是战胜国的"神奇之旅"，现在地位比日本天皇还高，所以谁也不能插手。

父亲为了栋居，在下班回来的途中绕道买的那些豆包，全散落在地面上。美国兵们就像踩路上的马粪蛋儿似的用军靴乱踩一气。父亲的眼镜也被打飞了，摔得粉碎。

父亲被美国兵围在中间,打得遍体鳞伤,缩成一团不动了,实际上他已动弹不得了。

美国兵中有个特别显眼的大个子,长得像个红毛鬼,小臂上有烫伤似的伤痕。也许是在战场上刚负伤不久,那开裂的伤口泛着令人作呕的红色。

大个子美国兵就用这只手拉开了裤子上的拉锁,朝父亲身上撒尿。其他美国兵也都纷纷效仿,一边向父亲撒尿,一边狂笑。周围看热闹的日本人竟也笑了起来。父亲由于伤势过重,不久便去世了。

栋居在很小的时候就把父亲受凌辱的场面深深地刻在了脑子里,并发誓要复仇。那时在场的所有人且不用说,就连当时使父亲遭此厄运的社会,也全是他的仇敌。

为了报仇,他当了刑警。那时的仇敌现在已同八杉恭子融为了一体。如果有母亲在,父亲和他就不会饱尝如此的屈辱,父亲也就不会死去,这都是因为母亲抛弃了父亲和他。

八杉恭子为了保全自身,抛弃了亲生儿子。不单单是抛弃,她还把千里迢迢来看望她的儿子杀害了。母亲对儿子的拒绝,难道还有比这更残忍的吗?

栋居觉得,现在的八杉恭子就好像是抛弃了父亲和他的母亲。这时,他那沉睡的记忆受到了强烈的刺激,抑制记忆苏醒的薄膜终于破裂了。八杉恭子是新闻界的宠儿,从她那张颇受大众欢迎的面孔中,栋居逐渐回忆起了只有他才知道的八杉恭子年轻时的模样。

这个女人究竟是什么人,栋居现在终于很清晰地想起来了。

——哦,她就是那个女孩啊!

栋居茫然地思索着,脑海里映出了那张意外浮现出来的久远的面孔。二十九年前,父亲自己挺身而出,从一群美国兵手中救出一个年轻姑娘。

那年轻姑娘的脸，如今就隐藏在八杉恭子这位大名鼎鼎的颇受大众欢迎的漂亮面孔之中。八杉恭子如今已年逾不惑，有社会地位，也有声望，当年险些被一群年轻美国兵轮奸的那年轻姑娘的狼狈相，现在在她身上已荡然无存。但是，只要剥开她那随着岁月的流逝而变化的容貌、成熟老练的气质和作为新闻界名流的画皮后，露出的便是那个将父亲当作牺牲者，自己却逃之夭夭的年轻姑娘的脸的原形。

栋居在东京商务饭店头一次与八杉恭子擦肩而过时，她的脸形曾触动了他那遥远的记忆。可以说，新闻界把她包装出来的假象，妨碍了他对真相的把握。

当时，如果父亲不路过那儿，他就不会死去。如果不是因为八杉恭子，栋居也不会失去父亲。父亲挺身而出救了八杉恭子，而她却丢下父亲逃跑了。她现在又抛弃了约翰尼·霍华德，这与年轻时有什么两样呢？栋居义愤填膺，怒火中烧，发誓绝不轻饶她。

——她有没有人性呢？不，她有没有连低等动物都有的母性呢？我一定要掏出她的心来看一看。

栋居抬起头来说道：

"我要和她赌一次，看一看她还有没有人性。"

"赌人性？"那须看着他问道。

"如果八杉恭子尚存一点儿人性的话，我就要穷追不舍，逼迫她自己招供。"

"你打算怎么入手呢？"

"我想冷不防把草帽给她。"

"给她草帽？"

"按照目前的情况，已无法打破僵局，因为无论如何都没有办法找到关键性的证据，所以我想打动她的心，逼她自己坦白。"

"……"

"警部，让我去吧。"栋居紧盯着那须的眼睛。

"你有把握成功吗？"

"还不知道，所以说我要和她赌一把。"

"破案是不能用打赌的方式来进行的。"

"我也是在很小的时候就被母亲抛弃的，我仇恨抛弃了我的母亲。不过，在我仇恨的底层，还有一颗要相信母亲的心。不，是我想相信母亲。八杉恭子的身上，肯定也会有母亲的心。我想赌的就是这一点。只要她是孩子的母亲，就一定会自己招供。我是抱着跟抛弃我的母亲决斗的心情，去同八杉恭子决斗的。"

"……"

"警部，让我去吧。"

"好吧。"那须十分赞同地点了点头。

"照你想的，好好去干吧。"

二

八杉恭子接到恭平负伤的消息时焦急万分，立即通过国际电话询问了情况，得知他伤势不重，经过医院的治疗之后，马上就踏上了归途，也就放心了。

但是，随后来自警方的消息，却给了郡阳平夫妇以巨大的打击。据说，在奥多摩山中发现的那具高度腐烂的女尸，怀疑是郡恭平轧人肇事后将其埋在那里的。

警方决定重新彻底地检查郡恭平的汽车。而且，据警方说，恭平在纽约已招认了自己犯下的全部罪行。郡阳平夫妇很想直接问问恭平本人，但他现在正在回国的途中，无法取得联系。

巧事迭出，偏偏在这个时候，麹町的搜查本部又传讯八杉恭子。接待八杉恭子的警察一派绅士风度，彬彬有礼，但在这彬彬有礼的背后，使人觉出另有一种不同一般的意图。这时她才悟出,自己并非是作为单纯的证人而被传唤来的。

"今天请你来……"

栋居目光炯炯,神态自如,与八杉恭子面对面地坐着。前几天,他曾到电视台里找过她。面对墙壁放着另一张小桌子,那儿也坐着一位刑警。他年纪比栋居略大一点儿,老是用不怀好意的眼光看人。由于角度的关系,无论怎么看他都有点儿像猴子。他也是前几天与栋居一起来找过她的刑警。

"恭平不久就要回国了,我什么也不清楚。我想肯定是搞错了吧,恭平才……"

"夫人,今天劳您大驾,并非为那件事。你儿子的案子不由我们负责。"

前几天来找她的时候,栋居他们明明说是想了解一些恭平的情况。

"那到底是什么事呢?"

栋居认为她是故意装糊涂,于是就默默地凝视着八杉恭子,观察她有什么表情变化。她到这儿来的时候,应该看到了搜查本部的大牌子。

"是关于一件案子。一名美籍黑人九月十七日在皇家饭店被刺杀了。准确地说,他是在清水谷公园遇刺的,然后带伤爬到了饭店的顶层餐厅,在那儿断了气。"

"这案子与我有何相干?"八杉恭子做出一副满腹狐疑的表情。

"夫人,对这案子你心里没有数吗?"

"我怎么可能心里有数呢?"

"我们相信夫人心里一定有数。"

"哎哟,你们警察呀,可真会信口开河!"八杉恭子的脸上泛起了淡淡的红晕。

"恕我直言吧,夫人,我们认为被刺的那名美籍黑人正是您的儿子。"

"啊!"瞬间,八杉恭子不由得倒吸了一口凉气。

"夫人,在第二次世界大战结束后的三四年间,您和一位名叫威尔逊·霍华德的美国黑人士兵有过夫妻或同居的关系吗?"

栋居不断地发起进攻。八杉恭子突然弯了一下腰,从嘴角泄出了抑制不住的咯咯声。正当栋居觉得八杉恭子在自己的攻击下受到沉重打击,感情已失去平衡时,她却抬起了头,原来她是忍不住笑弯了腰。

"你们警察……为什么要做如此离奇的想象呢?我有没有和黑人结婚、生黑孩子,说这些不着边际的话,我真是服了你们。你们怎么有的这种想象?无论谁听了都会捧腹大笑。啊哈哈哈,真是可笑极了!"

八杉恭子真的像她说的那样手捧肚子大笑起来,由于笑得太厉害了,眼泪都笑出来了。大笑了一阵之后,她突然又板起脸来说道:

"我希望你们让我回去吧,我没有时间陪你们闲聊。"

"一九四九年七月,你与威尔逊·霍华德和约翰尼三个人去雾积了吧?"

"这个问题,上次已经清清楚楚地回答过你们了,我不知道!我刚才尽情地大笑一通,实际上是怒不可遏。什么同黑人做过夫妻啦,什么生过半白半黑的孩子啦,这都是对我严重的侮辱。我有丈夫,有孩子,都是纯粹的日本人。我也好,我丈夫也好,都有一定的社会地位。你们究竟有什么证据,要这样中伤我?"

"雾积旅馆当时有位叫中山种的人,您认识吧?"

"我连雾积都没有去过,怎么会认识她呢?"

"您应该认识她,中山种与您是同乡,都是八尾长大的。"

"八尾出来的人多啦!"

"中山种给大室吉野写过信,而大室吉野是您的远亲。"

栋居拿出两张卡片,这虽不是什么有威力的卡片,但对方看到卡片,说不定会产生特殊的效果。

"那信上写着我的事!?"八杉恭子的神情略有所改变。

"我们认为就是您的事。"

"这是怎么回事?我怎么越听越糊涂啊!"

"说得明白点儿,就是您同威尔逊和约翰尼一起来雾积的事。"

"那请让我看一下那封信。"

栋居早已料到她会提出这种要求,因此只是虚晃一枪。如果让她看信,就会暴露警方的底细。

"信现在不在这儿。"栋居硬着头皮解释道。

"那为什么呢?如此重要的证据不在手边,这也太不合情理了吧!"

"……"

"根本就不存在那封信吧,还是信上根本就没提我的事?"

栋居一时张口结舌,答不上话来,八杉恭子则扬扬自得地趁势连连责问起来。她不仅轻而易举地避开了栋居利用卡片向她发出的进攻,而且似乎彻底看穿了警察手中掌握的材料是多么的脆弱无力。

"你们警察署,原来是这么中伤好人的!捏造事实,无中生有,恶意诽谤,不惜诋毁他人的名誉。你们以为就可以这样完事吗?一切等我和丈夫商量后,再来找你们算账。对不起,失陪了!"八杉恭子忽地站了起来。

"夫人,用不着这么着急。"栋居改变了语气。八杉恭子转过脸来,似乎在问:难道你还有话要说?

"夫人,知道那首《草帽诗》吧?"

"草帽?前几天已经问过了吧。那种诗,我不知道。我并非不喜欢诗,而是不愿意被警察强迫。"

"夫人,您肯定知道那首诗的。"

"您是不是神经有毛病啊?我说了,我不知道。"

"还是幼年的时候,在一个晴朗的夏天,孩子由母亲领着去了雾积。

母亲拉着孩子的手,沿着小溪顺着山道漫步着观赏景色。突然,吹来一阵大风,小孩头上戴着的草帽被风吹落,掉进了小溪的谷底里。孩子以这顶草帽为依托,对母亲咏诵出了火一般的切切思慕之情。一个三口之家去雾积旅行时,偶然看到了这首诗。

"对孩子来说,大概这是一生中唯一的一次与父母亲同去旅行吧。溪谷苍翠欲滴,母亲年轻貌美、和蔼可亲。那次旅行的美好印象,深深地铭刻在小孩儿的心里。后来,这孩子生活凄苦,命运坎坷,那次旅行成了他一生中最美好的回忆。那次旅行,父亲也一起去了。旅行后'家'就离散了,也许就是在全家离散之前,为了留下个美好回忆而去旅行的。"

"别说啦,这些话,与我毫无关系。"八杉恭子虽这样大声说着,但并没有想离开,好像有什么东西与她的意志相反,将她紧紧地缚在了那儿似的。

"全家在那次旅行后就分手了。孩子由父亲带着回了父亲的本国——美国,母亲则留在了日本。我不知道这到底是为什么,但有一点十分明确,对雾积的回忆,已作为对母亲的回忆深深地印在了孩子的心中。西条八十写的《草帽诗》,咏诵的是他自己对雾积的回忆,而孩子觉得这诗就像是咏诵自己的回忆一样,给自己留下了十分难忘的印象。这首诗,也许就是那时母亲念给孩子听的。草帽已将西条八十诗中的母子,与这一家三口紧紧地连在一起了。

"被父亲领回美国的孩子,按捺不住对母亲的思念,又来到了日本。父亲为那孩子,用自己那风烛残年的躯体去撞汽车,换取了一笔赔偿费,充当孩子去日本的旅费。也许是父亲的死,突然冲开了孩子思念母亲的堤坝,而父亲也想借孩子去看一看昔日的'日本之妻'吧。雾积一片葱茏,美丽景色衬托下的母亲的音容在孩子的眼前晃动。生活在受人歧视的底层中,只有母亲才是孩子的救星。在艰辛之时,在悲恸之际,母亲的音容始终在温柔地抚慰着他的心,激励着他。"

八杉恭子沉默不语,面部虽做出毫无表情的样子,但肩膀却在微微地颤动。

"孩子热切地想见自己的母亲,哪怕是看一眼也好。对雾积的回忆是他最美好的回忆,如同宝石一样珍贵,他一直在细细地品味着。也许他知道母亲重新组织了家庭,营造了新的生活,他根本没打算去搅乱母亲的生活,只是想见见母亲,哪怕是一面也行。这就是母子之情,你敢说不是这样吗?在这一点上,血亲关系与两性的男女关系有着本质的区别。

"然而,母亲却断然地拒绝了那孩子。母亲已功成名就,有了社会地位,也有了孩子和稳定的家庭。可是,早已忘却的黑人私生子却突然出现在面前,要从根本上毁掉这一切。于是母亲为了自卫,决定牺牲儿子。可是,这个靠父亲拿生命换来的旅费,不远万里来到日本寻访母亲的孩子,遭到母亲名符其实的致命拒绝,他又该怎样想呢?心中唯一的一颗宝石就这样粉碎了。在他最后绝望的瞳孔中,模模糊糊地映出了一顶草帽,那是一顶由华丽的彩灯镶嵌的、漂浮在夜空中的草帽。皇家饭店顶层的餐厅,晚上向上眺望,很像一顶镶有彩边的草帽,这你知道吗?约翰尼·霍华德用尽了最后的力气,才爬到了那上边。

"他虽然受到了母亲致命的拒绝,却仍然继续相信母亲,以为母亲在那儿,在那儿等着,亲切地欢迎自己。于是他就一摇一晃地,踉踉跄跄地走着,身后留下了斑斑血迹。血是从被母亲所刺伤的心口上滴下来的。夫人,您还记得这顶草帽吗?"

栋居将事先特意为此时准备好的草帽,递到了八杉恭子面前。草帽已经旧得分辨不出是用什么材料做的了,让人感到只要稍微一碰就会破碎。这就是在清水谷公园里发现的那顶草帽。

可以看出,八杉恭子吃惊地倒吸了一口凉气。

"这草帽是约翰尼小时候让母亲给他买的,大概是游雾积回来的途中，让母亲给买的纪念品吧。他将这草帽作为与日本母亲的离别留念，一直细心地保存了二十多年。您看这陈旧的程度，这陈旧程度足以说明，约翰尼对母亲的思念之情是多么强烈啊！不信您碰一下看，它会像灰一样刷刷地往下掉。而就是这顶旧草帽，却是约翰尼金不换的宝贝啊！"

栋居要把草帽递给八杉恭子，而她却像要退身躲避。

"如果您还有一点儿人的良心，不，只要还存有任何低等动物都有的母性的话，听到这首《草帽诗》，您就绝不会无动于衷吧！"

栋居双手捧着草帽，像要献给她似的凝视着她的面部表情。八杉恭子的嘴唇在微微地哆嗦，面色越发苍白。

"妈妈，您可曾记得我的那顶草帽？"栋居开始咏诵那首他已背熟了的《草帽诗》。

"不要念啦！"八杉恭子微弱地嗫嚅道，并见她的身体呼地摇晃了一下。

栋居继续咏诵起来：

"就是夏日里的那顶草帽，在从碓冰去雾积的路上，随风飘进了路边的溪谷。"

"求求你，别念了！"

八杉恭子捂着脸瘫倒在椅子上。栋居决心置她于死地，便以虐待狂的心态取出了那本西条八十的诗集。

"八杉先生，还记得这本诗集吗？这是约翰尼同草帽一起带到日本来的，说起来这已是他的遗物了，说不定这也是您给他买的呢。后面的诗就请您自己念念吧，多好的一首诗啊！只要躯体里还有血液流淌的人，或者是有儿女的父母，或者是有父母的儿女，谁都会被这感人肺腑的诗而深深打动的。您能不能念啊？要是不能念的话，我帮您念吧。"

栋居在八杉恭子面前，翻到了诗集中有《草帽诗》的那一页。

妈妈，我喜欢那草帽，
一阵清风却把它吹跑，
您可知那时那刻我是多么惋惜。

妈妈，那时对面来了位年轻的采药郎中，
打着玄青的绑腿和手背套。
他不辞劳苦帮我找……

八杉恭子的肩膀在剧烈抖动。栋居继续念着。

无奈谷深草高，
他也无法拿到。

妈妈，您是否真的记得那顶草帽？
那路边盛开的野百合，
想必早该枯萎。
当秋天的灰雾把山冈笼罩，
草帽下是否每晚都有蟋蟀歌唱？

妈妈，我想今宵肯定会像这儿一样，
那条幽谷也飞雪飘摇，
我那顶闪亮的意大利草帽，
和我写在背面的名字，
将要静静地、凄凉地被积雪埋掉……

栋居念完诗之后，瞬间一片寂静，位于市中心的搜查本部一室就像沉入了海底。大街上远处的嘈杂声,好像完全来自另一个世界。

"呜呜呜……"八杉恭子口中发出了呜咽声。

"约翰尼·霍华德是您的儿子吧?"栋居打破了刚才短暂的寂静,确认道。

"我,我每时每刻都没忘记那个儿子啊!"八杉恭子伏在桌子上剧烈地抽噎起来。

"是您杀的他吧?"栋居步步紧逼,毫不松懈。

八杉恭子一边抽噎一边点头。

"杀害中山种的也是您吧?"

"我是无奈啊。"说到后面几个字时,她已泣不成声,防线彻底崩溃了。

搜查本部在证据不足的情况下,与嫌疑人进行人性的较量,结果大获全胜。

三

新见将郡恭平和朝枝路子从纽约带回日本,把他们送交给警方,然后去见了小山田。这时,已经在奥多摩山中发现了小山田文枝的尸体,并进行了确认。

"人果然死了!"小山田见到新见后,有气无力地说道。在彻底绝望的边缘,仅剩的一线希望,现在也完全破灭了。

"太遗憾啦!"

新见醒悟到自己今生今世真正的爱情已彻底结束,今后恐怕不会像爱文枝那样再去爱女人了。在生来自己就好像要为别人去竞争、去生活的人生中,这是唯一一次为忠实于自己的生活而采取的反叛行动。

反叛已告结束,精于算计和贪图功利的生活又将重新开始。其实也没有什么不好,那也是自己所选定的人生。

"新见先生,实在是太承蒙相助了。"小山田从内心表示感谢。在确认与人通奸的妻子死后,他对奸夫的愤恨也好像随之烟消云散了。新见已充分赎清了罪过,当然,在新见自己看来,他根本不是赎罪,而是为自己做的这一切。

"小山田先生,今后你有什么打算啊?"

"现在我什么也不想干,不过待静下心来后,我得去找份儿工作。"小山田没有了妻子的收入,生活已十分拮据了,必须马上去工作,否则就要穷困潦倒了。

"愿意的话,我可以帮忙介绍一份儿适当的工作。"新见非常客气地向他提议道。

"好意我领了,但我不想在这些事上再麻烦您。"小山田干脆地说道。要是没有妻子,他同新见之间也就不会有任何联系。即使新见今后还有什么赎罪的行为,但他窃人之妻的事实也是永远不会改变的,不能将自己今后的生计,托付给一个偷自己妻子的男人。

"对不起,算我瞎操心吧。"新见也觉得自己是多嘴。

"那么,就此别过。"

"多保重,祝您愉快!"

两个男人就此分手,各自都认为恐怕不会去再碰面了。共同拥有一个女人的两个男人,在那个女人死去的同时,都失掉了无法代替的无价之宝。

也许今后再也遇不上这样好的女人了!一种共同的失落感,宣告了他们共同追求的目标就此终结。

四

八杉恭子自己坦白了所犯的全部罪行:

"当约翰尼突然出现在我面前时,我为能与儿子重逢而惊喜万分,同时又为我的一切都将因此而被毁掉,感到万分绝望。听约翰尼说,他在纽约偶然看到了介绍我的出版物,才知道了我的消息。他一到羽田机场,就立即和我联系。我就让他住东京商务饭店,因为那里有我丈夫的办事处,易于联系。约翰尼的父亲威尔逊在第二次世界大战结束后随军进驻日本,我就是那时与他相识的。当时,我是东京一所私立女子学院的学生,寄宿在东京的亲戚家。由于战火激烈,我曾一度回乡,但是,已体验过城市生活的我,在乡下小镇上觉得憋得实在无法忍受,后因学校复课,就不顾父母的坚决反对,再次来到东京,却遇上了流浪者的纠缠。在危难之际,威尔逊救了我。威尔逊是黑人,这多少是个缺陷,但他却是个真正有骨气的男人,而且能体贴人。我们俩堕入了爱河,就那样同居了。我骗父母说自己已经找到了工作。不久,我生下了约翰尼。

"到雾积去是在约翰尼刚满两岁的时候。决定去雾积玩,是因为记得听人家说过我的同乡——一个远房亲戚在雾积。那《草帽诗》是在回来的途中,我们在溪谷的山道边上打开中山种给我们做的盒饭时才看到的。诗印在包饭盒的纸上,但写得十分美,我就简单易懂地把意思译给威尔逊和约翰尼听。那首诗竟会给还不怎么懂事儿的约翰尼留下如此深刻的印象,这是我连做梦都没有想到的。那草帽是因为约翰尼非缠着要,在松井田町给他买的。不久,一家被迫分离的时刻终于来临了。威尔逊接到了回国的命令,但我们尚未正式结婚,当时美军只允许正式妻子随他们回本国。而我的娘家是八尾的名门望族,他们是绝不会允许我与外国人,特别是与黑人结婚的。尽管威尔逊曾再三求我,但最终还是没有能正式结婚。

"不得已,威尔逊只认领了约翰尼,带着他走了。《西条八十诗集》是那时作为雾积的纪念赠送给威尔逊的。我决定花时间说服父母,征得同意后,再去追赶威尔逊父子。

"威尔逊带走约翰尼,一是因为我没有生活能力,难以抚养;二是作为一种筹码,想迫使我务必去美国。

"威尔逊回国后,我暂时回到了家乡。本来是想立即征得父母的同意,紧随他们父子去美国的,但总是话到嘴边又咽了回去。就在我难以启齿的时候,有人给我介绍了郡阳平。婚事在双方家庭间顺利地进行着,到我们见面时,实际上只是一种形式,生米已煮成熟饭,无法拒绝了。

"我一边念念不忘已去了美国的父子俩,一边和郡阳平结了婚,一直到今天。对那孩子,我时刻也不曾忘记过,他长成棒小伙子,特意来看我,我真是高兴极了。但在重逢的惊喜过后,眼前却觉得一片黑暗,绝望极了。

"郡阳平并不知道我婚前曾和黑人同居,还生了孩子。当然,恭平和阳子也都不知道自己还有个同母异父的哥哥。为了保全自己和家庭,唯一的办法就是让约翰尼自己永远地消失——我是在走投无路的情况下,才出此下策的。没人清楚我和约翰尼的关系。约翰尼心里也好像十分明白,如果让别人知道我有这么个私生子,会给我带来许多麻烦,所以他总是悄悄地同我联系。威尔逊在约翰尼来日本之前刚刚去世了的消息,我是从约翰尼那儿听到的。说他是为了给儿子筹措路费而撞车身亡的,这还是从你们警察这儿听说后才知道的。约翰尼说他不想再回美国了,想取得日本国籍在日本永久定居,并告诉我说,因为绝不会给我添麻烦,所以想待在我身边。

"然而,如果约翰尼待在我身边,就没有不透风的墙,我过去的那些事早晚会暴露的,这样,我就会身败名裂。我极力劝约翰尼回美国去,但他就是不听我的话,我感到被逼上了绝路。

"我决定杀了约翰尼,让他在九月十七日晚上八点左右在清水谷公园里等我。因为我事先知道那公园一到晚上就没有行人,而且逃起来也很方便。

"可是,当我见到约翰尼后,那下了不知多少次的决心又动摇起来。

我是在有些犹豫不决的情况下,为了保全自己和家庭才把刀刺向约翰尼的,所以,那刀尖刺进他胸口很浅。约翰尼当时像是完全醒悟了似的,对我说道:'妈妈,我是你的累赘吧……'约翰尼当时那无比悲伤的目光,我是永远也忘不了的。我……我,我就是用这双手刺死了我的孩子。约翰尼彻底醒悟了,用手抓住我刺到一半又松开了的刀柄,猛劲深深地捅了进去,并且叫我快逃,说:'妈妈,在你逃到安全地方前,我是绝对不会死去的,快跑啊!'在最后时刻,他还用濒于死亡的躯体来保护杀害自己的母亲。自那以后,我的心从未平静过。我现在的地位和家庭,是在牺牲了一个儿子后才好不容易保住的,所以我想好好珍惜它,永远保有它。"

"您为什么要杀害中山种呢?又是怎样杀害她的呢?"

"开始我根本不想杀中山种。看到新闻报道后,我估计警察早晚会注意到雾积,于是我就去了那儿,想不露声色地去试探一下中山种,看她还记得多少我们过去的事。去雾积的日子,正好与你们警察去那儿的日子相同,完全是偶然的巧合。"

"那么,为什么要在高崎市隐瞒自己的身份和行踪呢?"

"我是极力想隐瞒自己去找中山种的事实,对丈夫也是一样,当时对他说,这次只是以妻子的身份,作为家里人跟他去的,像声援演讲之类的活动一概不参加,对此请他谅解。十月二十一日,在丈夫的演讲会以及他同当地知名人士举行的座谈会全部结束后,我就骗丈夫说,自己要去拜访一位住在附近的大学同学,就连夜背着人悄悄地跑到了汤泽的中山种家里。没想到,中山种对我的过去记得非常清楚,说我曾带着黑人家属来做过客。当时,我觉得不杀中山种不行了。于是,我就要求那天晚上住在那儿,并寻找时机,但始终没有很好的下手机会。当时,中山种无意间透露说这个村庄不久就要变成水库的坝底了。于是我就顺着她说,既然这样,何不趁现在好好地看看这儿的景物。中山种十分赞同,说道：'对，趁着现在脚还利索，应当好好地看看。'于是，第二天清早，她扶着我的肩膀，爬上了水库大坝。由于是一大早，坝上还没有其他人。中山种说当天在雾积干活的孙女要回来，因此心情特别好。她爬到坝上，也许是打算锻炼锻炼身体，好让孙女看看自己是多么健康，她对我没有半点儿疑心。我把毫无防备的中山种从大坝上推了下去，事情干得如此容易，当时我都有点儿意外。中山种就像张纸片似的随风飘了下去。因为杀得太容易，在好长一段时间里，我都没觉得是把人从大坝上推下去了。"

八杉恭子自己招供后，由新见陪同回国的郡恭平和朝枝路子，也供认了自己的犯罪事实。警方还从郡恭平的 GT6 型车上采到了微量人体组织切片，经化验确认是小山田文枝的人体组织。郡恭平亦承认隐形眼镜盒与布狗熊都是他的。那眼镜盒，是郡恭平无意中放在衣袋里的，没想到在埋文枝的尸体时，不知怎么落在了地上，成了重要证据。

几乎在八杉恭子母子招供的同时，新宿警署对十几名玩"老规则游戏"的男女高中生进行了行为指导教育。这些学生在一所公寓里服用了一种安眠药后集体乱淫，郡阳平和八杉恭子夫妇的女儿阳子也在其中。八杉恭子本想牺牲一个儿子来保全另外两个孩子，结果全都没保住。当然，她的社会声誉也随之"春江流水花落去"了。

然而，八杉恭子失去的并非仅是这些，她丈夫郡阳平提出了离婚的要求，理由是她隐瞒了自己的过去，要是当初知道这些是绝对不会同她结婚的。

八杉恭子认可了丈夫提出的离婚要求，因为她非常清楚，丈夫提出离婚，是为了保全他自己的地位。这样一来，她等于一切都丧失了，而且是永远彻底地丧失了。

不过，她在丧失了一切之后，仍保留下了一件珍贵的东西，而这只有一位刑警明白，那就是人性。

是八杉恭子为了证明自己还有人性，才丧失一切的。栋居在八杉恭子供认后，知道了自己内心的矛盾，并为之愕然。他从不相信人，而且这种想法根深蒂固。但是，他在无法获得确凿证据的情况下，同八杉恭子进行较量时，却赌她的人性。栋居的这种做法，则正说明他心底里依然是相信人的。

搜查本部逮捕了凶手，却丝毫没有胜利感。

新年即将来临。

五

从日本警方传来了杀害约翰尼·霍华德的凶手已被缉拿归案的消息。肯·舒夫坦得知这一消息后，舒了一口气。说起来他也没有什么责任，只是在最初阶段进行的调查中，约翰尼的被害不知不觉地触发了他自己的"人类良心"而感到同情，所以对破案的进展情况特别关注。

据奥布赖恩警长说，由肯调查出来的资料，送到日本后，对捉拿凶手起了很大作用。虽不清楚具体起了什么作用，但肯却很高兴，感到过去在日本欠下的债，现在总算多少偿还了一些。

两天后，在纽约东哈雷姆，一名外国游客在光天化日之下被抢走了照相机。肯接到了这一报案后，跳上巡逻车便赶往现场。

在哈雷姆，盗窃、抢劫并不算犯罪行为，但这次被害人是外国人，所以才决定去调查一下。

东哈雷姆一带，一般旅游者是不涉足那里的，这次可能是那位游客只顾拍照，不小心走到里面去了。肯赶到现场时，凶手早已不见踪影了。

肯在大致了解了被害人和目击者提供的情况后，正准备回去时，忽然想起马里奥的公寓就在这附近。霍华德父子原来就住在这所公寓里。

给房东马里奥确实添了不少麻烦，还说了些"公寓垃圾箱"之类的难听话，但细想一下，她提供的帮助，也对逮捕杀害约翰尼的凶手起到了一定的作用。

霍华德父子的房间也许还被封着。凶手既然已被抓到了,继续封房间也就没有什么意义了,应该把凶手已捉拿归案的消息告诉马里奥,并通知她房间可以开封了。

肯让巡逻车先回去,自个儿在哈雷姆的背静胡同里走着。哈雷姆是他的故乡,这里都是些早晚要被拆除的红砖建筑,到处都散发着阵阵馊味。这里污秽、嘈杂,乱哄哄的,但确实能听到为人生艰辛的叹息声。

说来也奇怪,肯听到这种叹息声,心里反倒舒畅了,一种对肩负着人生重担、拖着黑黑的影子挣扎的人们的同情油然而生。也许是因为杀害约翰尼的罪犯被抓到了的缘故吧,哈雷姆地区人们之间的那种不信任感,他现在似乎感觉不到了。

一个人影迈着踉踉跄跄的步子从对面走来,这肯定是群居在这一带的酒鬼之一。

"这家伙也是'同伴'。"不知怎的,今天肯产生了这样一种感觉:那人就是一个因肩负着人生重负而摇摇晃晃地走着的同伴。肯同那个人影正擦肩而过;肯同那个人影完全重合在一起。那是个个子高大的黑人。突然,肯的生命停止了,在听到那人口中吐出一句"走狗"的瞬间,肯觉得自己的侧腹部被刺进了一根热乎乎的铁棒。

"你这是为什么呀?"肯呻吟着,脚下乏力,身体踉踉跄跄起来。重合的两个人影分离了,一个人影朝肯来的方向走去。肯摇摇晃晃地向前走了几步,就重重地倒在了路面上。

晌午过后的哈雷姆死一般的寂静,没有人跑来相救。袭击者突然行凶后,逃跑时拔走了凶器。血从伤口处不停地往外冒,用手捂也捂不住。鲜血顺着路面坡度向低处流去,它流到何处才是尽头,肯是无法看到了。

像是伤着了重要的脏器,肯迅速就失去了行动能力,意识也渐渐远去。

"为什么啊？这究竟是为了什么？"肯虽这样喃喃自语着，但心中还是知道这其中的原因的。对刺伤自己的凶手来说是没有什么理由可言的，如果说有，那就是对人生的怨恨。肯恰好路过这里，便成了这种怨恨的活祭品。因为自己是警察，才激发了凶手心中的怨恨。那些已遭到人生排挤的家伙，最容易产生错觉，认为警察总是站在人生主流的一边。而且，他们产生这种错觉，也是出于无可奈何。

"我不也是这样嘛！我曾经就没站在正义的一边。"肯在渐渐远去的模模糊糊的意识中自言自语道。在遥远的过去，自己服兵役去了日本，有一次往一名毫不抵抗的日本人身上撒尿，其实就没有什么明确的理由。当时只因为自己是混血儿，总被派到最前线，心中积怨，于是就一股脑儿地发泄到了那个日本人身上。

在战场上，他总是被推到最危险的前线；一旦返回到市民生活中，却又被压在社会底层。

当时自己十分年轻，也非常粗暴，对一切排挤自己的东西都持敌视态度。同时心里也很明白，回国后，那些美国纯种的白人女子是根本瞧不起自己这号人的。因此，他就将自己心中的压抑和年轻旺盛的兽欲，通通倾泻到被占领国的女人身上，而想要阻止自己这种行为的日本人，则被当成了自己的敌人。

然而，那时撒向那个日本人的小便，现在感到就如同是撒在了自己的心里。当时那日本人旁边，有个年幼的孩子像是他儿子，用一种冒火的目光使劲盯着自己。后来，那目光就成了肯对日本人所欠下的一笔"血债"。

"我死了，那笔'血债'也就一笔勾销了！"肯想到这儿，最后的意识也就断了，一直捂着伤口的手无力地耷拉到地面上。他的小臂上露出一块类似女人阴部的伤疤，是在南太平洋孤岛的一次战斗中，炮弹在身旁爆炸，一块弹片正好打在那个部位上留下的。由于弹片正好打在那儿，才保住了身体重要的部位，否则就送命了。

正在这时，一道已经西斜的午后阳光从哈雷姆房子的空隙中投射过来，把肯那黑黑的旧伤口染得绯红，就好像是刚刚受伤正出着血一样。

肯·舒夫坦在哈雷姆的一角气绝身亡，那儿仿佛已从纽约喧闹的城市生活中分离出来，永远沉入了令人难以置信的、死一般沉寂的无底深渊。